너에게

respond to you

반응하다

너에게 반응하다

초판 1쇄 찍은 날 | 2019년 4월 22일
초판 1쇄 펴낸 날 | 2019년 4월 30일

지은이 | 문희
펴낸이 | 예경원

편집 | 주승아

펴낸곳 | 예원북스
등록번호 | 제396-2012-000132호
등록일자 | 2012. 7. 25
YRN | 제1-0249호

주소 | 경기도 고양시 일산동구 호수로 646-24 위너스21-Ⅱ 206A호 (우) 10401
전화 | 031-819-9431 팩스 | 031-817-9432
http://cafe.naver.com/yewonromance
E-mail | yewonbooks@naver.com

ⓒ 문희, 2019

ISBN 979-11-6424-274-0 03810

너에게

respond to you

반응하다

문희 장편 소설

YEWONBOOKS
ROMANCE
STORY

Contents

프롤로그

오래된 것과 새로운 것이 조화를 이루며 또 다른 것을 만들어 내는 이곳은, 오늘 개관하게 될 초석미술관이었다. 거울을 밟고 있는 것 같은 느낌의 대리석 바닥이 눈앞에 시원하게 펼쳐져 있었다. 새로 산 구두지만 왠지 밟기 미안할 정도로 깔끔했다.

우리나라 최고의 갑부이자 컬렉터였던 주호영 회장이 평생을 걸쳐 수집한 작품. 그 작품들을 한데 모아 전시하게 될 초석미술관은 건물 자체만으로도 장관이었다.

생전 주호영 회장의 호를 따서 만든 초석미술관은 우리나라 근현대사와 조선 시대의 수많은 명작들을 한데 모아 놓은 명실상부한 최고의 미술관이자 박물관이다. 비단 작품만이 최고인 것이 아니라 이곳의 건물 또한 세계적인 건축가들의 영혼이 깃든 곳이었다.

미술관에서 가장 눈에 띄는 건 역시 로비였다. 고개를 들면 하늘이 바로 보이는 유리로 된 천장과 한국작가들의 대담한 작품으로 수놓은 벽화들이 웅장하게 장관을 이루고 있었고, 마치 유럽의 궁궐을 연상시키는 건물은 주 회장이 얼마나 많은 돈과 정성을 쏟아부었는지를 말해 주고 있었다.

"오늘은 뭔가 건질 게 많을 것 같은걸."

혼잣말을 하며 로비에 들어서는 김 기자의 눈이 사람들을 살피느라 바쁘게 움직였다. 개관일인 오늘, 이곳에 수많은 관계자와 기자들이 몰려 개관식을 기다리고 있었다. 기자 생활을 하는 동안 많은 행사를 취재했지만, 오늘의 취재 열기는 그 어떤 때보다 뜨거웠다. 그도 그럴 것이 각계각층의 주요 인사들이 몰려와 있었고 말도 많고 탈도 많았던 주 회장의 마지막 유언이 공개되는 날이기 때문이었다.

주호영 회장이 죽고 HY그룹은 1년 동안 대 혼란기를 겪고 있었다. 주주들의 지지를 받는 주상영 부회장이 보기보다 확실한 실적을 보이지 못하고 있기 때문이었다.

거기다가 죽은 지 1년이 지난 후에야 유언을 발표한다는 점도 놀라운데, 하나뿐인 손녀의 장래가 걸린 일생일대의 유언이라는 말에 모두의 관심이 쏠려 있었다.

"김 기자!"

작은 키에 똘똘하게 생긴 한성일보의 오 기자가 그를 보며 아는 체를 했다.

"재벌의 일이라서 경제부 기자가 오는 건가?"

그가 노트북을 꺼내며 말했다.

"당연하지. 오늘 발표에 따라 주가의 등락이 결정될 텐데 당연한 거 아닌가?"

오 기자도 이곳에 온 이유를 분명하게 말했다.

"오 기자는 어떻게 생각해? 항간에 떠돌 듯이 주정연이 회장이 될 거라고 생각해?"

"아니, 주정연이 회장이 될 거면 여기 관장의 이름에 주정연이 안 올랐겠지."

"하긴 그렇네. 하지만 확신하긴 일러. 왜냐하면 임시 관장이잖아."

1년 전에 발표한 유언은 일부였다. 오늘이 바로 그 유언이 완성되는 날이었다. 모든 결론은 아직은 열려 있었다.

"그리고 솔직히 주기현 사장이 가만히 있을 것 같지도 않고. 또 실질적인 경영자였던 김승욱 실장이 없는 상황이라면 주주들은 조금 더 안정적인 주기현 사장을 택하겠지."

"김승욱은 완전히 경영에서 손을 뗀 걸까?"

"주기현이 그렇게 사정을 해도 안 온다잖아. 누가 김승욱을 잡 느냐가 승패를 좌우하겠지만, 김승욱은 올 것 같지 않아."

솔직히 그도 김승욱이 차기 회장의 뒤를 봐 줄 거라 생각했었 다. 30대에 우리나라 최고 기업의 실질적인 경영을 맡은 김승욱 은 많은 사람들의 관심의 대상이었지만 언론에 노출되는 걸 극도 로 꺼리는 사람이었다.

그래서일까? 오히려 김승욱을 둘러싼 소문은 꼬리에 꼬리를 물었다. 주호영 회장의 숨겨둔 자식설을 비롯해, 영화배우 뺨치 는 그의 비주얼과 S대 경영학과 수석 졸업, 몇 개국의 언어를 구 사하고 하는 일마다 성공하는 영업 실적까지. 어떻게 보면 사람 같지 않은 그의 이력에 많은 소문이 난무했다.

그랬기에 주주들은 김승욱을 원했고 김승욱을 차지하는 사람 이 HY그룹의 차기 회장이라는 말이 있을 정도였다. 멀리서 한 번 본 적이 있는데 남자가 봐도 절로 감탄사가 나오는 비주얼이긴 했었다.

오늘의 주인공은 김승욱이 아니지만, 주인공이 되려면 그가 꼭 필요한 상황인 것만은 확실했다.

주호영 회장의 유일한 직계 손녀인 주정연은 26세의 아가씨였 다. 우리나라 그룹 1순위인 HY그룹을 이끌기엔 턱없이 부족한 나이였고 주주들의 반발도 만만치 않은 상황이었다. 주호영 회장이 죽은 지 1년이 된 오늘, 회장의 유언대로 주정연은 임시 미술관 관장이 되어 미술관을 훌륭하게 오픈시켰고 그녀의 능력을 보여 주었지만 주위의 반응은 신통치 않았다.

젊은 여자를 회장으로 받아들이기엔 HY그룹의 주주들은 보수적이었기 때문에 힘이 들 것이다. 아직 공석인 HY그룹의 회장 자리는 이곳에서 발표가 되기로 되어 있었다.

1년 동안은 돌아가신 주호영 회장의 동생이자 부회장인 주상영 부회장과 그의 아들인 주기현 사장이 그룹을 이끌었다. 세간에는 계속해서 이 두 부자가 이끌게 될 거라는 소문도 있었다.

"김 기자, 오늘 주정연 봤어?"

오 기자가 뜬금없이 주정연을 봤냐고 물었다. 재벌가의 여자지만 기자들을 몰고 다닐 만큼 아름다운 주정연이었다. 그녀가 나타났다면 이렇게 조용할 리가 없었다.

"아니, 왜?"

"정말 내가 본 여자 중에 가장 예쁜 것 같아. 나도 저런 여자랑 한번 만나 봤으면……."

"네가 여자 보는 눈이 그렇게 높으니 아직도 여자가 없는 거야."

쪽 찢어진 눈에 말투까지 날카로운 오 기자는 모태솔로였다.

연애보다는 기자 생활이나 하는 게 맞았다. 너무 날카로워 보여 여자들이 근처에도 오지 못하는 스타일이었다.

"어? 저기."

행사장으로 주정연이 이동하는 게 보였다. 문화부 생활을 하면서 가끔은 연예인들 취재도 했지만, 오 기자 말처럼 저렇게 아름답게 생긴 여자는 보기 힘이 들었다.

"엄마의 피가 진하게 흐르는 것 같아."

"그렇지?"

주정연의 어머니는 아주 유명한 재즈 가수였다. 대중 가수가 아니었기 때문에 사람들에겐 많이 알려지지 않았지만, 밤 문화를 아는 사람들에겐 이화정은 아주 대단한 가수였다. 뭇 남자들의 가슴을 설레게 만든 이화정은 당대에 손에 꼽히는 미녀이기도 했다.

어머니의 피를 그대로 물려받은, 아니 그보다 더 업그레이드된 미모를 가진 주정연이었다.

"예쁘면 뭘 해. 까칠하기가 아주 끝장인데."

지난번에 그녀를 집요하게 취재하던 기자가 주정연의 가방에 머리통을 맞는 장면이 찍혀서 논란이 되기도 했었다.

"그래도 용서가 되는 얼굴이긴 하죠."

인정하지 않을 수 없었다. 멀리서 보아도 반짝이는 외모였다.

카메라 플래시가 쉴 새 없이 터지게 만드는 얼굴이었다. 주먹만 한 얼굴에 어쩌면 저렇게 딱 맞게 빚어 놓았는지 모를 정도로 눈, 코, 입이 오밀조밀 딱 들어간 완벽한 얼굴이었다.

"이제 시작되나 봐."

"그러네."

"이따 봐."

"응."

각자의 자리로 돌아간 그들은 직업의식을 발휘하며 자리를 지켰다. 행사 진행자가 행사를 진행하는 동안, 김 기자의 눈은 행사장 위에 앉아 있는 로열패밀리를 바라보고 있었다. 평온해 보이는 주상영 부회장과 달리 그의 아들인 주기현 사장은 잔뜩 긴장한 얼굴로 앉아 있었다.

아름다움을 뽐내고 있는 주정연의 얼굴은 알 수가 없었다. 젊은 사람이라서 생각이 없는 건지 아니면 포커페이스를 유지하고 있는지 신기할 정도로 표정의 변화가 없었다.

주 부회장의 연설이 이어지는 동안에도 미간의 움직임조차 찾아볼 수가 없었다. 눈의 깜빡임이 없었다면 그녀를 인형인 줄 착각했을 정도였다.

"이제부터 주 회장님의 마지막 유언을 임 변호사님이 발표해 주시겠습니다."

"시작이군."

김 기자는 귀를 쫑긋 세우며 다음 말에 귀를 기울였다.

짜증을 부르는 목소리의 연속이었다. 숙조부나 숙부의 음성은 남자들의 평균 톤보다 한 톤이 높고 가늘었다. 그러다 보니 정연의 귀에는 칠판 긁는 소리처럼 들렸다. 아주 많이 거슬리는 목소리였다.

정연의 시선은 기자단 뒤에 있는 커다란 벽화를 향했다. 그러다가 살짝 시선을 옮겨 현대 작가의 대형 조형작품을 뚫어지게 보았다. 할아버지가 끝까지 지켜 낸 것들이었다. 자기 아들보다 더 사랑한 작품들을 이렇게 만인에게 자랑삼아 보이셨다.

살아 있을 때나 죽어서나 밉상인 할아버지는 끝까지 그녀의 속을 썩이고 있었다. 1년 전에 발표하면 되었을 유언을 뭐 하러 일년 후에 발표하는 건지 그 저의를 알 수 없었다.

"여러분들이 궁금해하실 주 회장님의 마지막 유언을 발표하겠습니다."

"……"

숨소리마저 들리지 않았다. 모두가 임 변호사의 입술만 바라보고 있었다.

"주 회장님의 마지막 유언의 내용은 주 회장님께서 보유하신 주식을 누구에게 양도하느냐에 관한 이야기입니다."

옆에서 중얼거리는 소리가 들렸다. 몇 %가 자신들에게 오는지가 중요한 사람들이었다. 정연이 유리하기 위해선 할아버지의 주식 전체가 그녀에게 와야 했다. 어림도 없는 얘기지만 말이다. 할아버지가 그녀에게 그런 호의를 베풀 리가 없었다.

할아버지는 그녀를 예뻐하지 않았다. 그녀의 엄마가 하나뿐인 아들을 잡아먹었다고 생각하기 때문이었다. 거기다가 그녀는 엄마를 쏙 빼닮아 할아버지의 심기를 더 불편하게 했었다.

"주 회장님의 HY그룹의 주식 전부를 주정연 양에게 양도한다는 내용입니다."

포커페이스를 유지하던 정연의 눈썹이 미세하게 떨리고 있었다. 잘못 들은 걸까? 그녀는 변호사를 보았다. 그러자 변호사가 그녀의 마음을 알았는지 주식 전부가 그녀의 것이 되었다고 한 번 더 말했다. 웃기는 일이었다. 웬일로 그녀에게 다 몰아주시다니. 정연도 할아버지의 유언을 듣는 순간 놀라 얼이 빠져 버렸다.

"뭐?"

주 부회장이 아닌 주기현 사장이 목덜미를 잡았다. 믿을 수 없다는 말이었다. 어마어마한 주식 가운데에 그들이 받는 건 단 한 푼도 없기 때문이었다.

"아니, 이건 말도 안 됩니다!"

체통도 지키지 못하고 소리를 지르는 통에 기자들의 플래시가 일제히 기현에게 향했다. 개관식은 순식간에 아수라장이 되어 버렸다. 기현을 축하하기 위해 온 주기현 측의 인사들이 난동을 부렸기 때문이었다.

"아니, 임 변호사 이건 잘못된 거 아니야? 이게 말이 되냐고?"

기현이 목에 핏대를 세웠다.

"……."

임 변호사는 큰 소란에도 눈 하나 깜빡이지 않고 있었다. 차갑기 그지없는 모습이 역시 할아버지의 사람다웠다. 할아버지의 사람들은 하나같이 차가웠다. 어릴 때 정연은 할아버지의 피는 투명할 거란 생각을 하곤 했었다.

얼음 왕국의 얼음 마왕같이, 차가운 얼음으로 된 피. 여덟 살 소녀가 바라본 주호영 회장은 그런 사람이었다. 그런 생각이 들자 정연은 피식 웃음이 터져 나왔다. 어렸을 때 그녀는 지금 다시 생각해 봐도 당찬 구석이 있었다. 그때는 그가 무섭다기보다는 그런 할아버지가 싫었다.

"아가씨, 임 변호사가 따로 뵙자고 요청하셨습니다."

이 집사가 그녀의 귀에 대고 속삭였다. 소란한 틈에도 자리를 지키고 있던 정연은 차가운 바람을 일으키며 자리에서 일어났다. 피는 속이지 못하는 법. 정연도 어쩔 수 없는 주씨 가문의 사람이었다.

그녀의 아름다움 앞에는 언제나 차가움이란 단어가 먼저 나왔다.

개관식을 끝내자마자 그녀는 사람들의 시선의 한 몸에 받으며 미술관 관장실을 향해 우아한 발걸음을 내디뎠다. 명품 블랙 V넥 미니 원피스에 화려한 프린트 케이프를 입은 정연은 사람들 사이로 케이프 자락을 휘날리며 걸었다.

관장실에 도착한 정연은 소파에 앉아 임 변호사가 오기를 기다리고 있었다. 잠시 후에 임 변호사가 얼굴이 상기된 채 사무실 안으로 들어왔다.

"늦어서 죄송합니다."

"아니에요. 원래 그런 족속들이라……."

아무렇지도 않게 자신의 숙조부와 숙부를 족속들이라고 표하는 그녀의 당돌함에 임 변호사는 적잖이 놀란 표정을 짓고 있었다.

"뭐, 그렇게까지 놀라신 표정을 지을 필요는 없어요. 오늘 너무 짜증이 나는 하루라서 그런 거니까. 하실 말씀이 있으시다고요?"

"네."

"뭐죠? 할아버지의 뜻은 아까 전달받은 것 같은데?"

확실한 걸 좋아하는 정연은 지금 이 어수선한 상황이 싫었다.

"다들 왜 그런지 솔직하게 이해가 안 돼요. 당연히 받을 사람이 받은 건데 뭐가 잘못이죠?"

그녀는 HY그룹의 유일한 상속녀였다. 물론 친지들이야 약간의 재산을 받겠지만 그래도 우선순위는 언제나 정연이었다.

"어리다는 게 문제인 거죠."

"……."

임 변호사의 한마디에 정연의 얼굴이 눈에 띄게 굳어졌다.

"그래서 조금 전과 같은 말도 안 되는 일들이 벌어진 거고, 앞으론 더할 겁니다. 줄줄이 소송도 이어질 수도 있고요. 거기에 대비해서 회장님께서 아가씨께 특별히 유언을 더 남기셨습니다."

"그게 뭔데요?"

"지금 제주도 별장에 계시는 김승욱 씨를 비서실장으로 쓰면서, 경영에 도움을 받으라는 말씀이십니다."

"뭐라고요?"

김승욱은 오랜 시간 할아버지의 옆에서 그림자처럼 보좌한, 냉철하고 철두철미한 사업가인 할아버지의 복사판 같은 존재였다. 그리고 할아버지도 두렵지 않은 강심장 정연에게 유일하게 두려운 존재이기도 했다. 어릴 때부터 할아버지의 곁을 지킨 승욱은 그녀의 단점을 너무나 잘 알고 있는 사람이었다.

그는 언제나 완벽했고, 완벽하다고 자부하는 그녀를 언제나 보잘것없이 만들곤 했었다. 그녀의 치부를 다 아는 남자를 곁에 두라니 환장할 노릇이었다.

"김승욱 씨는 할아버지의 유언 내용을 아나요?"

"아니 모릅니다."

"그 사람은 나를 싫어해요."

"압니다."

변호사도 알 정도로 승욱은 그녀를 좋아하지 않았다. 아마도 할아버지처럼 그녀를 딴따라의 피가 흐르는 여자아이로 취급하는 게 분명했다. 승욱은 정연과는 아주 다른 인물이었다.

"나도 그 사람 싫어요."

"하지만 회장님께서 가장 신임하신 분이고, 외부로부터 아가씨를 지켜 줄 유일한 사람입니다."

경영에 대해선 일자무식인 정연이었다. 그렇다고 해서 언제나 경영권을 노리고 있는 주기현에게 회사를 맡길 수도 없었다.

"아가씨가 그대로 경영에 참여하신다면 주기현 사장 쪽으로 주주들이 손을 들어 줄 수도 있습니다."

"……."

생각할수록 답답한 상황이었다. 승욱은 할아버지가 돌아가시면서 유산으로 상속해 준 별장에 머물고 있었다. 주 부회장이나 주기현이 아무리 그를 꾀어도 넘어가지 않고, 제주도 별장에 틀어박혀 세상과는 담을 쌓고 산다는 소문은 들었다.

계속해서 그렇게 쭉 살았으면 좋겠다는 생각이었다. 하지만 변호사의 말대로 정연은 아직 힘이 없었다. 반박을 할 수 없는 현실이었다.

"회장님의 뜻대로 하시는 게 아가씨가 살아남을 수 있는 길입니다. 주식을 많이 가졌다고 해서 회사를 경영할 수는 없습니다."

"알았어요. 생각해 볼게요."

그녀는 다른 사람들을 물리고 이 집사와 둘만 사무실에 있었다.

"아가씨, 제가 드릴 말씀이 있습니다."

"말씀하세요."

"전 아가씨를 목숨 걸고 지켜 드릴 순 있지만, 회사 일은 모릅니다."

이 집사는 언제나 따뜻하게 그녀를 감싸 주는 사람이었다. 그녀가 가끔 사고를 쳐도 이 집사는 언제나 그녀의 뒷수습을 해 주는 사람이지 이렇게 굳은 표정으로 말하는 사람이 아니었다.

"네?"

"오래 세월 김 실장님을 봐 온 저로서는 회장님의 선택이 아주 탁월하시다고 봅니다. 이번에는 아가씨 마음에 들지 않더라도 회장님의 뜻에 따라 주셨으면 하는 바람입니다."

거기에 자신의 의견까지 말하다니 오늘따라 이 집사가 낯설게 느껴졌다.

"난……."

"아가씨, HY의 운명이 아가씨 손에 달렸습니다."

"이 집사님까지 왜 그러는 거예요?"

"죄송합니다."

"후……."

한숨이 절로 나왔다. 하지만 달리 방법이 없어 보였다. 돌아가신 할아버지에게 당한 것 같은 기분이 드는 건 왜일까?

1. 삼고초려

제주의 하늘은 그 어느 때보다 청명했다. 오랜만에 제주에 와 보니 많은 것이 다르게 느껴졌다. 푸른 하늘과 바다, 그리고 탁 트인 시야가 좋은 곳이긴 했지만 정연에겐 한가하게 자연이나 느 끼고 있을 여유가 없었다. 거기다가 이렇게 이동하는 건 참으로 번잡스러운 일이었다.

리무진 안에서 정연은 그 나이 대의 여자들과는 다르게 서류를 살피느라 정신이 없었다. 어릴 때부터 할아버지를 보기 싫어도 보면서 자란 정연이었다. 할아버지의 성격과 똑 닮은 정연은 할 아버지를 따라가려고 열심히 노력했지만 언제나 나이 어린 여자 라는 한계에 부딪혔다.

하지만 지금은 남들이 그녀를 어떻게 생각하는지를 걱정할 상황이 아니었다. 그녀는 지금 주식을 가지고 있었고 결국은 회장이 될 것이다.

그래서일까? 본인이 인지하지 못해서 그렇지, 그녀의 모든 면이 할아버지와 거의 복사판이었다. 쉬지 않고 일을 하는 것도 아주 똑같았다.

"아가씨, 밖이 정말 예쁘네요."

"네, 유모."

답은 했지만 그녀의 눈은 서류를 향해 있었다.

"전 아가씨가 파란 하늘을 좀 봤으면 좋겠어요."

그녀가 여덟 살이 되어 할아버지 집에 왔을 때부터 그녀를 엄마처럼 보살펴 준 유모는 아직도 순수함이 가득한 사람이었다. 작고 통통한 체격의 유모는 올해 예순 살이 되었지만 50대로 보일 정도의 동안이었다. 그리고 생각하는 것도 낙천적이고 순수한 사람이었다. 거기에 유모는 자신의 자식처럼 그녀를 사랑해 주었다.

그녀 또한 그런 유모를 사랑했지만, 정연은 마음을 표현하는 데 서툴렀다.

"아가씨!"

"유모, 한마디만 더 하면."

서류에 집중하려고 애를 쓰는데 제주도에 왔다고 들뜬 유모가 자꾸만 말을 시키니 신경질이 났다. 아무래도 김승욱을 만나야 된다는 생각에 평소보다 예민해진 것 같았다.

"제가 입을 닫을게요."

유모와 함께 제주도에 온 건 처음이었다. 애정 표현이 서투른 정연은 부끄러운 일은 잘 하지 않았다. 물론 여행이 부끄러운 건 아니지만 애교가 많고 사람 좋은 유모가 자꾸만 손을 잡거나 팔짱을 끼고, 거기다가 끌어안기까지 하니 어렸을 때는 몰라도 커서는 민망함을 참기 힘들어서 여행에는 유모를 데리고 다니지 않았다.

"아가씨, 저기 사람들이 파도를 타네요. 와⋯⋯."

흥분한 유모가 그녀의 팔을 쓰다듬으며 말했다.

"유모!"

"아차⋯⋯."

제주도에 유모를 데려온 이유는 하나서부터 열까지 김승욱 때문이었다. 김승욱과 유모는 아주 가까운 사이였다. 할아버지와 해외 출장을 갔다가 올 때 승욱은 항상 유모의 선물을 챙겨 올 정도로 각별했다.

물론 유모도 승욱에게 반찬도 챙겨 주고 김장철엔 직접 담근 김치도 챙겨 주었다. 아들 같다나 뭐라나. 하여튼 둘은 친했다.

그래서 유모를 데려오면 그의 마음을 흔드는 것에 도움이 될 것 같아서 같이 온 것이었다.

조금이라도 유리한 조건이 되려면 뭐든 해야 했다.

"아가씨, 김 실장님은 왜 회사를 그만둔 걸까요? 아주 유능하신 분인데."

유모가 그새를 못 참고 또 말을 걸어왔다.

"할아버지가 별장을 주고 잘랐어."

"설마요."

"맞아."

"왜요?"

"그 속을 어떻게 알겠어."

"그래도 분명히 뜻이 있으셨을 거예요."

"다른 사람이 쓰는 게 싫으니까 그런 거겠지. 좋은 건 원래 혼자 갖고 싶어 하는 법이니까."

회사가 제2의 도약을 한 건 김승욱이 할아버지의 비서실장이 되면서부터였다. 경영의 귀재, HY그룹의 제갈공명이라는 별명을 가질 정도로 그는 경영의 천재로 자리매김을 하고 있었다. 그런 비서실장을 1년 전, 처음 공개된 유언장에 해고하라고 쓰다니 놀라울 따름이었다.

사람들은 승욱이 뭔가 잘못한 게 아니냐고 생각을 하겠지만 할아버지를 너무나 잘 아는 정연은 다르게 생각했다. 좋은 건 혼자만 갖고 싶은 법이었다. 그런데 왜 이제 와서 비장의 카드를 그녀에게 주려 한 것일까?

"김 실장님을 아끼긴 하셨죠. 아가씨는 김 실장님을 무서워하시고."

유모가 그녀를 놀렸다. 하지만 반박할 수 없는 사실이었다. 김승욱과 그녀는 열 살 차이가 났다. 그가 할아버지의 곁에서 일을 시작한 건 대학에 입학하면서부터였다고 했다. 그녀가 그를 정확하게 인지한 건 열한 살 때로, 할아버지가 아끼시던 도자기를 골프채로 깨고 방에 갇힌 날이었다.

닫힌 방의 문을 그가 열어 주었다. 그리고 그가 한 말이 그녀의 뇌리에 또렷이 박혔다.

"꼬마야, 그 정도론 할아버지가 약 올라 하지 않아."

사람들에겐 실수라고 말했지만, 그는 그녀의 눈을 보고 정확히 마음을 꿰뚫어 보았다. 그 뒤로 한동안 비싼 도자기들은 집 안에서 사라졌다. 할아버지의 오른팔이자 HY의 실질적인 경영자인 승욱은 언제나 그녀에겐 두려움의 대상이었다.

완벽한 인간, 그게 정연이 느끼는 승욱이었다.

오랜만에 할아버지의 별장에 온 정연은 바다와 함께 어우러진 아름다운 별장 건물을 보며 걱정 없이 이런 곳에서 살면 얼마나 좋을까 생각을 하며 차에서 내렸다. 담장이 없는 이곳은 바다와 하나가 되어 있었다.

"진짜 예쁘네요. 그렇죠?"

"응."

대기업 회장의 별장이라기보다는 조금 큰 규모의 펜션 같은 느낌이 드는 이곳은 참 편안해 보였다. 집 앞에 바로 백사장이 있었고 멀리서 파도를 타는 사람들이 보였다. 아직 수영을 즐길 날씨는 아닌 것 같은데 생각보다 바다 위에 서퍼들이 많았다.

"아무도 없는 것 같은데요? 일하는 사람도 없나?"

집 안을 돌아다니며 사람을 찾아 본 유모는 다시 밖으로 나왔다.

"아가씨, 아무도 없는데요."

"……."

정연의 시선이 바다를 향해 있었다. 바람이 불어 그녀의 긴 머리카락을 휘날리고 있었다. 아침부터 스타일리스트가 고데기로 정성스럽게 연출했지만 바람은 무심하게 그녀의 머리를 흩트려 놓았다. 머리카락을 손으로 쓸어 올리는 정연의 시선은 여전히 한곳에 머물러 있었다.

"어? 아가씨, 저기요."

"……."

"모델인가?"

유모는 햇빛을 손으로 가리며 앞에서 그들을 향해 걸어오는 남
자를 보고 있었다. 정연도 아름다운 실루엣을 가진 남자를 보고
있었다.

"어머, 망측해라. 옷을 반쯤 벗고서……."

그러면서도 눈을 떼지 못하는 유모였다. 햇빛에 눈이 부셨지
만, 정연은 손으로 햇빛을 가리지 않고 있었다.

"김 실장님?"

남자가 가까이 다가오고 그의 얼굴이 거의 보일 때쯤, 유모는
놀란 목소리로 정연의 팔을 잡으며 말했다.

"김 실장님, 맞네. 여기서 보니까 완전 다른 사람 같아요. 아가
씨?"

"……."

작열하는 태양 아래 그녀들을 향해 걸어오는 남자는 승욱이 분
명했다. 단지 그의 평소 모습과는 너무 다른 스타일에 놀라움을
금치 못하고 있을 따름이었다.

항상 단정한 슈트 차림에 차가운 모습의 김승욱 비서실장은 온

데간데없고, 영화 속에 등장하는 서퍼가 그들을 향해 다가오고 있었다. 서핑 슈트의 상의를 벗어 허리에 걸치고 서핑보드를 옆 구리에 낀 모습은 이상하게도 승욱과 상당히 잘 어울렸다.

1년 동안 머리를 자르지 않았는지 그의 젖은 머리는 어깨까지 내려와 있어서 야성미를 물씬 풍겼다. 이런 남자였나? 정연은 솔직히 놀란 마음을 들키지 않기 위해 몸을 더 곧추세웠다. 바다 내음과 함께 그가 그녀 앞으로 걸어왔다.

아직 그의 머리에선 바닷물이 떨어지고 있었다. 정연의 시선이 저도 모르게 그의 머리에서 흘러 내려가 가슴 위를 타고 흐르는 물방울을 따라갔다.

"안녕하십니까?"

그가 고개 숙여 인사했지만, 서핑 슈트는 여전히 반쯤 벗은 채였다. 예전 같으면 단정하게 옷을 입으려 했겠지만, 웬일인지 그는 상체를 고스란히 드러낸 채 자유롭게 그녀를 보고 있었다.

"여기까지 어쩐 일로 오셨습니까?"

할아버지의 유언 내용을 모르는 눈치였다. 하긴 이렇게 편하게 서핑을 즐기며 사는데, 복잡한 서울은 가기 싫으니 모른 척할 수도 있었다.

"여기서 말해야 하나요?"

밖에 서서 누군가와 이야기를 나눈 건 태어나서 처음이었다.

"전 그러는 게 좋을 것 같습니다만."

칼같이 잘라 버리는 말투에 정연은 승욱답다는 생각을 했다. 차가운 사람. 그는 정연을 피하려 하고 있었다. 이런 푸대접은 처음이었다.

"태어나서 이런 대접은 처음 받아 보네요."

"푸대접이라고 느끼셨다면 죄송합니다."

그는 여전히 차가운 표정으로 그녀에게 눈길조차 주지 않았다.

"김 실장님, 아가씨가 서울에서 김 실장님 주려고 아주 좋은 커피를 가져오셨어요. 제가 타 드릴게요. 주방이 어디죠?"

유모가 적당히 알아서 타이밍 좋게 끼어들었다. 그가 어쩔 수 없다는 듯 대충 위치를 가르쳐 주자 유모가 재빠르게 주방으로 향했다.

"커피 드시겠습니까?"

허스키하게 가라앉은 목소리로 그가 물었다.

"네."

오늘은 그를 만나기 위해 온 것이었다. 괜한 고집을 부려 일을 그르칠 수는 없었다. 할아버지의 별장, 아니 이제 승욱의 별장엔 어릴 때 와 보고는 처음이었다. 그때는 바다 보는 재미에 집이 이렇게 예쁜지 몰랐는데, 아깝다는 생각이 들 정도로 별장은 아름다웠다.

그의 뒤를 따라 들어선 별장은 남자 혼자서 사는 곳이라는 게 믿어지지 않을 정도로 깔끔했다. 하긴 승욱은 결벽증에 가까울 정도로 완벽한 스타일이었다. 그런 그의 집이니 어쩌면 집 안이 깔끔한 건 당연할지도 몰랐다.

"잠깐 기다려 주십시오."

그가 옷을 갈아입으러 들어간 사이에 정연은 소파에 앉아서 창밖의 바다 풍경을 보고 있었다. 유모가 끓이는 커피 향이 코끝을 자극했고 푸른 바다가 눈의 피로를 덜어 주고 있었다.

"김 실장님 나오시면 같이 드세요."

유모가 커피 두 잔을 테이블 위에 놓고는 눈치 빠르게 밖으로 나갔다. 커피잔을 입술에 대는 순간, 어느새 검은 표범 한 마리가 그녀에게 다가오고 있었다. 블랙 티셔츠에 블랙 반바지를 입은 그는 마치 오후의 사냥을 망치고 빈손으로 돌아온 신경질적인 표범 같았다. 그가 거친 남성적인 향을 풍기며 소파에 마주 앉았다.

"할아버지가 주신 집은 마음에 드시나요?"

그를 바라보며 커피를 한 모금 마신 후에 정연은 특유의 나른한 목소리로 물었다.

"네."

간결한 대답이었다.

"저도 어릴 적에 이 집이 마음에 들어서 할아버지께 달라고 한 적이 있었어요."

"……."

당돌하게 이 집을 달라고 말했을 때 승욱도 거기에 있었던 기억이 떠올랐다.

"결혼하면 이런 집에서 살고 싶다고 했던가? 그땐 그러면 참 좋겠다는 생각이 들었죠. 이미 물 건너갔지만."

"집 때문에 오셨습니까?"

"아뇨, 이 집엔 이미 주인이 있어요. 난 남의 것을 뺏는 데는 취미가 없어요. 내 것을 지키기도 바쁘거든요."

"그럼, 왜?"

승욱은 그녀가 어릴 때부터 다른 일하는 사람들과는 다르게 그녀를 차갑게 대했었다. 아니 거의 무시했었다. 마치 철없는 아기 보듯 그녀를 바라보던 기억이 있었다. 평소 실수를 안 하는 그녀는 꼭 그의 앞에선 실수하곤 했다.

마치 학교 사감 같은 느낌이었다. 어린 그녀가 볼 때 승욱은 실수를 모르는 사람 같았다. 그런 그에게 같이 일하자고 한다면 과연 성공할 수 있을까? 거의 불가능하다고 볼 필요가 있었다.

하지만 달리 비빌 언덕이 없는 정연은 자신에게 모든 주식을 넘겨 준 할아버지의 유언을 들어주기로 마음먹었다. 이건 할아버지가 명령하는 게 아니라 그녀가 할아버지의 유언 일부를 들어주는 것이었다.

죽어서까지 자존심 싸움을 하게 만드는 놀라운 능력의 소유자가 바로 그녀의 할아버지인 주호영 회장이었다.

"말 그대로 내 것을 지키고 싶어서요. 그러려면 김승욱 씨의 도움이 필요해요."

"전 쉬는 중입니다."

"언제까지요?"

"저는 태어나면서부터 일을 한 사람입니다."

"호호호, 태어나면서부터 일을 하는 사람도 있나요?"

"네."

그의 눈에서 섬뜩한 빛이 나오고 있었다. 정연은 순간 말을 멈추었다.

"전 선택받기 위해, 태어나면서부터 본능적으로 미소를 지었다고 합니다. 부모 없이 버려진 전 영아들이 모인 곳에서 회장님께 택함을 받았습니다. 그분이 돌아가시기 전까지 전 쉬지 않고 회장님의 눈에 들기 위해 노력했습니다."

할아버지가 그를 후원한 건 알고 있었다. 재벌가에선 흔히 있는 일이었다. 사회에 기여하는 차원에서 누군지도 모르는 아이들에게 매달 일정 금액을 지원하는 게 그들의 일상적인 일이었다. 깨인 사고 때문이 아니라 돈이 있기 때문에 어쩔 수 없이 하는 일이었다.

그녀도 매달 알지 못하는 아이들에게 일정 금액 이상을 후원하는 걸로 알고 있었다. 그걸 그 아이들은 대단하게 생각하는 모양이었다.

"그래서요?"

"쉬고 싶습니다."

"얼마나 더 쉬어야 하죠?"

"……"

그녀는 승욱의 말에 짜증을 느꼈다. 쉬라고 하고 바로 서울로 돌아가고 싶었지만, 그가 이렇게 거부를 하니 반대로 자꾸 더 잡고 싶은 마음이 들었다.

"참 묘하네요."

"……"

"쉬고 싶다고 하니 더 할 말은 없지만, 할아버지의 유언에 김승욱 씨와 함께 일하라는 말씀이 있어서요."

그의 얼굴이 굳어졌다.

"할아버지가 저에게 가지고 계신 주식을 다 주셨어요. 제가 감당 못할 걸 아시면서도요. 그리고 비장의 카드라고 제시하신 게 김승욱 씨죠. 좀 무책임하시죠?"

"그분은 절대로 무책임하신 분이 아닙니다. 집요하게 책임을 지시는 분이죠."

상반된 생각을 하고 있었다. 하긴 할아버지의 충복이니 더 그럴 수밖에.

"할아버진 신이 아니에요."

"누구에겐 신과 같은 분일 수도 있죠."

그러나 승욱의 말에서는 존경의 의미는 느껴지지 않았다.

"그래서 하겠다는 건가요? 말겠다는 건가요?"

"……이제 그만 돌아가시죠."

"그럼 할아버지의 유언 따윈 이제 아무것도 아닌가요? 이렇게 서핑이나 하면서 평생을 여기 있을 건가요?"

"허락만 된다면요."

승욱의 표정엔 변함이 없었다.

"김승욱 씨!"

"안녕히 가세요."

그는 일어서더니 정중히 인사를 했다. 더는 말을 해 봐야 먹힐 것 같지도 않았다. 어떻게 이 상황을 풀어 가야 하는지 정연은 난감했다. 남에게 아쉬운 소리를 단 한 번도 한 적이 없는 정연으로서는 인정하기는 싫지만, 승욱을 설득하는 게 그 어떤 것보다 어려웠다. 정연은 어쩔 수 없이 별장에서 나올 수밖에 없었다.

"아가씨, 이렇게 그냥 가도 괜찮을까요?"

"싫다는 사람을 어떻게 하겠어요."

그녀는 차가운 바람을 날리며 리무진에 몸을 실었다. 자존심이 몹시 상한 정연은 그의 별장을 쳐다보지도 않았다.

"호텔로 가요."

"네."

차가 그녀가 묶을 HY 제주 호텔로 향했다. 그녀가 호텔로 가는 동안 이 집사에게 전화가 왔다. 정연이 걱정된 모양이었다. 그녀를 어려서부터 엄마처럼 키운 게 유모였다면, 아빠같이 보살핀 건 이 집사였다. 그만큼 그녀에 대해 잘 아는 사람도 없었다.

"여보세요?"

전화를 하면서도 짜증이 밀려왔다. 그녀가 어떨 줄 이 집사도 뻔히 알 것이다.

[아가씨.]

"집사님까지 왜 이러는 거예요? 평안감사도 싫으면 그만인 거예요."

[안 하시겠다고 하십니까?]

"네."

[어떻게 해서라도 설득하셔야 합니다.]

"왜요? 다른 인재가 그렇게 없어요?"

[믿을 사람이 없는 겁니다.]

"……."

그녀가 믿고 있는 사람이라고는 이 집사와 유모뿐이었다. 곱게 집 안에서만 자란 건 아니었지만 경영에 관해서 직접적인 교육을 받지도 않은 정연이었다. 그녀는 대학을 졸업하면서부터 회사에 출근하진 않았어도 나름대로 HY그룹에 대해 배우고 있었다.

그녀의 선생님은 바로 기획실장이었다. 기획실장은 할아버지의 충복은 아니었지만 이 집사의 조카였다. 그래서 할아버지 몰래 기획실장을 만나 HY그룹의 전반적인 상황을 듣고 나름의 공부를 할 수 있었다.

3년 동안 준비하긴 했지만, 그녀는 회사의 중역들을 알지도 못했고 이대로 회사를 맡는다면 꼭두각시가 되기 딱 좋은 조건이었다.

"어쩌라고요?"

[설득하셔야죠. 이 일이 아가씨의 첫 번째 일입니다. 지금 모두가 아가씨를 주목하고 있습니다.]

"이 집사님, 나 혼자서도……."

[아가씨의 어깨에 날개를 달아 줄 사람입니다.]

"후……. 알았다고요."

머리끝까지 화가 나긴 했지만, 꾹 참고 전화를 끊은 정연을 유모가 안쓰러운 눈으로 보고 있었다.

"제일 꼭대기 자리도 좋은 건 아닌 것 같습니다. 이렇게 시작부터 힘이 들어서야……."

유모는 이 집사와는 다르게 그녀가 그냥 좋은 집에 시집가서 편하게 사는 걸 더 바랐다.

"괜찮아."

"하나도 안 괜찮아 보여요. 그 성질을 조금만 죽여야……."

"유모!"

"죄송합니다."

"죄송하다면서 할 말은 다 하고."

이 집사나 유모나 부드러운 성격이었지만 할 말은 다 하는 스타일들이었다.

"오늘은 일찍 쉬시고 내일 또 가시죠. 안 그러면 저도 이 집사님한테 귀에 딱지 생기게 잔소리 들어요. 아시잖아요."

"몰라."

"아가씨!"

"그만해. 유모까지 왜 그래?"

"아니면 제 말대로 좋은 집에 시집가시는 게……."

"유모!"

"알았어요. 이제 정말 잠자코 있을게요. 아가씨 마음대로 하세요."

유모도 화가 난 모양이었다.

오늘은 온통 되는 일이 없는 하루였다.

한남동 고급 주택 앞 골목을 고급 승용차들이 가득 메웠다. 모터쇼를 방불케 하는 이곳은 HY그룹의 임원진과 주주들이 모인 자리였다. 주상영의 서재에 모처럼 사람들이 가득했다. 이 집에서 아버지를 모시고 사는 기현은 초석미술관 개관식에서 제대로 된 한 방을 먹었다. 이틀이란 시간이 지났지만, 아직도 멍한 기분이 들었다.

"주 회장님은 생각이 있으신 건지 없으신 건지 어떻게 그렇게 세상 물정 모르는 아가씨에게 우리 HY그룹의 운명을 맡기셨을까요?"

"쯧쯧쯧, 그것도 모르셨습니까? 노망이 나신 게 아닙니까?"

"맞네요, 노망."

다들 한마디씩 하는 통에 머리가 더 복잡해진 기현이었다.

"지금 주정연이 제주도에 내려갔다지요?"

"맞아요. 김승욱을 데려오려고 한다던데?"

"김승욱이 가세한다면 문제는 달라지죠."

"김승욱이 온다면 지금 생전 주 회장을 따르던 임원들은 다 그쪽으로 갈 겁니다."

"그렇게 두면 안 되죠."

아주 자기들끼리 난리였다.

"그렇진 않을 겁니다."

기현이 드디어 입을 뗐다.

"네? 그럼 안 온다는 말씀입니까?"

"우리도 1년 동안 가만히 있지는 않았습니다. 하지만 김승욱의 입장이 아주 확고합니다."

"그럼?"

"안 올 겁니다. 우리가 백지수표를 제시했는데도 꼼짝하지 않았으니까요."

"……."

기현의 말에 모두가 웅성거리고 있었다. 그가 김승욱을 잡기 위해 그동안 얼마나 애를 썼는지는 하늘만이 알 것이다. 그만큼의 노력에도 꼼짝하지 않은 김승욱이 정연이 간다고 해서 움직일 거란 생각은 들지 않았다.

아니, 김승욱은 정연을 좋아하지 않는다는 말을 들은 적이 있었다. 부잣집의 철없는 여자를 제일 싫어한다고도 했었다. 정연이 철이 없는 건 아니지만 그렇다고 승욱의 스타일도 아니었다.

어쩌면 정연이 태어나서 처음으로 사람들 앞에서 망신이란 걸 당할 수도 있었다. 부모를 잃고 엄격한 할아버지 밑에서 자란 아름다운 상속녀의 이미지는 정연에게 연예인보다 더 많은 인기를 주었다.

사람들은 정연의 모든 걸 부러워하면서도 따라하고 싶어 했다. 그녀는 완판녀로 통할 만큼 패션 쪽에서는 아주 인기였지만 아쉽게도 HY그룹에는 패션 계열이 없었다. 자동차, 중공업, 건설, 전기, 전자는 옷차림 따위는 필요 없는 곳이었다.

"그럼 안심해도 된다는 말인가요?"

"뭐, 아마도 그럴 겁니다."

기현의 말에 모두가 안도하는 분위기였다. 기현의 눈이 아까부터 꾸벅꾸벅 졸고 있는 자신의 아버지 상영에게 향했다. 아버지는 욕심이 없는, 아니 생각이 없는 사람 같았다. 이렇게 중요한 순간에 채신없이 졸고 있는 아버지가 기현은 미웠다.

자신의 아버지가 죽은 호영이 아니라 상영인 것에 기현은 하늘을 원망할 때가 많았다. 돈에 대한 욕심이 하나도 없는 건지, 아니면 삶에 의욕이 없는 건지. 아버진 회사에서도 특별히 하는 일이 없었다.

주 회장이 살아 있을 땐 하나뿐인 동생을 너무 싸고 돌아서 아무 일도 못하는 무능력자로 만들어 버렸다. 물론 사람들은 아버지보다 그를 더 신임해서 특별히 문제는 없지만 말이다.

"그러니 다들 걱정하시지 마시고 임시 주주총회나 열 준비를 하세요. 주식이 많으면 뭘 합니까? 어차피 합쳐 봐야 우리 쪽과 다른 주주들의 주식보다 적을 겁니다."

"맞습니다."

"우리 주기현 회장님의 말씀이 맞습니다."

모두 입을 모아 그를 회장이라고 부르고 있었다.

"회장이라뇨. 그건 다 결정이 된 다음에 그렇게 불러 주세요."

거절의 의미는 아니었다. 얼마 지나지 않으면 기현은 HY그룹의 진정한 일인자가 될 것이었기 때문이었다. 기현의 입가에 희미한 미소가 번졌다.

눈을 뜨자마자 정연은 전담 메이크업 아티스트에게 화장을 받고 스타일리스트 겸 헤어디자이너에게 머리를 맡겼다.

"오늘 컨디션은 어떠세요?"

"왜?"

"아니, 표정이 안 좋으셔서요."

표정이 좋을 리가 없었다. 눈을 뜨자마자 이 집사가 승욱에게 가 보라고 전화를 했고 유모 또한 성화였기 때문이었다.

"내가 왜 가야 하냐고!"

"네?"

스타일리스트가 깜짝 놀라 뒤로 물러섰다. 정연이 한번 화를 내면 감당하기 어려웠기 때문이었다. 뭐라고 심한 말을 하는 건 아니었지만 정연 특유의 카리스마에 기가 눌리는 것 같았다. 사람들은 그녀를 동경하면서도 무서워했다.

"아니야. 머리 손질 계속해 줘."

"네."

긴 머리를 고데기로 말던 스타일리스트의 손이 가늘게 떨리고 있었지만 정연은 무시했다. 지금 정연이 머릿속에는 온통 승욱에 대한 생각으로 가득했다.

"제길, 얼마나 잘났기에 날 무시하는 거야?"

"아가씨!"

어느새 들어왔는지 유모가 그녀의 말에 제동을 걸었다.

"아가씨의 고운 입에서 그런 상스러운 말은 안 됩니다."

"난 고운 입 아니야."

그녀가 자리에서 일어나자 스타일리스트가 고데기를 든 채로 쫓아 나왔다.

"여기까지 할게. 예뻐 보이고 싶은 마음이 조금도 없으니까."

이미 머리는 다 된 상황이었다. 유리에 투명하게 비친 자신의 모습이 얼마나 예쁜지 정연은 알고 있었다.

Rrrrrrr—

아침부터 하성태 기획실장의 전화가 왔다. 이 집사가 하 실장에게 전화를 걸라고 시킨 것 같았다.

"실장님, 갈 테니까. 전화하지 마세요."

[잘하시리라 믿습니다.]

"알았어요."

차갑게 말을 한 후에 핸드폰의 전원을 꺼 버린 정연이었다.

"귀찮아."

자동차를 타고 별장에 도착했지만 아무도 없었다.

"오늘도 바닷가에 갔나 본데요. 아가씨!"

정연은 벌써 어제 그가 걸어왔던 모래사장을 걷고 있었다. 신발을 벗고 맨발로 모래사장을 걷자 사각거리며 까슬까슬한 모래의 느낌이 딱 그녀의 심정이었다.

"아가씨, 같이 가요!"

유모가 열심히 따라오고 있었지만 정연은 바닷가만 보고 걸었다. 그녀의 눈길은 남자들만을 좇았다. 하지만 그녀의 눈이 금방 한곳에 머물렀다. 파도를 타고 있는 남자의 모습이 그녀의 눈에 들어왔다.

영화에서 보는 장면이 펼쳐지고 있었다.

"파도를 타는 김승욱이라……."

김승욱은 자유로워 보였다. 파도 위의 그는 확실하게 자연인의 모습이었다. 할아버지 옆에서 차가운 모습만을 보였던 그에게 이런 모습이 있다는 게 놀라울 따름이었다.

"아가씨!"

숨을 헉헉거리며 쫓아온 유머가 파도를 타고 있는 승욱을 보는 순간 말을 멈추었다. 시간이 멈춘 것처럼 정연은 넋을 잃고 승욱을 바라보고 있었다. 저렇게 자유로운 남자를 다시 도시에 가둘 수 있을까?

힘들 것 같다는 생각이 들었다. 이 집사의 말처럼 지금이 HY그룹의 상속녀로서의 첫 시험대였다. 싫어도 해야 할 일이었다.

파도가 잔잔해지자 서퍼들이 바다에서 하나둘씩 나오고 있었다. 거의 마지막으로 승욱이 나왔다. 어제보다 더 따뜻한 날씨 탓일까? 오늘 그는 바지만 입고 상체는 다 드러내고 있었다. 조각가가 섬세하게 조각해 놓은 듯한 그의 근육들은 여성들의 시선을 사로잡을 만했다.

"김 실장님."

어제처럼 유모가 그를 먼저 아는 척했다. 그가 고개를 숙여 유모에게 인사를 하더니 그녀 앞을 그냥 지나쳤다.

"이봐요!"

"……"

"왜 사람을 그냥 지나치는 거예요?"

그의 빠른 걸음을 쫓으며 정연이 말했다.

"바다를 구경하러 오신 것 아니었나요?"

그녀가 포기한 줄 아는 모양이었다. 승욱도 그녀가 재벌가 3세이기 때문에 끈기가 없다고 판단을 한 것 같았다. 하지만 그건 그녀를 잘못 본 것이었다.

"지금 장난해요?"

무시당한 것 같아서 화가 났다.

"전 이미 어제 드릴 말씀을 다 드렸습니다만."

"김승욱 씨!"

"돌아가 주세요."

"못 가요!"

"……."

그녀의 말에도 불구하고 그는 별장을 향해 걷기만 했다. 이렇게 이틀씩이나 무시당한 건 태어나서 처음인 정연이었다. 꼭 이렇게까지 해야 하는 마음이 들어 당장 발길을 돌리고 싶은 기분이었다.

"야!"

"……."

그가 걸음을 멈추었다. 과격하게 해야 그나마 말을 들어 주는 것 같았다.

"그러니까……."

"전 지금이 좋으니 그만 가시죠."

그녀가 말을 꺼내기도 전에 그가 말을 자르고 가 버렸다. 그의 뒤를 쫓아가다 보니 별장 앞이었다. 그는 들어오란 소리도 없이 별장 안으로 들어갔다.

"아가씨!"

유모가 거친 숨을 몰아쉬며 그녀의 옆에 왔다.

"헉헉, 어쩌죠?"

"……."

따라 들어가기엔 자존심이 너무 상한 정연이었다. 그래도 그녀의 속상한 마음을 그의 집 앞에 있는 귤나무가 달래 주고 있었다. 우울한 기분과 상쾌한 향이 대조를 이루고 있었다.

설상가상이라고 했던가? 갑자기 빗방울이 떨어지기 시작했다.

"아가씨, 차로 가시죠."

유모가 어쩔 줄 몰라 하며 말했다. 하지만 이대로 가기엔 너무나 자존심이 상한 정연은 이를 악물었다.

"……."

그녀는 오기가 생겨 그 자리에 서 있었다.

"아가씨! 감기 걸리세요."

"……."

유모는 그녀가 말을 듣지 않자 우산을 가지러 차로 향했다. 차까지는 제법 거리가 되었다. 갔다가 오는 동안에 그녀는 비에 젖을 것 같았다.

후두둑! 후두둑!

제법 굵은 빗줄기가 떨어지고 있었다. 그녀의 얼굴에 빗방울이 흘러내리고 있었지만 정연은 꿈쩍도 하지 않았다. 변덕스러운 제주 날씨가 그녀의 자존심에 더 큰 상처를 주고 있었다.

그때였다.

굳게 닫힌 현관문이 열리더니 그가 우산을 들고 그녀에게로 다가오고 있었다. 빗줄기가 더 거세지는 바람에 그의 모습이 잘 보이지도 않았다.

그가 그녀 앞에 섰다. 키가 그의 가슴 정도밖에 오지 못하는 정연은 점점 위축되는 자신에게 화가 너무 나 있었다.

"왜 온 거예요?"

"……."

"나랑 말 안 할 건가요?"

"다시 서울로 가라는 말이라면."

그는 단호했다. 정연은 갑자기 몸이 덜덜 떨려 왔다. 추위 때문이 아니라 자존심이 상해서 작게 발작이 온 것 같았다.

"추워요."

그의 싸늘한 눈빛을 보며 그녀가 저도 모르게 말했다. 그녀의 말에 그가 갑자기 그녀의 어깨에 손을 얹더니 자신의 집으로 이끌었다. 오들오들 떨리는 그녀의 몸을 그대로 느끼고 있는 그였다. 이래저래 오늘 제대로 자존심을 구긴 그녀였다. 현관문에 들어서는 순간 유모가 달려오는 게 보였다.

정연은 얼른 손을 들어 그가 보이지 않게 돌아가 있으란 표시를 했다. 그러자 눈치 빠른 유모가 그길로 다시 몸을 돌렸다.

그가 집 안으로 들어가더니 커다란 수건을 가지고 와서 그녀의 몸에 둘러 주었다. 그의 손길이 닿을 때마다 기분이 좀 묘했지만, 굳이 그의 친절을 거절하진 않았다.

"따뜻한 커피도 안 줘요?"

그가 몸을 돌려 주방으로 향했다. 너무 추운 나머지 온몸을 떨면서도 정연의 눈은 승욱을 향해 있었다. 그는 서퍼 슈트가 아닌 검은색 반바지 차림이었다. 물론 윗옷은 걸치지 않은 상태로 여전히 그녀의 시선을 사로잡는 근육을 드러낸 상황이었다.

"당신이 그렇게 노출을 좋아하는 줄 몰랐어요."

"저도 여기 와서 제가 편안한 걸 좋아한다는 걸 알았습니다. 물론 옷차림도 포함해서."

"원래 그렇게 삐딱해요?"

그의 말에 약이 오른 정연이 톡 쏘아붙이자 그가 피식 웃었다. 그가 웃으니 이상했다. 언제나 굳은 얼굴에 인상을 쓰고 있는 게 익숙한데 이렇게 웃으니 다른 사람같이 느껴졌다.

"커피 안 마십니까?"

너무 넋을 잃고 본 모양이었다.

"마셔요."

그의 손에서 커피를 받아 들다 어깨에 걸친 수건이 떨어진 정연이었다. 하지만 지금은 수건보다 커피가 더 절실했다. 목을 타고 넘어가는 커피가 온몸을 따뜻하게 해 주고 있었다.

"음, 좋다."

"……"

그러다가 자신을 바라보고 있는 승욱과 눈이 마주쳤다.

"왜요?"

"노출은 아가씨도 좋아하는 것 같군요."

순간 물에 젖은 원피스가 몸에 딱 붙어 적나라하게 그녀의 몸매를 드러내고 있음을 알게 된 정연은 바닥에 떨어진 수건을 집어 들다가 커피를 쏟고 말았다.

"앗 뜨거워!"

뜨거운 커피가 그녀의 팔과 허벅지로 쏟아졌다. 팔은 후끈거렸고 허벅지는 옷 속의 살이 타들어 가는 것만 같았다.

"어머!"

그가 빠르게 정연을 안아 들었다. 뜨거운 커피에 덴 것보다 더 놀란 정연은 흔들리는 천장을 보며 어딘가로 안겨 가고 있었다.

"뭐 하는 거예요? 내려 줘요."

상처가 문제가 아니었다. 그녀의 심장이 미친 듯이 뛰기 시작했다. 그의 가슴근육들이 움직일 때마다 그녀의 팔에 닿아 요란스럽게 흔들렸다.

"김승욱 씨!"

정연이 버럭 화를 내며 소리치자마자 그녀의 발이 바닥에 닿았고 그녀가 무슨 말을 더하기도 전에 차가운 물이 그녀의 몸 위로 뿌려지고 있었다.

"뭐 하는 거예요?"

차가운 물이 뿌려지자 정신이 더 번쩍 들었지만, 상황판단은 더 안 되고 있었다.

"물집이 잡히지 않으려면 이 방법이 최고입니다."

"……"

차가운 물이 후끈거리는 살들을 진정시켜 주고 있었다. 그는 지금 그녀의 화상 부위를 식혀 주고 있었다. 샤워기에서 나오는 물에 그의 몸과 옷도 젖고 있었지만, 그는 개의치 않는 것 같다.

"이거 다 당신 때문이라고요."

"압니다."

쫘악!

"어머!"

무심하게 말하는 그의 목소리와는 다르게 그는 재빠르게 원피스의 치맛자락을 찢어 버렸다. 그녀의 팬티와 하얀 허벅지가 그대로 드러난 상황이었다.

"지, 지금……."

너무 놀라, 말도 제대로 나오지 않았다. 그는 여전히 찬물을 그녀의 허벅지 위로 붓고 있었다. 후끈거리던 부분이 많이 가라앉았지만, 이상하게 그녀의 온몸에 온도는 점점 높아지고 있었다.

그의 손길이 점점 허벅지를 타고 위로 올라오자 정연은 마른침을 삼키며 그의 손길의 움직임을 보고만 있었다. 생각보다 승욱의 손은 부드러웠다. 아니 섬세하기까지 했다. 여자들을 이런 식으로 유혹하는 것일까?

그가 다른 여자에게 이런 식의 친절을 베푸는 걸 생각하니 기분이 좋지 않았다. 왜 자꾸만 엉뚱한 생각을 하는 것일까?

"흠흠, 언제까지 내 허벅지를 더듬고 계실 건가요?"

목소리를 가다듬으며 정연은 물었다.

"가라앉을 때까지."

그는 간결하게 말하고는 얼마 후에 샤워기를 끄고 그녀 앞에 섰다.

"딸꾹!"

거의 벗은 거나 다름없는 상태로 쓸데없이 섹시한 남자와 마주하고 있으니 두근거리는 마음을 달래기가 힘이 들었다.

쫘악!

이번엔 너무 놀라 악 소리조차 나오지 않았다. 그가 그녀의 원피스를 반으로 쭉 찢어 버렸다. 지금 정연은 브래지어와 팬티만 걸친 채 승욱의 앞에 서 있었다. 그가 그녀의 가녀린 몸을 내려다보고 있었지만 정연은 자신이 몸을 가리지 않았다.

짝!

대신 그녀의 손이 그의 얼굴을 세차게 때렸다. 그의 얼굴엔 붉게 그녀의 손자국이 찍혔다.

"어떻게 감히!"

그 누구도 그녀에게 이렇게 무례한 행동을 하지 못했다.

"젖은 옷은 이렇게 벗는 게 빠르니까."

얼굴에 그녀의 손자국이 선명하게 남았지만, 승욱은 표정 하나 변하지 않았다.

"그래도 이런 무례한 짓을 그 누구도 나에게 한 적이 없어요."

"후— 실오라기 하나 걸치지 않아도 안전할 겁니다."

친절을 가장한 그의 말에 자존심이 상한 정연이었다.

"내가 실오라기 하나 걸치지 않아도 아무렇지 않을 수 있다?"

"네."

그는 아주 당당하게 그녀에게 시비를 걸어왔다. 그리고는 그가 욕실을 나갔다. 잠시 후 손에 약 상자를 들고 다시 욕실 안으로 들어왔다.

"……."

승욱이 멈칫하며 아무것도 입지 않고 있는 정연을 놀란 눈으로 바라봤다. 정연의 얼굴에 승리의 미소가 번졌다. 그는 분명히 동요하고 있었다. 하지만 그것도 잠시 그는 아무렇지 않은 척하며 그녀의 앞에 무릎을 꿇고 앉아 허벅지에 화상 연고를 바르기 시작했다.

이렇게 벗고 있을 필요는 없었는데, 하는 생각이 들자 얼굴이 화끈거리기 시작했다. 그리고 그녀의 앞에서 아무렇지 않게 약을 바르고 있는 그가 얄미웠다.

"혹시 남자 좋아해요?"

동성애자가 아니고서는 이런 반응이 나올 수가 없었다.

"아뇨."

어이없어하는 게 눈에 보였다.

"그런데 어떻게 아무런 반응이 없어요?"

이렇게 따져 묻는 것도 우스운 상황이었다. 그가 피식 웃더니 자리에서 일어났다.

"왜 기분 나쁘게 웃어요? 내가 뭐, 섹시하지 않다는 뜻인가요?"

"아뇨, 지나치게 자극적이십니다. 다만 저와는 다른 세계의…… 읍!"

충동이었다. 그녀의 자존심을 할퀴는 말을 아무렇지 않게 하는 그의 입을 막고 싶은 생각뿐이었다. 거절에 익숙하지 않은 정연은 그에게 이틀이나 거절당했었다. 더는 싫었다. 거절의 말을 또다시 듣느니 그의 입을 막아 버리는 것이 훨씬 나았다.

정연은 키스에 자신이 있었다. 키스뿐만이 아니라 남자를 유혹하는 것에도 자신이 있었다. 남자들은 그녀를 갖고 싶어 안달이었고 정연은 그런 그들을 다룰 줄 알았다. 어머니로부터 물려받은 타고난 끼였다.

그걸 너무나 잘 아는 정연이었고 때로는 시기적절하게 써먹기도 했다. 지금이 딱 그 타이밍이었다. 하지만 점점 뭔가 잘못되어 가고 있다는 생각이 들었다.

"헉!"

이기고 있다는 생각도 잠시, 그가 그녀의 허리를 강하게 끌어안고는 도리어 정연의 입술을 삼켜 버렸다. 그의 혀가 거칠게 파고들며 연약한 입술 안으로 들어왔다. 그리고 그의 흥분한 몸과 그녀의 가녀린 몸이 한 치의 오차도 없이 맞닿아 있었다. 수많은 키스를 해 봤지만 이렇게 진한 키스는 태어나서 처음으로 한 정연은 너무 놀라 승욱을 밀어낼 수밖에 없었다.

그동안 그녀가 한 키스는 아이들의 장난 수준이었다. 그녀가 만났던 사람들은 승욱에 비하면 남자가 아니었다. 그의 혀는 더 깊이 들어와 그녀의 입안을 점령하고 있었다. 승욱이 키스를 이렇게 잘하는 줄은 전혀 예상하지 못했는데, 그는 마치 키스의 장인 같았다. 그의 혀가 그녀의 혀를 감았다 놓기를 반복했다. 입안 전체에 태풍이 불어닥친 것 같았다.

그리고 그의 욕망을 그대로 드러낸 페니스가 그녀의 배꼽과 여성 사이를 강하게 찌르고 있었다.

"하아……."

입술에서 신음이 터져 나왔다. 이성과 몸이 따로 노는 상황이었다. 더는 그에게 말리고 싶지 않은 정연은 그를 다시 한 번 힘껏 밀어냈다.

"헉헉……."

승욱이 그녀를 놓아 주었다. 그들은 거친 숨을 몰아쉬며 서로를 노려보고 있었다.

"시작은 제가 한 게 아닙니다."

"뭐라고요? 난 그렇게 하려던 게 아니었다고!"

"남자를 그렇게 도발하면 안 됩니다."

그는 아무 일도 없었던 것처럼 차분한 목소리로 말했다. 그리고는 그녀의 어깨 위에 커다란 수건을 덮어 주었다. 하지만 친절한 손길은 아니었다.

"입을 만한 옷이 있을 겁니다."

그가 욕실을 나가 자신의 드레스 룸에서 여자 옷을 가지고 나왔다. 조금 오래된 스타일이긴 했지만 모두 비싼 명품 브랜드였다.

"여기 온 여자들의 취향은 고급이었네요."

순간적으로 질투를 느꼈다.

"아마 그랬을 겁니다."

아마? 마치 남의 일을 말하는 것 같은 승욱의 말이 더 화나게 했다.

"마치 남의 일을 얘기하는 것 같군요."

"네, 이 드레스 룸은 주 회장님이 만들어 놓으신 거니까요."

"잘 피해 가네요. 그럼 왜 안 치운 거죠?"

"오늘 같은 날을 대비해서라고 해 두죠."

그녀는 그 앞에서 속옷을 입지 않은 채 드레스를 입었다. 꽃무늬 프린트의 랩어라운드 드레스는 고전적인 디자인이었지만 그녀의 가는 허리를 더욱 강조하며 우아한 느낌을 풍겨 주었다.

"팔과 허벅지는 오늘만 지나면 괜찮을 것 같습니다."

그녀를 감상하는 듯 바라보는 그의 시선이 싫지만은 않았다.

"의사도 아닌데 어떻게 알아요?"

"……."

그의 눈이 위험하게 반짝였다.

"어쨌든 오늘 고마웠어요."

그녀는 이렇게 인사를 하고는 현관 쪽으로 가다가 걸음을 멈추고 물었다.

"정말 서울로 안 갈 거예요?"

"싫습니다."

두 번의 거절이었다. 그녀가 현관문을 열자 언제 비가 왔냐는 듯 쾌청해져 있었다. 소나기가 온 후라서 바닷가에는 사람들은 거의 없었고 저 멀리서 유모가 그녀를 발견하고는 달려왔다. 아마 별장을 바라보며 계속해서 기다린 모양이었다.

모든 게 다 그대로인 것 같은데 정연은 별장에 들어갈 때와 지금 나왔을 때가 많이 달라진 것 같았다.

그녀는 혀로 입술을 살짝 쓸어 보았다. 그리고 달갑지 않은 반응에 인상을 쓰며 유모가 오는 모습을 멍하게 바라보고 있었다.

"자기가 제갈공명도 아니고 내가 삼고초려를 해야겠어?"

"지금은 제갈공명보다 더한 분이십니다."

어젯밤 비행기로 이 집사가 제주도에 도착했다. 안 그래도 심란한 상황인데 아주 골치가 아파졌다. 이 집사의 잔소리는 날이 갈수록 업그레이드가 되어 갔다.

"아니 왜 온 거예요?"

"아가씨께서 노력하고 계시지 않는 것 같아서요. 지금 주기현 사장 쪽은 승리를 예감하며 주주총회를 개회하려 하고 있습니다."

"뭐요?"

주총을 이렇게 빨리 열 줄은 예측하지 못했다. 그녀가 주식을 전부 물려받았으니 주총을 여는데 조금은 망설일 줄 알았었다. 그런데 생각보다 빨리 숙부가 야욕을 만천하에 드러낼 생각인 것 같았다.

"여론은 우리 쪽 아닌가요?"

이 집사의 표정이 어두워졌다.

"여론은 우리 편일지 몰라도 주주들은 우리 편이 안 될 겁니다. 무능해 보이는 나이 어린 여자 회장은 인정할 수 없을 테니까요."

무능, 나이 어린, 여자란 단어에 정연은 어금니를 꽉 깨물었다. 인정하기는 싫었지만 사실이었다. 팩트란 이런 걸 두고 하는 말이었다. 아무리 그녀가 실력이 뛰어나고 돈이 많다고 해도 대부분 사람은 그녀를 동경은 해도 존경할 마음은 없었다.

"그래서요?"

"가셔야죠. 열 번이고 백번이고 가서서 저들이 무서워할 패를 쥐서야죠."

"그 패가 김승욱 하나뿐인가요?"

만약 다른 패가 있다면 그거라도 쥐고 싶은 심정이었다.

"현재로서는 그렇습니다."

정연은 아침을 먹다 말고 숟가락을 놓았다.

"차라리 하성태 기획실장을 사장으로 승진시키는 건 어때요?"

"주주들은 하성태가 누군지도 모릅니다. 실력이 좋아도 인지도가 낮은 사람은 지금은 필요하지 않습니다."

이 집사가 딱 잘라 말했다. 틀린 말은 아니니 반박을 할 수도 없었다.

정연은 입술을 꽉 깨물다 얼굴을 붉혔다. 어제 승욱과의 키스가 생각이 났기 때문이었다. 이런 상황에 그를 또 만난다면 정말 민망할 것 같았다.

"알았어요."

"식사는 하고 가십시오."

"밥 한 끼 안 먹는다고 죽진 않아요."

머릿속이 복잡했다. 어제 그런 일이 있고 나서는 더 그런 것 같았다. 정연은 불같은 성격을 가지고 있었다. 외모와는 딴판인 성격 때문에 이 집사에게 많이 혼이 나기도 했지만, 그녀처럼 불같은 성격의 할아버지와 살기 위해 그녀도 자연스럽게 강한 성격으로 변한 것이다.

말하자면 그녀는 보호색을 생김이 아닌 성격으로 바꾼 것이었다. 살아남기 위해서 말이다. 이 집사와 유모는 그녀의 또 하나의 가족이었다. 정연에겐 그들을 지킬 의무가 생겼다. 그들뿐 아니라 그녀의 편에서 남모르게 응원해 주는 사람들을 책임질 의무가 정연에게 있었다. 그들을 저버리는 건 옳지 않았다.

한 무리의 수장이 된다는 건 너무나도 힘든 일이었다.

"바다로 가야 하나?"

오늘은 혹시 몰라서 유모도 따라오지 말라고 했다. 어제 옷이 바뀌어 나오자 유모는 거의 형사가 되어 그녀를 추궁하고 나섰다. 혹시 오늘 또 그런 일이 벌어지지 않을까? 괜히 걱정되었다.

"괜한 짓을 했어."

어제 그가 아무리 그녀를 화가 나게 했더라도 참았어야 했다. 키스라니. 이건 말도 안 되는 일이었다.

"아가씨?"

벌써 도착했는지 기사가 그녀를 불렀다. 어제와 같은 해변이었지만 오늘은 그가 보이지 않았다. 정연은 다시 별장으로 향했다. 하지만 오늘 별장엔 이상하게 사람들이 가득했다.

"첩첩산중이군."

그녀는 인상을 쓰며 별장 안으로 들어갔다. 그녀의 등장에 웃고 떠들던 사람들이 모두 정지 화면 상태가 되었다.

"그 여자야?"

"맞네."

언제나 사람들은 그녀를 보면 호기심이 가득했다. 하지만 HY 그룹 상속녀나 재벌녀가 아닌 '그 여자'란 말은 처음 들었다. 그래서 오히려 신선하기까지 했다.

"그 여자라니……."

어이가 없어진 정연은 사람들 무리에 섞여 있는 승욱을 향해 다가갔다. 그는 오늘 아주 깔끔한 캐주얼 차림이었다. 짙은 청색 면바지에 하늘색 셔츠, 그리고 로퍼를 신은 그는 아주 편안해 보였다.

그리고 그의 옆에는 반나체의 여자가 그의 팔에 가슴을 부비며 서 있었다. 완벽한 글래머 타입의 여자는 얼굴은 동양인인 데 반해서 하는 행동이나 몸매는 완벽한 서양인이었다. 뭔가 아주 자유로운 느낌이었다.

"잠깐 자리 좀 피해 주겠어?"

여자가 아쉬운 듯 그의 입술에 가볍게 입을 맞추고는 자리를 비켜 주었다.

"그 여자분?"

얼마나 태웠는지 온몸의 살이 새카만 남자가 또 '그 여자'라는 말을 했다.

"잠깐 얘기 좀 할까요?"

정연이 사람들에 둘러싸여 있는 그를 보며 말했다. 그가 사람들 사이에서 빠져나와 그녀를 서재로 안내했다.

"아까부터 그 여자라는 말을 많이 들었는데, 무슨 뜻이죠?"

"TV에서 본 여자란 뜻일 겁니다. 아주 유명하시니까."

"아……."

그렇다고 하기엔 반응들이 좀 이상했지만 지금 중요한 건 이게 아니기 때문에 그냥 넘기기로 했다.

"제갈공명이네요."

정연이 서재의 책장에 기대서서 오늘도 여전히 섹시한 그를 보았다.

"하하하, 하긴 세 번 오셨으니까요."

그는 아주 호탕하게 웃었다. 하지만 그의 눈은 웃지 않고 아주 묘하게 빛을 냈다.

"웃을 일인가요?"

"울 일도 아니죠."

"할아버지를 모실 땐 이런 분인 줄 몰랐어요."

"이게 바로 저입니다."

이렇게 자유로운 사람을 도시로 데리고 가고 싶진 않았지만, 이 집사의 말대로 지금은 그가 절실하게 필요한 때였다. 수단과 방법을 가리지 말아야 했다. 아무리 자존심이 상한다고 해도 말이다.

별장의 서재는 밖과는 다르게 위압감이 들 정도로 많은 책들이 있었다. 정연은 책장의 책등을 손으로 쓸며 물었다.

"다 읽었어요?"

"거의."

"1년 동안 HY그룹에 대해 더 많은 생각을 했다는 말이네요?"

"……."

그의 눈길은 책을 더듬고 있는 정연의 손을 향해 있었다.

"할아버지가 왜 이 별장을 김승욱 씨에게 주고 비서직에선 해고했는지 알아요?"

"……."

그녀의 손끝에 머물던 시선이 위험하게 그녀의 미끈하게 뻗은 다리에서 천천히 위를 향하고 있었다.

"난 알 것 같은데."

정연의 목소리가 욕망으로 인해 갈라졌다.

"……."

그의 시선이 이제는 노골적으로 그녀의 가슴에 머물렀다. 그냥 보기만 했을 뿐인데 이상하게도 그의 손이 그녀의 가슴을 만지고 있다는 생각이 들었다.

"할아버지가 왜 그러신지 알고 있죠? 내가 깨닫지 못하길 바란 거죠? 그런데 미안해서 어쩌죠? 내가 알아 버렸네요."

그녀를 희롱하듯 바라보던 눈길을 거두고 굳은 얼굴로 그녀의 눈을 바라보는 승욱이었다.

"1년 동안 HY그룹의 사람들에게 김승욱 씨가 잊힐 시간을 준 거예요. 왜냐면 김승욱 씨가 다치면 안 되니까. 김승욱 씨가 다치면 내가 더 다칠 테니까. 할아버진 당신에게 쉴 시간을 준 게 아니라 사람들이 당신을 가만히 놔두길 기다리신 거죠."

"왜 그랬다고 생각하십니까."

"내가 주식을 가지고 있지만 무능하고 어린 여자니까요."

정말 거슬리는 세 단어를 동시에 제 입으로 내뱉은 정연은 짜증이 난 나머지 인상을 썼다.

"……."

"언제나 날 거슬리게 하는 대목이지만 세상이 그러니까 인정할 수밖에요."

그가 알 수 없는 표정으로 그녀를 보았다.

"내 말이 틀렸나요?"

"……."

그는 말없이 한동안 정연을 바라보았다. 숨이 막히는 침묵이 한동안 계속되었다. 그가 또다시 덮칠까 봐 걱정 반 기대 반이 된 상태였다.

"갈 때가 된 것 같습니다."

그가 침묵을 깼다.

"좋아요."

"하지만 저에게도 조건이 있습니다."

어쩐지 너무 쉽게 간다 싶었다.

"뭐죠?"

"제가 뭘 해도 거절하지 않는 조건입니다."

"물론이죠. 내가 거절할 이유가 없죠. 뭐든 일임할게요."

그가 드디어 승낙했다. 뛸 듯이 기뻤지만 정연은 애써 차분한 상태를 유지했다.

"제가 뭘 원할지 두렵지 않으십니까?"

"두려워해야 하나요? 뭐 주식을 전부 달라거나, 회장 자리를 달라는 말만 아니면 거부할 생각은 없어요."

"알겠습니다."

그의 얼굴에 묘한 미소가 흘렀고 그 모습이 계속해서 떠오를 것만 같았다. 도대체 뭘 요구하려는 것일까? 개인적인 것이 아니라 일과 관련된 부분을 말하는 것 같아서 찜찜하긴 했지만 정연은 절대 묻지 않았다.

그녀를 현관까지 마중하자 육감적인 몸매의 여자가 다시 그의 옆에 달라붙었다. 정연은 뭘 기대했나 싶은 나머지 헛웃음만 나왔다.

그날의 일은 그저 허튼 환상 같은 것이었나 라는 생각이 들었다.

2. 판단 오류

HY그룹 사옥은 인산인해였다. 100만 주가 넘는 엄청난 규모의 주식을 자랑하는 HY그룹답게 본사 사옥을 한 바퀴 돌고도 남는 많은 인원이 참여를 한 상황이었다. 신임 회장 선출에 대한 이슈가 큰 만큼 모이는 관심도 컸다.

기현은 기대에 찬 마음으로 주주총회 날만을 기다리고 있었다. 모든 게 순조로웠다. 5월의 하늘이 이렇게 청명한지도 오늘 처음 알았다.

"사장님, 주 부회장님께서는……."

"아버진 오늘 아침에 병원에 들르셨다가 이리로 오실 겁니다."

다른 계열사 사장이 그의 곁으로 다가와서 물었다. 아버지도 요즘 몸이 부쩍 안 좋아지신 상태였다. 그래서 걱정이었지만 오히려 아버지가 회장으로 추대가 되었다가 그에게 차례가 오는 것보다는 바로 그가 회장으로 추대가 되는 게 훨씬 나을 거라고 생각했다.

"줄이 너무 길어서 강당에 모든 인원을 수용하긴 힘이 들 것 같습니다."

"그래서?"

"다목적 홀까지 분산 수용해야 할 것 같습니다."

"그렇게 해요."

"네."

본사 사원들이 모두 나와서 주주들을 안내하고 있었다.

"반응이 뜨겁군."

"그러네요. 우리에게 아주 좋은 신호탄입니다. 사람들이야 주식이 오르는 걸 더 선호하지 않겠습니까?"

기현은 오늘 뭔가가 이루어질 것 같은 기대감이 컸다. HY전자의 주가가 경기 불황으로 하락했고 중공업도 실적 부진이어서 걱정이 되긴 했지만, 기현의 조건이 정연보다는 나았다. 사람들은 절대로 나이 어린 여자인 정연이 회장이 되는 걸 바라지 않을 것이기 때문이었다.

"안으로 들어가시려면 조금 시간이 걸릴 것 같습니다."

"알았어, 천천히 해."

정연이 어떤 모습일지 궁금했지만, 그녀는 아직 본사에 도착하지도 않은 상태였다.

"주정연은?"

"아직 도착하지 않았습니다."

"10분 후면 주총인데 정신이 없나 보구먼."

"무서운 거지요. 어차피 주기현 회장님의 시대가 열릴 텐데요."

그의 편인 계열사 사장들이 그의 곁을 지키며 아부하고 있었지만, 기분이 나쁘진 않았다. 이런 말들에 익숙해져야 할 때가 온 것이다. 이제 정말 주기현의 시대가 열릴 것이기 때문이었다.

"아니, 시간관념이 이렇게 없어서 어떻게 이 큰 기업을 경영한다는 건지. 주 회장님이 살아 계셨으면 아주 경을 칠 일이지 않습니까?"

"맞아요, 자기가 주식이 많다고 일반 주주들을 무시했다가 어떻게 되는지 당해 봐야 알겠죠."

사장들의 말을 듣고 있던 기현이 마지막 질문을 했다.

"우리 쪽 대주주들의 동향은 어떻습니까?"

"흔들림 없이 다 주기현 회장님 편이죠."

이제 회장이라는 호칭이 자연스럽게 나오고 있었다. 기현은 안

심하며 미소를 짓고 있었다.

"이제 준비가 다 되었습니다."

"자, 다들 갑시다."

총회장 안에 들어가자 모두가 그를 존경 어린 시선으로 바라보는 것 같아 우쭐한 마음이 생긴 기현은 자신의 자리에 앉았고, 잠시 후 그의 아버지가 휠체어를 타고 등장하자 주주들도 자리에서 일어나 아버지를 맞이했다.

이제 정말로 그의 세상이 열린다고 생각하던 때에, 총회장 안으로 정연이 들어와 그의 옆자리에 앉았다.

"잘 지냈어?"

기현은 승리를 확신하는 미소를 숨기지 않았다.

"네, 그럼요."

기가 팍 죽어 있을 거라 생각했는데 정연은 의외로 담담한 표정으로 있어서 기분이 좋지 않았다. 어린 게 너무 당당해서 더 마음에 들지 않았다. 총회 안건에 관한 이야기가 이어지는 동안 갑자기 장내가 술렁이기 시작했다.

"왜 이러는 거야?"

"……."

그의 물음에 정연은 아무런 말 없이 알 수 없는 미소를 지었고 고개를 돌린 순간 그의 눈에 승욱의 모습이 보였다. 처음엔 잘못 본 줄 알고 다시 한 번 눈을 감았다가 뜰 정도로 기현은 깜짝 놀랐다.

"김승욱?"

"……."

정연의 얼굴에 자신만만한 미소가 흐른 이유가 있었다. 하지만 이건 있을 수 없는 일이었다. 기현의 얼굴이 심하게 일그러졌다.

"데려온 거야?"

"네."

김승욱이 대주주 중의 몇몇과 그들의 뒤에 서서 이야기를 하고 있었고 승욱을 알아본 그의 쪽 대주주들이 동요하기 시작했다.

"어떻게 데려왔어?"

"삼고초려한 거죠. 힘들었지만 저의 정성을 알아보고 도와주기로 한 거예요."

"……여우같이 굴었군."

곰인 줄 알았는데 여우였다. 그의 눈에 사람들이 동요하는 게 보였다. 손에 땀이 흥건해졌다. 그가 불안해지면 나타나는 증상이었다.

"곰보단 여우가 낫죠."

표정 하나 변하지 않고 그의 말을 받아치고 있는 정연이었다.

"하지만 뚜껑은 열어 봐야지."

"그럴까요?"

그녀의 말에 여유로움이 가득했다. 기현의 얼굴에서 핏기가 사라지고 있었다. 기현은 불안한 듯 손가락을 움직이기 시작했다. 사회자가 드디어 신임 회장 안건을 올렸고 사람들은 웅성이기 시작했다.

정연이 자연스럽게 그들에게 인사를 하며 강단으로 나아갔다. 그리고 귀를 의심할 정도의 명연설을 시작했다. 자신이 왜 회장이 되어야 하는지, 그리고 자신을 도와 회사를 이끌 사람들이 누구인지, 회장이 공석이었던 1년 동안 회사의 발전이 없었던 이유가 무엇이었는지 등을 간결하면서도 설득력 있게 사람들에게 호소했다.

그리고 그는 맥없이 회장 자리를 정연에게 내어 줄 수밖에 없었다.

한시름 놓은 상황이 되었다. 숙부의 똥 씹은 얼굴을 보자 그동안 승욱에게 자존심이 상했던 마음이 조금은 풀어지는 것 같았다. 하지만 그녀가 회장이 되었어도 승욱의 표정은 변한 게 없었다.

잘했다고 말해 줄 법도 한데 그는 아무런 말이 없었다. 하긴 칭찬은 윗사람이 하는 거니까. 회장이 된 그녀가 그를 칭찬해야 하는 것이었다. 그래서 정연은 집으로 돌아가 그에게 고마움을 표할 예정이었다.

집을 구하지 못한 승욱은 당분간 그녀가 있는 본가에서 지내기로 했다. 일단 그게 최선이었다. 그가 호텔에 있었다면 숙부가 벌써 알았을 것이고 집 안의 입단속은 이 집사가 아주 잘하고 있었다.

이렇게 하자고 제안한 사람은 다름 아닌 승욱이었다. 그는 호텔이 아닌 그녀의 집에 짐을 풀었고 주총이 있기 일주일 전부터 극비리에 대주주들과 물밑에서 만나고 있었다. 이 모든 각본은 승욱의 머리에서 나왔다.

인정하긴 싫었지만, 승욱은 대단한 전략가였다. 할아버지가 왜 그를 넘겼는지 알 것 같았다. 그는 지금 정연에게 너무나 필요한 존재였다.

"축하드립니다. 회장님."

승욱이 그녀에게 무표정한 얼굴로 축하 인사를 한마디 전했다.

"아뇨, 제가 감사해야죠."

"아닙니다."

그는 집에 들어오자마자 가볍게 인사를 하고는 곧바로 자신의 방이 있는 2층으로 올라가 버렸다.

"축하하려면 제대로 해야지."

간만에 기특한 생각을 했다며 스스로 뿌듯해한 정연은 와인과 잔 두 개를 가지고 그의 방문을 두드렸다.

똑똑!

벌컥!

"……."

생각 없이 문을 열고 들어서니 와이셔츠의 단추를 풀고 있는 그와 눈이 마주쳤다. 와이셔츠 안에 아무것도 입지 않아 그의 명품 복근이 그대로 드러났다. 햇볕에 그을린 그의 구릿빛 피부는 여자들의 로망이었다. 마른침을 삼킨 정연은 멍하게 그 자리에 섰다. 이탈리아로만 슈트 양식의 값비싼 브리오니 슈트도 그의 명품 몸매보다는 못하단 생각이 들었다.

그가 그녀의 손에 들린 와인을 보며 들어오라 손짓했다. 정연은 마치 무언가에 끌려가는 것처럼 그의 앞에 섰다.

"축하하고 싶어서……."

그가 그녀의 손에서 와인과 잔을 빼앗아 테이블 위에 놓았다. 그리고는 그녀의 얼굴을 양손으로 감싼 그가 정연을 내려다보았다. 마치 시간이 멈춘 것만 같았다. 그의 검은색 눈동자 안 가득히 그녀가 차 있었다. 도대체 뭘 하려는 것일까?

어찌 보면 무례한 그의 행동을 거부해야 하는데 정연은 자신도 모르게 그의 손길을 자연스럽게 받아들이고 있었다.

"전 다른 걸로 칭찬을 받고 싶습니다."

"읍!"

생각할 틈도 없이 그녀의 입술이 그의 입술에 감싸였다. 제주도에서 키스한 이후 처음이었다. 그동안 그는 정연을 거들떠보지도 않았는데, 오늘은 자신이 한 일에 대해 축하를 받고 싶다고 말했다.

그리고 그녀의 입술을 제멋대로 삼켜 버렸다. 그의 혀가 당연한 듯이 그녀의 입안을 휘저었다. 거친 그의 호흡이 그대로 느껴졌다. 그를 밀어내기 위한 것인지 아니면 그의 근육을 느끼고 싶은 건지 그녀의 손이 그의 가슴을 배회했다.

정연은 자신의 손에 닿은 그의 탄탄한 근육이 아주 마음에 들었다.

"으으음."

그의 혀가 그녀의 목젖까지 깊게 밀고 들어와 정신을 차리기힘이 들었다. 왜 이렇게 키스를 하는지 중요치 않았다. 정연은 그가 이 짐승 같은 키스를 멈추지 않기를 바랄 뿐이었다. 미친 걸까?

그의 혀가 그녀의 혀를 감싸는 느낌이 너무나 좋았다. 처음의 키스도 좋았지만, 지금의 끈적이는 키스도 상당히 마음에 들었다. 그의 손이 그녀의 가슴을 감싸 쥐었지만, 전혀 개의치 않았다.

조금 더 강한 자극이 필요했다. 그가 그녀의 아랫입술을 강하게 빨자 저도 모르게 온몸에 소름이 돋았다. 그를 더 만지고 싶었다. 이번엔 정연이 그의 입술을 강하게 빨았다. 그리고 그의 혀를 자신의 혀로 감싸며 그가 그녀에게 한 걸 그대로 돌려주었다.

정연이 손가락으로 그의 유두를 건드리자 유두가 단단해졌다. 이렇게 그녀의 행동에 반응하는 그의 몸이 아주 마음에 들었다.

그의 잔근육들이 그녀의 손바닥 안에서 아름다운 곡선을 그리고 있었다.

"으으음."

저도 모르게 신음이 흘러나온 정연은 승욱의 짙어진 눈동자를 바라보았다. 그가 멈추지 않기를 바라는 마음이었다. 이성과 그녀의 육체가 따로 노는 기분이었다. 여기서 멈추는 게 맞는데 손은 그의 몸을 거침없이 더듬고 있었다.

"자극하지 마. 더는 힘드니까."

욕망으로 잠긴 그의 목소리는 그녀를 더 자극했다.

"시작한 건 당신이죠."

그녀의 손은 그의 가슴을 따라 점점 아래로 위험스럽게 내려오고 있었다.

"멈추길 바라?"

갈라진 음성이 그도 매우 흥분했음을 말해 주었다. 그녀의 손은 멈추지 않고 점점 아래로 내려와 그의 버클에 손가락을 걸었다. 그리고 대담하게 손가락으로 그의 체모를 쓸었다.

"아뇨, 하지만 당신에겐 여자가 있지 않나요?"

제주도에서 그의 팔에 매달려 있던 여자가 떠오르자 기분이 좋지 않았다. 그의 눈을 바라보며 정연은 한쪽 눈썹을 올렸다.

"여자 따윈 없어."

"거짓말."

그가 버클에 걸려 있는 그녀의 손을 잡아 올렸다. 그리고 손가락 하나를 입안에 넣고 빨아들였다. 온몸에 전기가 흐르는 듯 짜릿한 느낌이 퍼졌다.

"날 원하나?"

그가 직설적으로 물었다.

"원해요. 하지만 우린 어울리지 않아요."

"내가 재벌이 아니라서?"

그가 재벌이고 아니고는 지금 중요하지 않았다. 그는 아주 위험한 남자였다. 여자를 홀리는 악마 같았다.

"아뇨, 우린 다르니까."

"다르다?"

그가 이번엔 그녀의 손목 안쪽을 혀로 쓸었다.

"흡!"

그의 야릇한 접촉에 정연은 숨을 삼켰다.

"난 나와 맞는 사람과 가정을 꾸미고 싶어요. 그게 재벌을 의미하는 건 아니에요."

"거짓말이 점점 느는군."

"왜 거짓말이라고 생각하죠?"

"내가 만질 때마다 반응하니까."

"후훗! 그건 당신도 마찬가지 아닌가요?"

그가 이번엔 그녀의 팔을 따라 입을 맞추고 있었다. 점점 정신이 없어지는 것 같았다. 정신을 차리고 그를 리드해야 했지만 쉽지 않았다.

"날 원하나요?"

솔직해지고 싶었다. 그녀를 향한 그의 욕망의 끝을 정연은 알고 싶었다. 아주 작은 욕망이나 재벌가의 딸에 대한 막연한 호기심인지 아니면 정말 그녀를 여자로서 원하고 있는 건지 말이다.

"원해."

갑자기 다리가 땅에서 들리더니 테이블 위에 앉혀졌다. 그리고 위험스럽게 그가 테이블 끝을 양손으로 잡았다. 그의 거친 호흡이 그녀의 귀를 자극했고 표범같이 매서운 눈동자가 그녀를 잡아먹을 듯이 바라보고 있었다.

"이건 칭찬받는 게 아니에요."

그녀의 목소리가 욕망으로 잠겨 있었다.

"난 이런 칭찬을 받고 싶었어."

정연은 그를 똑바로 보았다. 그는 지금 진심을 말하는 것 같았다. 온몸이 떨렸다. 과연 이 사람을 당해 낼 수 있을까? 라는 생각이 들었다. 천하의 주정연이 임자를 만난 것 같았다.

"내가 하기 싫다면요?"

정연은 그의 눈을 보며 그를 떠봤다.

"거절은 없다고 하지 않았나?"

그가 아주 불쾌하다는 듯이 말했다.

"거절할 생각 없어요."

그녀의 말에 그가 갑작스럽게 입을 맞추었다. 너무 세게 다가와서 부딪치는 바람에 입술이 터진 것 같았다. 그와 섹스를 하게 되리라곤 상상도 못했었다. 하지만 그녀의 몸은 마치 그를 기다리기라도 한 것처럼 반응했다.

"아흐……."

저도 모르게 입에서 신음이 터져 나왔다. 집에서 일하고 있는 사람들이 들어올 수도 있었지만, 그녀는 지금 그를 멈출 수가 없었다. 아니 멈추지 않기를 바랐다. 그의 손이 위험스럽게 그녀의 팬티라인을 따라 움직이고 있었다.

두려움에 그의 손을 잡았지만 멈출 마음이 없어 보였다. 통통하게 살이 오른 여성을 그가 손가락으로 어루만졌다.

"제발……."

"내가 멈추기 전엔 거부는 없어."

쫘악!

그녀의 얇은 레이스 팬티가 너무나 쉽게 찢어지며 그녀의 검은 숲을 드러나게 했다. 처음으로 다른 사람에게 보이는 여성을 정연이 손으로 가리려고 하자 그가 그녀의 손을 잡아 꼼짝 못하게 만들었다.

"김승욱 씨!"

"맞아, 김승욱."

그의 눈이 위험스럽게 빛났다.

"널 갖게 될 남자는 김승욱이란 걸 똑똑하게 알아 둬."

그는 마치 소유권이 자신에게 있음을 선언하는 사람 같았다.

츄읍!

그가 말릴 틈도 없이 그녀의 여성을 삼켜 버렸다. 너무 놀라 비명도 지를 수가 없었다. 그녀의 검은 숲을 입안 전체에 넣고는 빨아들이는 승욱의 힘은 대단했다.

"난 아직……. 아아앙……."

츄읍츄읍!

그가 여성을 빨아들이는 소리가 노골적으로 방 안을 울리고 있었다.

"더 벌려!"

"······."

남자에게 명령을 받아 본 기억이 없는 정연은 너무나 당황스러웠지만, 그가 다리를 더 벌리는 걸 그대로 놔뒀다. 이래도 되는 걸까? 정신이 하나도 없었지만, 그의 행위가 싫지만은 않았다.

그가 혀를 세워 그녀의 여성을 둘로 갈랐다. 그리고 손가락으론 그녀의 질을 파고들기 시작했다. 처음 느끼는 이물감에 정연은 몸을 뒤로 젖혔다.

그의 손가락이 집요하게 안으로 파고들었다. 그녀는 처음 받아들이는 것에 대해 놀라고 있었다.

"손가락을 먹고 있어."

"······."

그의 적나라한 표현에 정연은 답을 할 수가 없었다.

"손가락을 이렇게 조이면 다른 건 얼마나 조일까?"

"그만······해요."

그의 입을 막고 싶은 마음이었다. 그가 주는 쾌감은 좋았지만 이렇게 노골적인 말들은 아직 불편했다.

"정말 그만둘까? 이렇게 클리토리스가 움찔거리고 있는데?"

그가 혀로 클리토리스를 건드리며 말했다.

"아흐……."

더는 말하기 힘들게 그가 정연의 여성을 자극하기 시작했다. 승욱이 그녀를 이렇게까지 흥분시킬 거라고는 상상도 못한 일이었다.

"다른 놈들은 절대로 받아들일 수 없는 몸으로 만들어 주지."

"싫어……. 아앙……."

그가 다시 그녀의 클리토리스를 혀로 건드리기 시작했다. 그의 타액인지 아니면 그녀의 몸에서 나온 애액인지 알 수 없지만 끈적이는 액체가 그녀의 여성을 적시고 있었다.

그의 손가락이 끊임없이 그녀의 질을 자극했다. 온몸에 전기 자극을 받는 느낌이었다. 이런 게 섹스라는 걸 처음으로 알게 된 정연은 섹스가 주는 쾌감에 두 눈을 감았다. 하지만 그는 바지를 벗지 않고 그녀를 자극하기만 했다.

섹스를 경험해 보지는 못했지만, 아무것도 모르는 바보는 아니었다. 왜 그녀만을 자극하는 것일까? 그의 손가락이 빠르게 움직이기 시작하자 그녀의 여성이 전기에 감전된 것 같은 자극을 받으며 마침내 부르르 몸을 떨며 쾌감의 정점을 맛보았다.

"아아앙……."

"헉헉……."

그의 목을 끌어안으며 정연은 쾌감에 몸을 떨었고 그는 거친 숨을 몰아쉬고 있었다. 정연이 앉은 테이블은 그녀가 흘린 애액으로 젖어 있었다.

그가 갑자기 몸을 일으키더니 그녀를 일으켜 세웠다. 정연은 그의 목에 여전히 팔을 두르고 있었다. 그가 그녀의 팔을 풀었다. 갑작스러운 그의 행동에 정연은 눈만 껌뻑이고 있었다.

정연은 멍한 눈으로 그를 보았다.

"이제 가서 푹 주무십시오."

그녀가 못 알아듣자 그가 공손하게 그녀에게 말했다. 그런 그의 모습이 더 짜증이 나는 정연이었다.

"하! 다시 김 실장 모드로 돌아온 건가요?"

"잠이 잘 올 겁니다."

그는 조금 전에 아무 일도 없었던 것처럼 건조하게 말했다. 그에겐 이런 일은 아무것도 아닌 모양이었다.

"갑자기 김 실장님이 되다니 놀라워요."

"전 저 나름의 칭찬을 받은 겁니다."

"못됐군요."

"전 좋은 남자는 아닙니다."

짝!

정연은 저도 모르게 그의 뺨을 쳤다. 벌써 두 번이나 그의 뺨을 때린 것이었다. 그는 정연을 울컥하게 만드는 아주 묘한 재주가 있었다.

"제멋대로 구는 건 여기까지예요."

정연이 그에게 경고했다.

"그래서 약속은 함부로 하는 게 아닙니다."

"……."

그가 정연의 말문을 막아 버렸다. 그것이 반박할 수 없는 진실이라서 더 그랬다.

"전 이제부터 아가씨를 마음껏 차지할 겁니다."

"아뇨, 그렇게는 힘들 거예요."

"거부는 없다는 말 기억하십시오."

"……."

이제 무를 수도 없었다. 그가 원하는 것이 돈과 다른 것이라면 뭐든 감당할 수 있을 거로 생각했다. 하지만 쉽지 않을 것 같다는 생각이 들었다. 자존심에 깊은 상처를 받은 정연은 그대로 자신의 방으로 향했다.

"샤르도네……."

승욱은 정연이 놓고 간 와인을 따서 벌컥벌컥 물처럼 마셨다. 그리고는 입가에 묻은 와인을 손등으로 거칠게 쓸어내렸다.

"농축된 맛. 언제쯤 숙성된 풍미의 샤르도네처럼 농축된 맛이 날까? 더 기다려야 하는 걸까?"

아니 어쩌면 그 맛은 이미 나고 있는지도 몰랐다. 승욱은 어떤 상황에서도 절제할 수 있을 거라 생각했는데 오늘은 아주 위험했었다. 하마터면 정연을 가질 뻔했다. 남자의 정신을 쏙 빼놓는 몸을 가진 정연이었다.

"아직은 아니야!"

오래전 악마와 약속을 했다. 그가 원하는 걸 준다면 HY그룹을 세계적인 기업의 반열에 올려놓겠다고 그리고 영원히 악마의 피가 지배하게 만들겠다고 약속했다.

"이제 당신이 나에게 준다고 약속한 걸 받을 땐가 봅니다."

그가 와인을 단번에 마셔 버리고 창밖을 바라보았다. 악마와 손을 잡은 건 그의 나이 열여덟이 되는 때였다. 악마에게 먼저 제안을 한 건 그였다. 그는 주호영이란 악마에게 영혼과 육체가 맡겨진 10명의 남자아이 가운데 하나였다.

주호영 회장의 명령에 무조건 복종을 해야 했지만, 승욱은 그러지 않았다. 주호영 회장은 그들에게 배불리 먹고 공부할 기회를 주었지만, 인간으로서 존중해 주지 않았다. 그들은 그의 노예와 다름없이 길러졌다.

사람이 너무 학대당하다 보면 학대당하는 게 당연하게 여겨져 버린다. 그게 바로 학습의 효과였다. 그는 어릴 때부터 1등이 아니면 주호영 회장이 그들의 양육을 위탁한 양부모에게 죽지 않을 만큼 매질을 당하며 컸다.

어릴 땐 주호영 회장은 하늘 같은 존재였고 양부모가 악마인 줄 알았는데 주호영 회장의 밑으로 들어와서 보니 주호영 회장도 그들과 똑같은 인간이었다. 나중에 주호영 회장이 늙고 힘이 빠지고 나서야 괜찮아졌지만 말이다.

떠올리기 싫었지만, 기억이란 그가 원하지 않을 때 불쑥불쑥 튀어나와 그를 괴롭게 했다. 그는 갓난아기일 때 부모로부터 버려졌고 영아원에 가게 되었다. 그곳에서 곧바로 양부모에게 입양이 되었다.

그를 입양한 양부모는 그 말고도 9명의 남자아이들을 입양해서 키우고 있었다. 서울 교외의 작은 집에는 10명의 남자아이들이 있었고 이곳에서 그들은 아주 특별한 교육을 받았다. 모두 한 살 터울의 아이들은 완벽한 사람들로 키워지고 있었다.

중간에 교육과정을 제대로 받지 못하는 아이들은 일반 고아원으로 보내지며 점점 그 인원이 줄어들었다. 양부모들은 사랑으로 그들을 키우는 것이 아니라 오로지 주호영 회장의 마음에 드는 아이들로 키우기 위해 심한 매질도 서슴지 않았다.

말을 듣지 않으면 가차 없이 체벌이 가해졌고 그 체벌은 어린 아이들이 감당하기엔 너무나 무서운 것들이었다. 그들의 이런 생활은 밖에 알려지지 않을 수밖에 없었다. 그들은 홈스쿨링을 했고 대학교를 제외하고는 모두 검정고시를 쳤다.

그리고 마지막까지 살아남은 3명은 모두 S대 경영학과 출신들이었다. 5개 국어를 모국어처럼 사용할 줄 알았으며 정보처리, 법률, 회계에 이르기까지 완벽하게 마스터한 상태였다. 하지만 그만이 유일하게 주호영 회장의 곁을 지켰으며 나머지 두 명의 형들은 일반 사원이 되어 회사에서 주호영 회장의 스파이 노릇을 했다.

주호영 회장이 죽기 전까지 그의 동생인 주상영 부회장의 사람들을 감시하고 정기적으로 보고했다. 그게 나머지 2명의 일이었다.

제일 형인 철우와 둘째인 승혁이 서울대에 입학한 날 주호영 회장이 3명을 집으로 초대했었다. 열여덟 살인 그가 여덟 살이 된 정연을 처음 본 날이기도 했다.

주 회장의 집에 한 시간 일찍 도착한 그는 집 안을 둘러보다가 정원의 구석에 쭈그리고 앉아 있는 정연을 보았다.

"왜 울고 있어?"

"……."

꼬마는 울기만 할 뿐 그의 말에 대꾸도 하지 않았다.

"꼬맹아?"

"난 꼬맹이가 아니야!"

눈에서 눈물이 떨어지는데도 한참이나 큰 그에게 앙칼지게 아니라고 하는 정연이 너무나 안쓰럽다는 생각이 드는 승욱이었다.

"이름이 뭐야?"

"주정연."

주씨라는 말에 주 회장의 가족이란 생각이 드는 승욱은 자리에서 일어났다. 그를 양부모에게 맡긴 주호영 회장을 하루도 원망하지 않은 날이 없는 승욱이었다. 너무나 힘든 삶을 치열하게 버텼기 때문에 그는 주호영 회장을 악마라고 생각했었다.

그런데 지금 그의 앞에 작은 악마가 있는 것이다. 갑자기 연민의 정이 떨어졌다. 승욱은 저도 모르게 뒤돌아 가려 했다.

"가지 마……."

"……."

작은 악마가 그를 불렀다. 하지만 승욱은 돌아보지 않았다.

"엄마, 아빠가…… 하늘로 가 버렸어."

"……."

아이의 뜻밖의 말에 승욱은 몸을 돌렸다. 아이는 그와 입장이 같았다. 물론 엄마, 아빠가 버린 그와는 경우가 달랐지만 그래도 부모가 없는 건 같은 일이었다. 아이에게 다가간 승욱은 쪼그리고 앉아 아이의 머리를 쓰다듬었다.

　다정한 성격이 아닌 그로서는 이례적인 일이었다. 그만큼 아이의 슬픔이 그에게 그대로 전해졌기 때문이었다.

　"난 할아버지가 무서운데, 같이 살래."

　"누가?"

　무섭다는 말이 이해가 가는 승욱이었다.

　"몰라. 어떤 아저씨가 와서 그랬어."

　"엄마, 아빠는?"

　"교통사고가 나서 하늘로 가 버렸데. 으아앙……!"

　아이가 큰 소리를 내며 울기 시작했다.

　"괜찮아."

　어색하게 아이의 머리를 쓰다듬으며 그가 말했다.

　"시간이 지나면 익숙해져."

　"으아앙!"

　아이가 울음을 그치지 않았다. 사실 시간이 지나도 익숙해질 일은 아니었다. 엄마, 아빠의 얼굴도 모르는 그도 부모가 보고 싶은 건 마찬가지였다.

　"오빠도 엄마, 아빠가 없어."

　"……."

　그의 말에 아이가 거짓말처럼 울음을 멈추었다.

"거짓말."

"정말이야. 오늘 여기 온 건 주 회장님이 오빠를 길러 주신 걸 감사하러 온 거야."

아이가 눈물이 그렁그렁 한 채로 그를 올려다보았다. 아이에게까지 본심을 이야기하고 싶지 않았다. 주 회장이 죽이고 싶도록 원망스럽다는 사실을 말이다.

"할아버지가 안 무서워?"

"무서워. 그런데 말이야. 잘 견디면 되는 거야. 하늘에서 엄마, 아빠가 널 지켜 줄 거니까."

"오빠, 여기서 살아?"

"아니."

"나도 오빠 따라가면 안 돼?"

"왜 따라가고 싶은데?"

"오빠 왕자님 같아."

아이의 말에 오랜만에 미소를 지은 승욱이었다. 순진한 아이의 머리를 쓰다듬어 준 승욱이었다.

"나도 데려가."

"……안 돼."

"왜?"

아이가 다시 울음을 터트릴 것 같았다.

"너무 어려서. 조금만 더 크면 오빠가 정말 왕자님이 돼서 데리고 갈게."

"약속!"

아이가 야무지게 새끼손가락을 그에게 내밀었다. 그는 아이와 약속을 했다. 꼭 데리러 오기로 말이다. 신이 난 아이의 손을 잡고 정원을 걸어오다가 그는 주 회장과 마주했다. 아이는 또다시 울음을 터트렸고 그가 그런 아이를 안아 들었다.

"네 이름이 뭐지?"

"김승욱입니다."

"그래?"

"네."

주호영 회장은 그에게서 아이를 빼앗아 들었고 아이는 유모에게 가기 전까지 목이 터져라 울었다. 잠시 후, 아무 일도 없었다는 듯 편안한 표정의 주호영 회장과 그들은 식탁에 앉아 밥을 먹었다.

"생각대로 S대에 들어갔군. 아주 고생 많았다."

"감사합니다."

형들은 뭐가 감사한지 주호영 회장에게 고개를 연신 숙이기에 바빴다. 하지만 그는 그렇게 하지 않았고 주 회장은 그런 그를 주시하고 있었다. 짐승은 짐승을 알아보는 법이었다. 식사가 끝이

나고 주 회장이 그들과 함께 그가 수집한 미술품이 있는 지하 창고로 향했다.

보고도 믿기지 않을 정도의 작품들이 지하실의 갤러리에 보관되어 있었다. 마치 작은 박물관 같았다.

"내가 죽고 나면 내 이름으로 박물관을 지을 예정이야."

"아주 훌륭하십니다."

그들을 따라온 양아버지가 머리가 땅에 닿도록 조아리며 아부를 했다. 그들에겐 언제나 강압적이고 때로는 폭력적이기도 한 양아버지의 이중적인 모습에 승욱은 고개를 흔들었다.

"김 사장, 나 좀 보지."

주호영 회장이 양아버지를 은밀하게 따로 불렀다. 형들과 그를 지하실에 놔둔 채 주 회장은 아버지와 비밀스러운 이야기를 했다. 형들이 그를 말렸지만, 그는 양아버지와 주 회장의 말을 엿들었다. 그리고 그들의 충격적인 말에 승욱은 경악을 금치 못했다.

"아이들은?"

"입막음해 놓은 상황입니다만, 한 녀석이 말을 듣지 않아서 손을 썼습니다."

"누구?"

"현태 녀석이 사고를 치고 경찰서에 가서 회장님의 이름을 들먹인 모양입니다."

"뭐?"

현태 형은 공부보다는 운동을 더 잘하는 형이었다. 잘생기고 성격도 좋았는데 양아버지의 매질에 성격이 완전히 변한 케이스로, 중1이 되던 해에 고아원으로 쫓겨났다. 그리고 소식이 끊겼었는데 이렇게 듣게 될 줄은 몰랐다.

"그래서?"

"죽지 않을 만큼 손을 봐서 지금은 자기가 누군지도 모릅니다."

"잘했어."

그들의 대화에는 자신들이 아기 때부터 키운 자식 같은 아이에 대한 연민이 조금도 없었다. 승욱은 두 주먹을 불끈 쥐었다. 용서가 되지 않았다. 그도 필요하지 않으면 언제든지 그렇게 제거가 될 수도 있기 때문이었다.

"이화정의 시신은 어떻게 할까요?"

"화장해서 아무 곳에나 버려."

"네."

"내 아들을 잡아먹은 년이야."

"아가씨가 나중에 물으면……."

"묻지 않을 거야."

"네?"

"내가 그렇게 키우지 않을 거야. 내 하나뿐인 핏줄인데 그런 더러운 년을 어미라고 기억하게 할 순 없지."

"알겠습니다."

"기자들이 아이가 불쌍하다는 둥 동정론적인 기사를 다루고 있으니 놔둬."

"알겠습니다."

"내가 세상에서 가장 아끼는 손녀야."

주 회장은 정연에게 남다른 애정을 드러냈다. 독자인 아들이 죽었으니 부회장의 유일한 혈육이니 소중할 수밖에 없을 것이다.

그렇게 자리로 돌아온 그를 보고 형들이 걱정스러운 눈으로 보았지만, 승욱은 들은 이야기를 형들에겐 하지 않았다. 그리고 그들은 곧바로 처음이자 마지막으로 다 함께 저녁을 했다.

"내가 너희들을 키운 이유가 뭐라고 생각하지?"

갑작스러운 주 회장의 질문에 모두가 조용했다.

"저희를 쓰시기 위해서죠."

그가 입을 열었다.

"왜 그렇게 생각하지?"

"회장님께서는 저희를 회장님께 목숨까지 바칠 사람들로 키우신 거 아닙니까?"

첫째 철우 형이 양아버지에게 평소에 들은 말을 했다.

"아니."

주 회장이 단칼에 아니라고 말했다. 양아버진 얼굴이 붉어지며 어쩔 줄을 모르고 있었다. 철우 형의 말은 그가 아이들에게 주입해 왔던 말이었기 때문이었다.

"전 영혼까지 드릴 겁니다."

"옳지!"

주호영 회장이 기뻐하며 말하자 양아버지의 얼굴이 금세 밝아졌다.

"하지만 저도 원하는 걸 주십시오."

"김승욱!"

아버지가 그를 말리자 주 회장의 손을 들어 가만히 있으라고 했다.

"전 목숨과 영혼 아니 그보다 더한 것도 회장님께 드릴 테니, 저도 가지고 싶은 걸 주십시오."

"네 목숨과 영혼이 값질 거로 생각하다니 대단한 자신감이구나. 그런데 어쩌지, 네 조건이 마음에 들지 않는데?"

"전 HY그룹을 1위로 만들 자신이 있습니다."

"하하하, 뭐?"

"1등으로 만들 자신이 있습니다."

그의 눈빛을 본 주 회장의 표정이 바뀌었다.

"그게 뭐지? 나에게 원하는 게?"

"주정연을 저에게 주십시오."

탁!

말도 안 되는 얘기에 양아버지가 그의 머리통을 후려쳤다.

"미친놈, 어디 감히 아가씨의 이름을……."

그 아이가 이 집의 유일한 혈통이 맞는 모양이었다. 얼마나 세게 맞았는지 머리 안에서 종이 울리는 것 같았다.

"하하하, 아주 웃기는 놈이구나."

회장은 대답 대신에 그의 말을 웃어넘기려 했다. 하지만 주 회장이 웃고 있지 않다는 걸 승욱은 알았다.

"농담이 아닌 진심입니다. 회장님께서는 그 어떤 노예보다 능력 있는 노예를 만드셨고, 그 노예를 부릴 기회를 잡으신 겁니다."

"야, 그만 안 해?"

양아버지가 소리를 질렀고 그는 그날 집에 돌아와서 죽지 않을 만큼의 매를 맞았다. 승욱은 회장이 그의 말을 무시한 줄 알았지만 결국 회장의 곁에 발탁된 건 형들이 아닌 그였다. 18년이 지난 지금 그는 악마 같은 주 회장에게 정연을 넘겨받은 것이었다. 주 회장만의 방법으로.

"사악한 노인네."

그는 천장을 바라보며 주 회장을 떠올렸다. 그리고 그가 마지막으로 그에게 한 말도.

10명의 아이는 그의 인간 컬렉션이었고 그가 마지막 그의 컬렉션이었다는 것도 말이다. 완벽한 인간을 만들고 싶었다는 그의 말이 너무나 소름 끼쳤다.

폭력은 양아버지만으로 끝이 난 게 아니었다. 주호영 회장은 수시로 그들을 불러 자신의 분풀이를 했다. 가죽혁대로 맞은 적도 있었고 유리컵을 던져 머리를 꿰매기도 했었다. 사람들이 알지 못하는 주 회장의 잔인함을 그는 알고 있었다. 주 회장은 그를 인간으로 보는 것이 아니라 노예로 여겼다.

그래서 기다렸다. 그의 힘이 강해질 때까지 끝까지 주고 싶지 않았던 주정연을 어쩔 수 없이 그에게 바치길 오랜 세월 그는 기다리고 기다렸다. 손녀가 똑똑하고 아름답게 자랄수록 주 회장의 고민은 늘 것이고 주지 않기 위해 얼마나 애를 쓰는지 옆에서 보려 했다. 물론 주호영 회장이 주기 전에 회사를 지켜 주는 것을 전제로 그는 주정연을 차지하게 되었다.

그가 말하기 전에 죽어 가던 회장이 그에게 자신의 손녀인 정연을 부탁했다. 하지만 믿지 않았다. 그에겐 이렇게 말해 놓고 분

명히 다른 재벌가 녀석과 결혼을 시킬 것이기 때문이었다. 그가
마지막 유언장을 빼돌린 건 아마 하늘에서 알았을 것이다.

"주정연……."

이제 그는 주정연을 차지할 일만 남았다. 그녀가 원하든 원하
지 않던 간에 말이다.

"왜?"

그는 정연과 이렇게 시작하길 바라지 않았다. 처음도 정연이
시작했고 섹스도 그가 아닌 정연이 시작한 것이었다. 정연이 위
험하기 짝이 없는 그의 판도라의 상자를 연 것이었다.

승욱은 눈을 감았다. 하지만 뜨거워진 몸은 식을 줄을 몰랐다.
까칠한 주정연이 그를 달아오르게 만들고 있었다.

우리나라에서 땅값 높기로 유명한 강남에 위치한 HY사옥은
세계적인 건축학자 3인의 불후의 명작이었다. 기하학적인 외관
은 네모난 주변 건물들과는 확연한 차이를 보였고 화려한 외관으
로 시선을 압도했다.

화려하고 도시적인 외관과는 다르게 건물 안에 들어서면 자연
의 나무들이 그대로 심어진 로비에 또 한 번 놀라게 된다. 마치
공원을 걷는 듯한 기분이 드는 로비이기 때문이다.

그녀가 건물 안으로 들어서자 모두의 시선이 그녀와 그녀의 뒤

를 따르는 승욱에게로 향해 있었다. 블랙 스커트와 화이트 재킷의 샤넬 투피스에 진주 목걸이와 진주 귀걸이로 고급스러움을 돋보이게 한 정연과 아르마니 블랙 슈트를 모델보다 더 완벽하게 소화하고 있는 승욱 때문이었다.

출근하기 전까지 정연은 승욱으로부터 완벽하게 스파르타 교육을 받고 나왔다. 주호영 회장 라인의 사람들과도 출근 전에 한 차례 이상 만나며 협조를 요청했고 숙부의 사람들과도 물밑으로 접촉을 시도했다.

용의주도한 숙부가 어떻게 치고 들어올지 모르기 때문에 그들도 나름의 방법을 모색해야 했기 때문이었다.

그녀의 사무실은 할아버지가 쓰던 사무실 그대로였다. 할아버지가 돌아가시기 전에 사무실을 그대로 후임자에게 물려주라고 하셨기 때문이었다. 수많은 자료가 보관되어 있었고 그 모든 내용은 돌아가신 할아버지와 김승욱만이 알고 있었다.

"첫 출근을 축하드립니다. 회장님."

가만히 그녀의 옆을 지키던 승욱이 다른 비서실 직원들과 함께 인사를 했다.

"잘 부탁드려요."

그녀도 직원들에게 인사를 했다. 모두가 낯이 익은 사람들이었다. 생각해 보니 할아버지가 살아 계실 때 같이 근무하던 직원들이었다.

"회장만 바뀌었네요."

옅은 미소를 지으며 회장실로 들어온 정연이 승욱에게 말했다.

"네, 맞습니다. 이렇게 하는 게 효율적이니까요."

"맞아요, HY그룹에서 지금 바뀐 건 저뿐이니 당연한 거죠. 저도 좋아요."

"그렇게 생각하신다니 다행입니다."

"오늘 제가 할 일은 뭐죠."

아침부터 스타일리스트가 정성스럽게 만진 레이어드 커트의 긴 머리카락을 손목에 찬 끈으로 하나로 대충 묶으며 정연이 물었다. 그런 그녀를 넋을 놓고 보고 있던 승욱이 그녀 앞으로 다가와 서류를 내밀었다.

"이것부터 검토하시고 매일 계열사 사장단들과 개별 미팅이 있으십니다."

"알았어요."

이제부터 시작이란 떨림이 있었지만 지금 정연의 머릿속에는 온통 승욱에 대한 생각뿐이었다. 그녀와 진한 스킨십이 있던 그날 이후, 승욱은 비서모드로 돌변해서 그녀에게 그렇게 깍듯할 수가 없었다.

예전에 할아버지를 모시던 김승욱 실장으로 돌아온 것이었다.

반가워야 하는데 왠지 서운한 기분이 들었다. 그래서일까? 그의 움직임을 따라 저도 모르게 그녀의 시선도 같이 움직였다. 달갑지 않았다. 이런 식으로 시간을 낭비할 수 없었다. 일이 정말 산더미같이 많았다. 질려 버릴 만큼 많은 일이 그녀를 기다리고 있었다.

"김 실장님!"

"네, 회장님."

그는 카리스마를 장착한 김 실장 모드로 변해서 그녀를 바라보았다. 짧게 머리를 자른 그의 모습에서 제주도의 야성미 넘치는 모습은 찾아볼 수 없었다.

"아니에요."

"서류 검토 후에 필요하신 게 있으시면 언제든지 말씀하십시오."

"네."

그가 사무실에서 나가고 서류를 보던 정연은 지루하던 표정에서 싸늘한 표정으로 돌변했다. 1년 동안 숙부의 행적에 관한 파일이었다. 회사가 탐이 난 숙부가 어떻게 임원들과 대주주들을 공략했고 회삿돈을 어떻게 유용했는지 그대로 적혀 있었다.

"그렇게 회사가 탐이 나셨어요?"

화가 머리끝까지 난 정연이었다. 정연은 가방에서 작은 다이어리를 꺼내 들었다. 얼마나 낡았는지 모서리가 다 헤지고 종이도 누렇게 변해 있었다. 정연의 보물 1호인 다이어리였다.

"아빠⋯⋯."

여덟 살에 부모를 잃은 충격으로 정연은 그 이전은 잘 기억하지 못하고 있었다. 퍼즐 조각처럼 조각조각 나눠진 기억만 남아 있었다. 하지만 아빠의 오래된 다이어리를 경찰에게서 넘겨받은 후 정연은 아빠의 다이어리를 읽으며 할아버지의 본모습과 아빠, 엄마. 그리고 정연이 한때나마 얼마나 행복한 생활을 했는지를 유추할 수 있었다.

엄마, 아빠가 그리울 때마다 보던 다이어리였다. 얼마나 보고 또 봤는지 너무 낡아서 지금은 조심스럽게 장을 넘길 수밖에 없었다. 가수였던 엄마를 본 순간 아빠는 사랑에 빠져 버렸고 그런 아빠를 엄마는 거부했었다. 자신과는 비교조차 되지 않는 재벌가의 외아들이 엄마는 몹시 부담스러웠던 것이다.

거기에 할아버지의 반대는 엄마를 더 힘들게 했었다. 하지만 아빠의 극진한 사랑이 엄마의 마음을 움직였고 두 분은 사랑의 도피를 하셨다. 모든 걸 포기하고 시골의 작은 마을에서 살던 그들은 정말 행복한 가정을 이루고 살았던 모양이었다.

기억엔 없지만, 아빠의 다이어리에는 날마다 행복하다는 말이 적혀 있었다. 그런데 그런 행복도 얼마 가지 못하고 할아버지의 집요한 방해로 엄마와 아버진 야반도주를 결정한다. 작은 차에 짐을 싣고 가던 중에 큰 사고를 당했고 그녀만이 유일하게 살아남았다.

엄마는 뱃속에 그녀의 동생을 임신한 상황이었다. 아빠의 마지막 다이어리의 내용은 할아버지에 대한 원망이었다. 태어날 동생에 대한 걱정과 이제 막 홈스쿨링을 시작한 그녀에 대한 걱정도 적혀 있었다.

"아빠……."

이 다이어리를 읽으며 정연은 할아버지에 대한 원망을 키우며 혼자 고독한 삶을 이겨 나가고 있었다. 그런데 이제 원망의 대상이던 할아버지가 죽고 아빠가 물려받아야 했던 HY그룹을 그녀가 물려받은 것이다.

그녀가 본가에 들어온 건 사고가 나고 며칠 뒤였다. 아무도 환대해 주지 않았지만, 그녀는 이 집사와 유모를 만나 버틸 수 있었다. 그리고 기억은 잘 나지 않지만, 집에 잘생긴 오빠가 있어서 그녀를 위로해 준 기억은 있었다.

꿈이었는지 다음엔 못 봤지만 말이다. 숙부의 가족들은 천한 피가 흐른다며 그녀를 가까이하지 않았고 무시하기 일쑤였다. 여덟 살, 도움이 필요한 시기였지만 그녀는 그들에게 견제의 대상일 뿐 가족이 아니었다.

그래서 그들의 원하는 걸 더 주기 싫었다.

"지켜야겠지?"

혼잣말하는 정연의 얼굴이 굳어졌다. 그녀는 조용히 서류를 읽어 내려갔다. 그러다가 문득 할아버지의 책상 서랍을 열려다가 굳게 잠겨 있다는 걸 알았다.

"이건가?"

그녀는 변호사에게서 받은 열쇠로 책상 서랍을 열었다.

찰칵.

변호사가 준 열쇠는 할아버지의 서랍 열쇠가 맞았다.

"뭐지?"

그 안에는 서류봉투 몇 개가 들어 있었다.

"어?"

가장 위에 있는 봉투는 다름 아닌 승욱의 개인 정보가 들어 있는 봉투였다. 그의 신상 기록을 보던 중에 그녀는 갓난아기 때의 승욱을 보게 되었다.

"잘생겼네."

그의 출생 기록, 그리고 자라 오면서 기록들이 세세하게 적혀 있었다. 그리고 그녀는 그의 어린 시절 사진 가운데 그녀에게 친절을 베풀었던 오빠의 얼굴을 보았다.

"설마, 아니겠지."

솔직하게 긴가민가했다. 어릴 때의 기억이기 때문에 정확하지는 않았지만, 사진의 승욱은 그녀가 기억하는 사람과 일치했다.

"김승욱이었어?"

놀란 정연은 한동안 말을 잊었다. 그와 그녀의 인연은 할아버지의 비서가 시작이 아니었다. 그전에 그녀에게 친절을 베풀었던 잘생긴 오빠가 김승욱이었다. 가장 슬플 때 위로가 되어 주었던 사람이 김승욱이었다니 왠지 이상한 기분이 들었다.

할아버지의 서류봉투 앞면에는 절대로 결혼은 안 된다는 작은 글씨가 쓰여 있었다.

"미쳤어."

할아버지는 왜 결혼은 안 된다는 말을 써 놓은 것일까? 아마도 그녀의 엄마 때문일 것이다. 정연만은 재벌가와 인연을 맺어 주고 싶으신 것이었다.

"부처님 손바닥 안이야?"

하지만 그 서류봉투 안에는 승욱 말고도 다른 사람 2명이 더 있었다. 그들도 승욱과 거의 같은 조건의 사람들이었다.

"할아버지, 뭘 원한 거죠?"

순간 승욱을 끌어들이면 안 되는 일이었다는 생각이 든 정연이었다.

"판단 미스야."

그녀는 한동안 책상 의자에 기대 생각이 잠겼다.

"일로만 상대하자. 더는 곤란해."

3. 알면서도
빠져든다

1년 만에 다시 자신의 책상에 앉은 승욱은 그동안 묵혀 두었던 서류들을 캐비닛에서 꺼내 들었다. 주 회장이 하고 싶어 하던 일들을 다시 꺼내 든 승욱이었다.

"귀찮은 노인네."

주 회장의 일들은 대부분 그가 기획한 일들이었다. HY그룹의 미래를 위한 일이기도 했다. 이제는 정연을 위한 일이기도 했다.

"정연이라⋯⋯."

어릴 때의 귀여움은 이제 섹시함으로 변해 그를 미치게 만들고 있었다. 이런 전개는 전혀 달갑지 않은 전개였다. 그의 손아래서 욕망으로 들떠 있던 그녀를 떠올리자 그의 남성이 또다시 묵직해지기 시작했다.

그날 끝까지 가지 않기 위해 얼마나 자제했는지 신만이 아실 것이다. 그녀를 갖고 싶다는 말을 했지만 그건 어디까지나 주 회장이 아끼는 것을 빼앗기 위한 계획의 일부였지 정말로 그녀를 사랑하는 마음이 있기 때문은 아니었다.

"정신 차리자."

자신이 이렇게 본능에 충실한 사람인지 자신도 몰랐던 일이었다.

"김 실장님."

그와 5년 넘게 손발을 맞춰 온 유 비서가 웃으며 그의 곁으로 다가왔다.

"왜?"

"오늘 저녁 같이 드실래요? 제주도 생활도 좀 듣고 싶고요."

웃으며 다가오는 유 비서의 눈에 흑심이 가득했다. 그걸 모르는 승욱이 아니었다. 여자들의 이런 접근은 그에겐 아무 소용이 없었다. 하지만 유 비서의 경우는 일을 같이 하기 때문에 평상시 다른 여자들처럼 상처를 주는 말을 가차 없이 할 수가 없었다.

그리고 결정적인 건 유 비서는 아주 능력 있는 비서였다. 그의 까다로운 눈에도 유 비서는 합격이었다.

"오늘?"

"네, 그동안 밀린 이야기도 있고 반갑기도 하고요."

"상황 보고 말해 줄게."

"네."

유 비서와는 남녀의 관계를 떠나서 친하게 지내는 사이였다. 웃으며 그녀와 이야기를 나누고 있는데 언제 왔는지 정연이 유 비서 뒤에 서 있었다. 승욱은 정연을 보면서 유 비서와 말을 이어 갔다.

"그런데 너무 태우신 거 아니에요? 소문엔 서핑에 빠지셨다고 하던데……"

"머리가 복잡할 땐 서핑이 최고지."

"저도 조금 탈 줄 알아요."

"유 비서가?"

"네, 작년 휴가 때 하와이 가서 배웠어요. 언제 같이 타러 가실 래요?"

"좋지."

서핑이라면 언제든지 환영이었다. 물론 그들의 대화를 들으며 인상을 쓰고 있는 정연이 귀여워서 그가 좀 오버한 면도 있었지 만 말이다.

"어머, 회장님."

자신의 자리로 돌아가려고 뒤를 돌다 정연을 보고 놀란 유 비서가 얼른 자리를 피했다.

"오후에 계열사 사장들과 미팅이 있다고 해서요."

"네, 맞습니다. 잠시만요."

유 비서가 그를 대신해서 정연이 이동하는 걸 준비했다.

"누굴 만나죠?"

유 비서에게 질문하는 정연의 표정은 눈에 띄게 차가웠다.

"주기현 사장님입니다."

"부회장님이 아니고요?"

뜻밖의 상황에 유 비서는 놀란 얼굴이었다.

"며칠간 출근을 못하시고 계십니다. 몸이 안 좋으시다고 들었습니다."

"그래요? 그럼 주 부회장님이 지금 어디에 계신지부터 파악해서 보고하세요. 부회장님을 먼저 보는 게 예의일 것 같군요."

"네, 알겠습니다."

그녀가 주기현부터 본다면 기현이 2인자임을 인정하는 형국이었다. 그러니 기현의 아버지이자 바지 부회장인 주상영을 먼저 찾는 것이었다. 작은 것에도 기싸움이 대단했지만, 승욱은 정연이 아주 잘하고 있다는 생각이 들었다.

"부회장님은 지금 댁에 계십니다."

"알았어요. 지금 출발한다고 연락하세요. 그리고 김 실장님과

111

저 둘만 다녀올게요."

"네."

유 비서에게 경고의 눈빛을 보내는 정연의 반응이 귀엽게 느껴졌다. 아무래도 그와 유 비서 사이를 의심하는 모양이었다.

정연의 리무진에 오른 그들은 업무의 연장을 차 안에서 처리하고 있었다. 보안을 위해 차단막으로 운전석을 가리고 뒷좌석에서 서류를 검토하고 있는 정연과 승욱이었다. 좁은 공간에 둘이 있으니 기분이 좀 묘했다.

어린 줄만 알았던 정연은 이제 섹시한 여자가 되어 있었다. 서류를 보고 있는 정연의 모습을 승욱은 물끄러미 보고 있었다.

"왜요?"

"그냥 본 겁니다."

"사람 헷갈리게 하지 마요."

"네."

"유 비서와 어떤 관계죠?"

"……."

그의 짐작이 맞았다. 하지만 그는 아무런 대꾸를 하지 않았다.

"왜 말을 못하는 건가요?"

"아무 사이도 아니니까요."

"웃기네요. 아무 사이도 아닌데 같이 저녁을 먹는다?"

"그럼, 친한 동료라고 해 두죠. 다 온 것 같습니다."

그때 타이밍 좋게 차가 주상영 부회장 집에 도착했다. 그들은 대화를 멈추고 부회장의 집으로 향했다. 생각보다 규모가 상당히 컸다. 본가와 거의 비슷한 수준이었다.

승욱도 부회장의 집은 처음으로 방문했다. 이 집의 피가 원래 이런 걸까? 조카가 왔는데도 싸늘하기가 냉장고 속보다 더했다. 한참을 밖에 세워 둔 뒤에야 일하는 사람이 문을 열어 주었다.

"너무 차갑군요."

"원래 그래요. 그래도 회장이라고 문전 박대는 안 하네요."

의외로 정연은 담담해 보여 다행이었다.

정원을 걸어 현관 앞에 다다를 때까지 정연은 입을 다물었다. 승욱에게 친척들이 그녀를 어떻게 대하는지 그동안 쭉 보여 줬다고 생각했는데 이렇게 오늘도 푸대접을 받으니 기분이 좋지 않았다.

"회삿돈으로 호의호식하시는 분들은 여기 있었네요."

그녀는 이렇게 말하며 집 안으로 들어갔다. 숙조부의 상황은 한눈에 보기에도 좋아 보이지 않았다. 숙조모와 숙모 또한 그녀를 대하는 게 싸늘했다. 아직 그녀를 딴따라의 피가 흐른다고 생각하는 모양이었다.

"숙부한테는 전화나 하고 온 거야? 이렇게 불쑥 찾아오면 어떻게 하자는 거야? 본데없이 자라다 보니 예의도 모르는 거야 뭐야?"

"숙조모님, 오늘 제가 이곳에 온 건 조카로 온 게 아니라 HY그룹의 회장으로 온 겁니다."

오늘 정연은 인제 그만 당할 거라고 단단히 마음을 먹었다. 할아버지가 살아 계실 때는 할아버지 몰래 그녀를 구박하더니 이제 할아버지가 안 계시니 그녀의 면전에서 대놓고 싫은 소리를 하는 그들이었다.

이제 어쩔 수 없었다. 그녀 스스로 헤쳐 나가는 수밖에.

"뭐야?"

숙모의 얼굴에 주름이 더 생겼다.

"부회장님께서 병환이 깊으시니 회장으로서 위로를 드립니다."

"……."

그녀의 차가운 말에 숙조모나 숙모는 한 방 먹은 얼굴로 그녀를 보았다. 회장이라는 직함은 그녀 집안의 최고의 수장이라는 말도 되었다. 수장을 함부로 대할 수는 없는 노릇이었다.

"그리고 회장인 제가 주 사장님께 보고해야 할 이유 또한 없습니다."

정연이 고개를 돌려 누워 있는 숙조부를 보았다.

"빨리 쾌차하십시오. 이 집안에서 제정신인 분은 부회장님뿐이니까요."

"……."

그녀의 말에 답이라도 하는 것처럼 숙조부는 얼굴에 미소를 띠었다.

"다음엔 조카로 찾아뵙겠습니다."

그녀는 이렇게 그들에게 한 방을 먹이고는 숙조부의 집을 나섰다.

"잘하셨습니다."

침실에서 한 말인데 승욱이 어떻게 알았을까?

"뭘요?"

모른 척하며 그에게 물었다.

"침실 안의 일들 다 들었습니다."

"어떻게요?"

승욱이 작은 기계를 들어 올렸다. 그녀의 가방 안에 도청기를 넣은 모양이었다.

"언제 넣은 거죠?"

"위험하다고 생각할 때만 들고 계시는 가방이나 옷에 부착합니다."

"비밀이 없는 세상이네요."

"회장님을 보호하는 수단의 하나죠."

승욱은 철저한 사람이었다.

"파주로 가 주세요."

"파주요?"

"맞아요, 파주 반도체 공장으로 가 주세요. 거기에서 김승혁 이사를 만나고 싶어요. 연락 넣어 주세요."

"네, 알겠습니다."

그녀는 목이 말라 탄산수를 한 모금 마셨다. 목을 타고 내려가는 탄산이 정신을 차리게 만들었다.

"어머!"

차가 흔들리는 바람에 약간의 탄산수가 흘렀다. 그때였다. 정신을 차릴 사이도 없이 승욱이 그녀의 입술을 삼켜 버렸다. 너무 놀라서 소리도 지르지 못했다. 다행히 차는 리무진이라서 운전석과는 차단막이 되어 있었다.

그의 혀가 그녀의 입안을 휘젓고 있었지만 정연은 그를 뿌리치지 못했다. 그녀의 입술을 빠르게 훔친 그가 언제 그랬냐는 듯이 자신의 자리로 돌아갔다.

"뭐 하는 거죠?"

화가 나서 목소리가 날카롭게 나갔다. 키스 때문에 화가 난 건지 그가 키스를 끝내서 화가 난 건지 알 수 없었다.

"닦아 드린 거죠."

그가 또다시 지지 않고 말했다. 승욱은 자꾸만 쓸데없이 그녀의 승부욕을 건드렸다.

"불쾌해요."

"전 좋았습니다."

이제는 즐기는 것 같다는 생각마저 들었다.

"이러지 말았으면 좋겠어요."

"저에게 끌리지 않습니까?"

지독한 자신감이었다.

"끌려요. 하지만 지금은 아무 생각도 하기 싫어요."

그녀는 자신의 감정을 똑 부러지게 말했다.

"당신에겐 거부권이 없습니다."

"……."

그녀에겐 거부권이 없었다. 그를 잡아 두기 위해선 달리 다른 방법도 없었다.

"우리 저녁에 개인적인 이야기 좀 할까요?"

"오늘 약속이 있어서."

기어이 유 비서와 만날 생각인 것 같았다. 알면서도 혹시나 해서 물었는데 한 방에 거절당한 셈이었다.

"······알았어요. 그럼 다녀오세요. 기다릴 테니."

"늦을 겁니다."

자신이 질척거린 느낌이 들어 얼굴이 화끈거렸다.

"괜찮아요."

유 비서와 저녁을 먹을 모양이었다. 괜히 마음이 상했다. 하지만 절대로 질투를 하는 건 아니었다.

파주를 들렀다 회사에 도착하니 거의 퇴근시간이었다. 마음엔 없었지만 유 비서와 저녁을 먹기로 한 승욱은 유 비서와 퇴근 후에 회사 근처의 한정식 집으로 향했다.

"뭐가 그렇게 즐거우세요? 같이 웃어요."

그가 피식 웃는 바람에 유 비서가 물었다.

"아니야."

퇴근하면서 정연이 삐진 아이처럼 인사도 하지 않고 가 버린 게 생각이 나서 웃은 그였다.

"한정식을 좋아하실 줄은 몰랐어요."

식당에 와서 그는 유 비서와 달리 할 말이 없어서 밥 먹는 데만 집중을 하고 있었다. 승욱은 이런 자리가 불편했다.

"회장님과 오래 생활을 하다 보니 입맛도 바뀌더라고."

"왜요? 돌아가신 주 회장님은 한정식만 좋아하셨어요?"

"그건 아니지만, 음식 냄새가 옷에 배는 걸 아주 싫어하셨어."

음식 냄새가 배는 곳에 다녀오면 짜증이 이만저만이 아니었다. 그 생각이 나자 씁쓸한 미소가 지어졌다.

"하긴 깔끔한 분이셨으니까요."

"까다로웠지."

그의 말에 유 비서가 피식 웃었다.

"왜 결혼은 안 하나?"

그녀도 나이가 서른을 훌쩍 넘겼다.

"좋아하는 사람이 있어서요."

그를 두고 하는 말이란 걸 너무나도 잘 알았다.

"나는 아니길 바라."

"……."

밥이 나오기도 전에 이런 말을 하는 건 미안한 일이었다. 하지만 정확하게 선을 그를 필요가 있었다. 회사에선 솔직하게 정연을 약 올리는 재미가 있었지만, 지금은 그런 상황도 아니었다. 일부러 유 비서에게 여지를 주고 싶진 않았다.

"미안해."

"알아요. 저 같은 건 상대도 안 되는 분이란 걸요."

"그런 건 아니지만 난 연애에 대한 생각이 없어."

"왜요?"

"언젠가는 그런 생각이 들지 모르지만, 지금은 아니야. 아니 당분간은 아니야."

"기다릴게요."

"아니, 그건 부담스러워. 난 유 비서와 손발이 잘 맞아서 좋아. 이런 좋은 관계가 나중에 힘들어지는 건 원하지 않아."

"……알겠어요. 무슨 말인지."

그는 유난히 따르는 여자들이 많았다. 하지만 그럴 마음도 시간도 없었다. 그렇다고 같이 일을 하는 사람과 안 좋게 지낼 수도 없기에 이런 일이 있을 때면 마음이 좀 불편했다. 저녁을 먹고 유 비서와 바로 헤어진 그는 택시를 타고 본가로 향했다.

집에 도착한 그는 샤워하고 편안한 옷으로 갈아입었다. 그리고 정연이 그의 방에 들어오기를 기다렸다. 그가 들어왔다는 걸 그녀도 알고 있었다. 정연의 충직한 집사인 이 집사가 벌써 보고했을 것이다.

똑똑!

10분쯤 기다리자 정연이 그의 방으로 들어왔다. 정연은 어릴 때부터 아주 고급스럽게 자랐기 때문에 집에 있을 때도 풀메이크업에 명품 옷을 입고 있었다. 하지만 오늘 정연은 아주 편안한 차림이었다.

화장도 하지 않아 투명한 피부가 그대로 드러났다.

"빨리 말하고 갈게요. 너무 피곤해서 자고 싶어요."

"말씀하세요."

그의 눈동자가 정연 때문에 갈 곳을 잃었다. 그녀는 검은색의 실크 슬립과 가운을 걸치고 있었다. 물론 그 안에는 속옷을 입지 않고 있었다. 정말 피곤해서 자고 싶은 모양이었지만 남자를 유혹하기에 딱 좋은 상태였다.

"난 김 실장님의 도움이 필요해요."

"최선을 다해 돕고 있습니다."

그건 사실이었다.

"알아요. 그래서 나도 약속을 지키고 싶어요."

"잘 지키고 계십니다."

"그런데 자꾸 그 약속이란 게 야릇한 방향으로 흘러서요."

"그런가요? 경영권이나 돈에 관한 게 아니라면 괜찮다고 말씀하신 것 같은데요. 아닌가요?"

차분하게 지적하는 그를 정연이 눈을 부릅뜨고 째려보고 있었다. 그 모습이 솔직하게 귀엽긴 했다.

"맞아요, 그래서 제안을 하려고 해요."

제안한다니 키스가 부담스러웠던 모양이었다.

"뭐죠?"

"섹스 파트너를 원한다면 해요."

섹스란 말에 무덤덤한 표정을 지으며 그는 동요하지 않기 위해 노력했다. 벌써 그의 남성은 꿈틀대며 그녀를 원하고 있었다.

"하지만 조건이 있어요."

"그게 뭐죠?"

"철저하게 섹스만 하는 거죠. 감정은 배제하고 말이죠."

"그게 가능할까요?"

저도 모르게 속마음이 나와 버린 그였다. 요즘 정연의 섹시한 육체가 그를 괴롭히고 있기 때문이었다.

"가능해요."

칼같이 자르는 정연을 꺾어 버리고 싶은 충동에 사로잡힌 승욱이었다.

"쉬운 일은 아닌 것 같습니다. 감정이란 게 조절한다고 되는 것도 아니고."

"날 좋아하는 건가요?"

"물론이죠. 좋지도 않은 여자를 안을 정도의 미친놈은 아니니까."

그의 말에 정연은 표정관리를 하느라 힘이 들어 보였다. 그녀는 확실하게 그를 마음에 들어 했다. 다만 인정하지 않기 위해 애를 쓰고 있을 뿐이었다.

"아름다운 여인에게 끌리는 건 당연하죠. 그런데 왜 감정을 가지면 안 되는 거죠?"

"난 재벌가의 남자와 결혼을 할 거니까요."

"……."

그녀의 말에 그의 표정이 싸늘하게 굳었다. 그가 가장 싫어하는 말을 그녀가 한 것이었다. 주 회장이 원하는 걸 정연이 하려고 했다. 피는 못 속이는 것일까?

"과연 나와 섹스를 한 후에도 그게 가능한 일일까?"

"가능해요. 그리고 서로에게 맞는 짝이 나타난다면 우리의 관계는 깔끔하게 상사와 부하로 돌아가는 거예요."

"……."

"왜 답이 없어요?"

"섹스는 나와 즐기고 결혼은 재벌가의 남자와 할 거다?"

"맞아요."

그녀의 얼굴을 무섭게 보던 그가 갑자기 자리에서 몸을 일으켰다. 그리고 그녀의 손을 잡아 소파에서 일으켜 세웠다.

"뭐 하는 거예요?"

"섹스."

"뭐요?"

"우리는 방금 새로운 계약을 했고, 난 그 계약에 충실한 사람이

거든."

"난 오늘 피곤해요."

그녀의 말대로 정연은 매우 피곤해 보이기는 했지만, 그녀는 상당히 자극적인 상태였다. 그가 그녀를 빠짝 당겨 안았다. 그녀의 가슴이 그의 가슴 아래에 닿아 있었다. 흥분으로 인해 유두가 단단하게 서서 그 감촉이 그에게 그대로 느껴질 정도였다.

흥분한 그의 페니스가 그녀에게도 느껴지고 있을 것 같았다. 그의 손안에 그녀의 작은 얼굴을 감싸고 바라보았다.

"김승욱 씨, 난……."

그녀의 다른 말은 그의 입술에 의해 삼켜졌다. 부드러운 입술이 그를 자극하고 있었다. 그를 괴롭히던 악마의 보물을 그가 탐하고 있었다. 주 회장의 임종을 지키던 그는 이미 주호영 회장에게 복수를 했다.

죽어 가는 그의 귀에 대고 어떻게 정연을 차지할 것인지 말했다. 아무도 보지 못한 임종이었다. 그만이 병원에서 그의 임종을 지켰다. 다 가졌지만 죽으면 아무 소용이 없다는 걸 주호영 회장은 보여 주었다.

"으으음."

그녀의 입안으로 그의 혀가 다급하게 들어갔다. 키스만으로 갈 것 같은 느낌을 받은 건 정연이 처음이었다. 여자들이 유난히 따르던 그였기에 수많은 섹스 경험이 있었지만 한 여자와 오래가지는 못했다.

욕구만 해결하면 그걸로 끝인데 이상하게 정연과는 자꾸만 다음이 기대되었다. 더 하고 싶고 더 자극적인 행위를 하고 싶은 그였다. 하지만 정연도 다른 여자들과 마찬가지로 섹스를 끝까지 하고 나면 다음엔 하고 싶지 않을까 걱정이 들긴 했다.

그의 혀가 또다시 정연의 혀를 휘감았다. 말은 앙칼지게 했지만, 그녀의 혀는 아주 부드러웠다.

"하아……."

그가 원하는 신음이 터져 나왔다. 피곤하다곤 했지만 정연의 몸도 뜨겁게 타오르고 있었다. 그의 손이 자연스럽게 그녀의 실크 가운을 떨어뜨렸다. 부드러운 실크 가운이 그녀의 몸을 타고 흘러내렸다. 너무나 아름답기에 흐트러트리고 싶은 심정이었다.

그녀의 하얀 맨살이 그의 검은 손과 대조를 이루었다. 제주도에서 서핑을 오래 즐기긴 한 모양이었다. 마치 흑인과 백인의 모습 같았다.

그녀의 흥분한 유두가 슬립 위로 도드라져 보였다. 그는 참지 못하고 그녀의 슬립마저 벗겨 버렸다. 그녀의 몸이 말랐을 거로 생각했지만 가슴은 그의 손을 가득 채울 만큼의 볼륨감이 있었다.

얇은 레이스 팬티만 입은 그녀의 모습은 숨이 막힐 정도로 자극적이었다. 그대로 세워 두고 계속해서 보고 싶을 정도의 아름다움이었다. 그의 입술이 그녀의 봉긋하게 솟아 있는 가슴을 향해 내려갔다. 입술과는 다른 부드러움이 가득했다.

그는 정신없이 그녀의 가슴을 빨기 시작했다. 그리고 핑크색 유두에 입을 맞추었다.

"남자를 미치게 만든 가슴이야. 다른 녀석이 봤다면 참을 수가 없을 것 같아."

"……처음이에요."

"……."

"처음이라고요. 난 키스 이외의 다른 건 해 본 적이 없어요."

그녀의 솔직한 고백에 그는 조금 놀란 상황이었다,

"왜지?"

"왜라뇨, 남자들이 날 어려워했기 때문이죠."

그녀의 말이 이해가 갔다. 그녀는 아름다운 만큼 부담스러운 존재였다. 그런 그녀를 안는다는 건 많은 부담이 따르는 일이었다. 하지만 묘하게 승욱은 정연이 조금도 부담스럽지 않았다. 오히려 더 그녀를 격하게 안고 싶었다.

"으으읍."

그녀의 입술을 머금은 승욱은 침대에 정연을 눕히는 대신에 그녀를 창문에 기대게 했다. 밖에서 본다면 그들이 뭘 하는지 다 보이는 상황이었다.

"침대로 가요."

"아니, 난 여기 밝은 곳에서 정연이 어떻게 가는지 보고 싶어."

"누워서 하고 싶어요."

"난 오늘 끝까지 가지 않을 거야. 그냥 정연이가 가는 모습을 보고 싶어."

그는 섹스할 때 정연에게 존대하지 않았다. 섹스 때는 오로지 그가 정연을 압도하고 싶은 마음뿐이었다.

그의 손이 그녀의 가슴을 주무르며 입술은 그녀의 몸을 타고 내려오기 시작했다. 그는 입술을 내리면서 정연의 살을 핥기도 하고 빨기도 했다. 그녀의 달콤함을 그대로 빨아들이고 싶었다.

"아아아……."

그녀가 몸을 부르르 떨면서 그의 머리를 움켜쥐었다. 그의 입술은 지금 그녀의 배꼽을 지나 검은 숲을 향했다. 그녀의 향과 사향이 묘하게 섞여 그를 자극했다. 검은 숲은 아주 무성했고 그는 그녀의 검은 숲이 마음에 들었다.

"예뻐."

"아……."

그는 예쁘다는 말과 동시에 그녀의 여성을 힘껏 빨았다. 그녀의 몸이 창에 딱 달라붙어 버렸다.

"벌려 봐."

창틀에 그녀를 살짝 앉힌 그는 정연의 다리를 양쪽으로 벌렸다. 그녀의 여성은 이미 흥분해서 젖어 있었다. 승욱은 정연의 여성을 힘껏 빨았다.

"아아앙."

신음이 커지자 정연이 자신의 입을 손으로 막았다. 그의 터치에 흥분한 모양이었다. 하지만 이건 시작에 불과했다. 그의 혀가 그녀의 여성을 가르고 들어가 클리토리스를 찾아 핥기 시작했다.

"아흐……."

그녀는 손으로 그의 머리카락을 잡았다. 하지만 멈출 수 없는 그였다. 그녀의 애액은 달콤하게 그의 혀를 자극했다. 그녀의 모든 게 그를 자극하고 있었다. 미칠 것만 같았다. 그의 페니스는 그녀의 안으로 들어가게 해 달라고 난리였다.

츄읍츄읍──

게걸스럽게 그녀의 여성을 빨아들였다. 그가 그녀 안에 들어가고 싶은 만큼 강하게 빨아들였다.

"아아앙."

그녀는 이제 부끄러움도 없이 크게 소리를 질렀다.

그의 손가락이 그녀의 질 안을 휘저었다. 아무도 들어가지 않은 곳이었다. 남자들이 가슴도 만진 적이 없다고 했으니 이곳은 처음일 게 분명했다.

"아아앙……."

그녀가 몸을 부르르 떨며 한 번의 쾌락을 맞이했다. 그는 자신의 몸에 기대어 있는 정연을 끌어안았다. 오늘은 끝까지 갈 마음은 없었다. 회장으로 취임한 지 얼마 되지 않은 정연의 컨디션을 고려한 것이었다.

그가 만약 정연을 갖는다면 그는 밤새도록 그녀를 탐할 것이기 때문이었다.

"헉헉헉."

거칠게 숨을 몰아쉬며 그녀는 그의 품에 안겨 있었다.

"이제 방으로 돌아가셔도 좋습니다."

"……."

"피곤하시니까 오늘은 쉬세요."

"이렇게 끝내려고 시작한 건가요?"

"전 시작도 안 했습니다."

"뭐요?"

"제가 시작하고 끝까지 간다면 회장님은 내일 출근 못하십니다."

"……."

그녀가 그의 눈을 보았다. 그리고 그가 진심을 말한다는 걸 깨닫고는 바닥에 떨어진 슬립을 주워 입고는 그의 방을 나갔다.

쾅!

어지간히 기분이 나쁜 모양이었다. 하지만 그는 그녀가 사라지자마자 바로 욕실로 들어가 차가운 물을 틀었다.

"오늘도 겨우 참았어."

그는 이렇게 말하며 차가운 물을 한참이나 맞았다. 하지만 그의 페니스는 죽을 생각을 하지 않았고 결국은 마스터베이션을 해야 했다. 어릴 때 이후로는 해 본 적이 없는 일을 그는 했다.

"다음엔 참기 힘들 것 같아."

그는 차가운 물을 맞으며 혼자 중얼거렸다.

쿵!

방 안으로 돌아온 정연은 한참 동안 방문에 기대어 서 있었다. 그녀의 거칠어진 호흡은 정상으로 돌아올 생각을 하지 않고 있었다. 너무 놀란 나머지 진정이 되지 않고 있었다. 그는 오늘도 그녀를 흥분하게 만들었다.

"섹스에 중독이 된 걸까?"

승욱은 그녀의 몸을 처음으로 다 만진 남자였다. 하나도 빠짐없이 그녀의 몸 전체를 혀로 훑았다. 그런 그의 몸짓에 그녀는 오늘도 녹아내렸다.

"미쳤어."

미쳤다는 말이 딱 맞았다. 이렇게 온몸이 떨리게 남자와 섹스를 한 건 처음이었다. 그녀가 지금 공식적으로 만나고 있는 대운그룹의 성진수와도 키스 이외의 것은 하지 않았다. 진수는 작년겨울 파티에서 만나 시간이 되면 가끔 저녁을 먹는 사이였다.

사람들 사이에선 둘이 사귀는 사이였지만 정연은 그에 대한 감정이 조금도 없었다.

Rrrrrr—

핸드폰을 보니 진수였다.

"여보세요?"

[오랜만이야.]

"그러네요. 오빠는 잘 지내시죠? 지난번에 축하 꽃바구니는 잘받았어요."

[회장님이시라 이제 얼굴 보기도 힘든 거 아냐?]

"아니에요."

[그럼 우리 이번 주 금요일에 만날까?]

"왜요?"

[내 생일이라서.]

"파티 같은 건가요?"

[왜, 부담스러워?]

"아니에요."

순간 승욱에게 자신이 결혼할 사람은 이쯤 되어야 한다는 걸 보여줘야겠다는 생각이 들었다.

"좋아요."

[그럼 금요일에 보자.]

"네."

정연은 승욱과 확실하게 선을 그을 필요성을 느끼고 있었다. 지금은 재벌 2세인 성진수가 필요한 시기였다.

4. 탐욕스럽게

금요일까지 별다른 일은 없었다. 여기서 별다른 일이란 승욱과의 진한 스킨십이랄까? 그는 집에 오면 자기 바빴고 그녀 또한 그의 방을 찾지 않았다. 하루 이틀이 지나자 의식하는 건 정연뿐이었다.

덤덤한 그를 보며 속이 상한 것도 정연이었다. 유 비서와 희희낙락하는 것도 꼴 보기 싫었다. 왜 그녀만 그를 의식하게 된 걸까?

"회장님?"

"……."

그가 시원한 향수 향을 풍기며 그녀의 곁으로 다가왔다.

"네?"

"전자제품의 차별성을 모토로 새로 만들어진 신기술 개발팀의 명단입니다."

전자제품의 세계적인 판도가 고급 제품들을 생산해서 다른 나라에서 우리의 선진 기술을 쫓아오지 못하게 만드는 것이었다. 기술적으로 한 수 위가 아닌 몇 수 위가 되는 것이었다. 따라 한다고 열받기보다 아예 따라 하지 못하게 만드는 것이 지금 HY전자의 사업 방향이었다.

이 모든 건 김승욱의 머리에서 나왔지만 말이다.

"김승혁 이사는 뭐라고 했어요?"

"김 이사가 추천한 사람들입니다. 다들 뛰어난 인재들이고 모두 주호영 회장님의 사람들입니다."

"알았어요. 주 사장의 움직임은요?"

"지금 건설 경기가 침체이기 때문에 이번 사장 발표에서 전기쪽으로 옮기길 희망하는 것 같습니다."

"안 될 말이죠, 그동안 우리가 박쥐를 키우고 있었어요."

숙부는 호랑이 새끼가 아니었다. 그는 이쪽저쪽 옮겨 다니는 박쥐만도 못한 인간이었다.

"이 사람들의 대한 전권은 김 이사에게 줄 테니까 새로운 사업 진행을 잘 하도록 하세요. 지원은 아낌없이 하죠."

그녀도 이번 프로젝트에 거는 기대가 컸다. 전자 쪽을 시작으로 다른 계열사들도 실행할 생각이었다.

"감사합니다."

"아, 그리고 오늘 저녁 약속 있어요."

"······저녁 약속이 있다는 말은 안 하셨습니다."

진수와 만난다는 말은 하지 않았다. 유 비서와 사이좋은 그를 보니 별로 말을 하고 싶지 않아서 정연은 오늘 약속을 말하지 않은 것이었다.

"알아요. 개인적인 약속이라······."

"어디에 가십니까?"

그의 오른쪽 눈썹이 올라갔다가 내려왔다. 마음에 들지 않는다는 표시였다.

"개인적인 일도 말해야 합니까?"

"네."

그는 단호했다.

"오늘 진수 오빠 생일이라서 초대받았어요."

"진수 오빠? 성진수 사장, 말씀입니까?"

진수 오빠란 말이 거슬린 모양이었다.

"네."

"가실 겁니까?"

"갈 거예요. 김 실장님도 유 비서 만났으면서 왜 그러는 거예요?"

"알겠습니다."

그는 순순히 물러났고 그러는 그가 더 서운하게 느껴졌다. 퇴근시간까지 사무실에서 그를 보았지만, 그는 눈조차 제대로 맞추지 않았다. 그가 기분 나빠 할수록 정연은 유 비서 때문에 받은 스트레스가 조금은 풀리는 기분이었다.

퇴근 시간에 맞춰 스타일리스트가 회사로 와서 파티에 갈 준비를 해 주었다. 준비를 마치고 그녀가 나오자 그때까지 기다리고 있던 승욱은 화가 난 표정으로 그녀를 보고 있었다.

"가요."

"……."

주차장에 가는 동안에도 승욱은 말이 없었다. 제대로 약이 오른 모양이었다. 웃음이 터지려고 했지만 정연은 필사적으로 참았다. 그녀는 진수의 집에 도착할 때까지 승욱과 아무런 말도 하지 않았다.

"도착했네요. 먼저 집에 가요. 기사는 나중에 보내 주고요."

"네."

진수의 파티는 생각대로 성대했다. 재벌가의 아들답게 그는 화려한 파티를 즐겼다. 정연은 그런 진수를 이해하기 힘들었지만 그건 그의 삶이니 그녀가 상관할 일이 아니었다.

그는 즐겁고 유쾌한 사람이었고 그의 주변엔 항상 사람들이 많았다. 물론 여자들도 많았다. 하지만 이상하게 그의 곁에 여자들이 있어도 신경이 쓰이지 않았다.

그가 갑자기 키스를 한 때에도 별로 기분이 나쁘지 않았다. 그냥 인사 같은 느낌이라고 할까? 하여튼 승욱과는 느낌이 다른 키스였다.

오늘 정연은 안에는 심플하지만 섹시한 블랙 미니 톱을 입고 그 위에 디올의 화이트 재킷을 어깨에 걸쳐 섹시함과 우아함을 다 갖추었다.

승욱은 그녀를 파티장에 내려 준 다음에 집으로 갔다. 운전기사는 파티가 끝날 무렵에 그녀를 데리러 올 예정이었다. 진수와 만나는 장면을 보여 주고 싶었는데 늦게 도착하는 바람에 제대로 보여 주지 못했다.

"아쉬워."

그녀는 씁쓸한 미소를 지으며 진욱이 혼자 살고 있는 저택 안으로 들어갔다.

"안녕!"

어릴 때부터 보던 얼굴들이 많았다. 새로운 사람들은 이곳에 끼지도 못했다. 그녀는 우리나라 최고 그룹의 자녀인 만큼 어릴 때부터 재벌가 자녀들 중에 항상 최고의 위치에 있었다.

"이번에 회장 된 거 축하해."

"고마워."

그녀와 친하게 지내는 서율이 그녀 옆에 딱 붙어서 아는 체를
했다.

"솔직히 20대에 회장이라니 너무 놀랍다."

"……."

"김 실장님은 안 오셨어?"

"김 실장은 왜?"

"잘생겼잖아. 거기다가 능력 있지. 모두가 눈독 들이는 사람이
야."

"재벌은 아니잖아."

"무슨 소리를 하는 거야. 그 사람은 재벌이 되고도 남을 사람이
야."

서율이 오랜만에 맞는 말을 했다. 사막에 던져 놓아도 살 사람
이 김승욱이었다.

"Sweetheart!"

진수가 그녀의 뒤에서 안으며 목에 입을 맞추었다.

"생일 축하해요."

몸을 살짝 빼며 정연이 말했다.

"오늘 너무 섹시해. 침대로 데리고 가고 싶을 만큼."

"오빠! 나는 안 보여요?"

서율이 눈을 흘기며 너무한다는 반응을 보였다.

"내 눈엔 오로지 우리 정연이밖에 안 보인다."

"알겠습니다. 제가 피해 드리지요."

"서율아, 넌 눈치가 100단이야."

진수가 능청스럽게 말했다.

"술 마셨어요?"

"아니, 와인 한잔?"

그에게서 술 냄새가 심하게 났다. 하긴 원래 술을 안 마셔도 진수는 짓궂은 구석이 있었다. 너무 다른 성격의 사람이라서 오히려 친하게 된 걸지도 몰랐다.

"그런데 왜 이래요?"

"기분이 좋아서. 좋은 날 좋은 사람과 있으니까."

진수는 정말 즐거워 보였다.

"어쨌든 생일 축하해요. 선물은 갖고 싶은 거 말해요. 해 줄 테니까."

"너."

"점점……."

"진심이야."

진수는 지금 그 어떤 것보다 큰 선물을 말하고 있었다. HY그룹을 원한다는 말과 다름없었다.

"재미없어요."

그녀가 가볍게 넘기려고 하자 그가 정연의 손을 잡고 사람들이 없는 조용한 방으로 그녀를 끌고 들어갔다.

"뭐 하는 거예요? 읍!"

그가 그녀의 입술을 차지했다. 그냥 단순한 입맞춤이 아니었다. 그의 혀가 그녀의 입안으로 들어왔다. 진수와는 이미 키스를 한 기억이 있었다. 하지만 오늘은 그냥 넘기기엔 그의 키스의 강도가 너무 셌다.

"으으읍!"

정연이 그를 강하게 밀어냈지만, 남자의 힘을 당할 수는 없었다. 그의 손이 다급하게 정연의 엉덩이를 더듬었다. 최악의 기분이었다.

"그만!"

잠시 틈이 생기자 정연이 비명에 가까운 소리를 질렀다. 그러자 그가 동작을 멈추었다.

"왜 그러는 거야? 남자라도 생긴 거야?"

"오빠가 참견할 일은 아닌 것 같은데?"

정말 최악의 기분이었다. 오빠고 뭐고 한 대 치고 싶은 걸 참았다. 그러니 말이 곱게 나갈 수가 없었다.

"누구야?"

"없어."

"그런데 왜 그러는 건데?"

"우리가 이런 키스를 할 사이는 아닌 것 같은데?"

"우리 사귀는 사인데 이 정도는 해야 하는 어 아니야?"

"우린 사귀는 거 아니야."

그가 씩씩거리며 그녀를 보고 있었다. 진수는 뭔가를 착각하고 있는 게 분명했다. 그녀는 진수와 사귀는 게 아니었다.

"난 지금 남자와 사귈 때가 아니야."

"……일과 결혼이라도 하겠다는 거야?"

"맞아."

"미친 거 아니야? 물론 네가 회장이 된 건 알겠지만 넌 여자로서 행복을 포기하면 안 돼."

아주 당연하게 여자란 소리를 했다. 그녀가 가장 듣기 싫어하는 소리 중에 하나였다.

"여자는 회장이 되면 행복을 포기해야 한다고 누가 그래?"

"……."

"당당하게 일과 사랑을 둘 다 잘하는 여자도 많아. 그리고 내 사랑의 영역엔 오빠가 들어 있지도 않고."

"정연아."

"오늘 나한테 한 실수는 생일이니까 봐주겠어. 그리고 우리 이제 만나지 말자."

"주정연!"

그녀는 뒤도 돌아보지 않고 방에서 나온 후에 정원을 가로질러 그의 집 밖으로 나왔다. 그리고 핸드폰을 들어 전화하려고 하자 그녀의 리무진에서 승욱이 내려 그녀를 맞이했다.

"회장님!"

표정이 굳은 승욱이 그녀를 불렀다. 하지만 그런 승욱과는 다르게 정연은 그 어느 때보다 승욱이 반가웠다.

"집에 안 갔어요?"

"딱 1시간 걸리셨습니다."

시간까지 체크하고 있었던 모양이었다. 그는 자동차 뒷자리에 그녀와 함께 탔다. 운전기사와는 차단막으로 가려진 상황이라서 차 안은 언제나 둘만의 공간이었다.

차는 출발했고 어색한 침묵이 둘 사이에 흘렀다. 그런데 그가 갑자기 차 안의 불을 켜더니 그녀의 얼굴을 손으로 잡고는 살피기 시작했다.

그리고 다시 차 안의 조명을 껐다.

"그 자식과 키스했습니까?"

"아뇨."

거짓말을 했다. 조금 전의 끔찍했던 기억을 떠올리고 싶지 않아서였다.

"립스틱이 다 지워졌습니다."

관찰력이 아주 뛰어난 승욱이었다.

"네, 했어요."

그녀는 포기한 듯 한숨을 쉬며 말했다. 끔찍한 기억이었다.

"그 자식이 손으로 어디까지 더듬었습니까?"

"말해야 하나요?"

"네, 회장님은 거부할 권리가 없습니다."

그가 화가 난 듯이 말했다.

"키스하고 엉덩이를 만졌죠."

"더는?"

"없어요. 왜요?"

"깨끗이 지워 드리죠. 그 자식의 흔적을……."

차가운 분위기였다. 마치 태풍의 눈처럼 집으로 돌아갈 때까지 차 안은 적막이 흘렀다. 뭔가를 잘못해서 혼이 나는 학생 같아서 기분이 좋지 않았다.

다 큰 성인이 남자와 키스한 게 뭐가 그렇게 잘못인지 화가 나기 시작했다.

집에 도착하자마자 정연은 그를 앞질러 갔다. 너무 화가 나서 그가 오든 말든 상관하지 않았다.

"아가씨, 오셨습니까?"

"네, 집사님. 피곤해서 그냥 잘게요."

"네, 알겠습니다."

그녀는 이 집사의 말을 듣는 둥 마는 둥 하며 자신의 방으로 올라갔다. 그리고 방에 들어가는 순간 그녀의 뒤를 따라 들어온 승욱에게 꼼짝없이 잡혔다.

"지금 뭐 하는 거예요?"

그가 그녀의 양쪽 손을 잡아 벽과 그 사이에 가두었다.

"제가 녀석의 흔적을 지운다고 하지 않았습니까?"

"김 실장님!"

"오늘 밤이 지나면 회장님의 몸은 저 이외에 그 누구도 탐하지 못할 겁니다."

"뭐요? 읍!"

그의 입술이 거칠게 그녀의 입술을 삼켰다. 정신을 차릴 사이도 없이 밀고 들어오는 그의 혀에 정연은 저항할 수조차 없었다.

숨을 쉴 수도 없었고 생각이란 걸 할 수도 없었다. 진수가 할 때는 그렇게 싫던 키스가 승욱이 하니 달랐다.

미친 것처럼 그녀의 입안에서 날뛰는 뜨거운 혀는 통제할 수 없는 것 같았다. 그녀의 어깨에 걸쳐진 재킷이 바닥으로 미끄러지자 블랙 미니 톱만이 그녀의 몸을 감싸고 있었다.

그가 갑자기 입술을 떼더니 손가락으로 그녀의 가슴골을 짚었다.

"여기는?"

"……."

그녀가 대답 대신 고개를 흔들었다.

"목숨은 부지하겠군."

"흡!"

그가 그녀의 엉덩이를 거칠게 움켜잡았다.

"옷 위로 잡았겠지?"

"……."

그녀가 고개를 끄덕였다.

"그나마 현명한 짓을 했군."

그의 손이 짧은 스커트 안으로 밀고 들어왔다.

"여긴 그 누구도 침범해서는 안 돼!"

"왜요?"

정연은 그의 말이 듣기 싫었다.

"섹스는 누구하고든 할 수 있어요!"

그럴 마음은 없었지만, 그의 집요한 행동에 화가 난 정연이었다.

"아니, 나만이 할 수 있어."

주인이 하는 말투 같았다. 평소와 지금은 많은 차이가 있었다. 그는 그녀 위에 군림하고 있었다. 싫었다. 섹스는 동등해야 한다는 생각을 했다. 하지만 지금은 아니었다. 눈에 섬광을 뿜으며 달려드는 승욱은 성난 짐승이었다.

북!

승욱의 손이 값비싼 드레스를 단숨에 찢어 버렸다. 그녀는 지난번과 마찬가지로 그의 앞에 팬티만 입고 서 있었다. 하지만 팬티마저도 순식간에 사라져 버렸다.

"김승욱 씨, 난……."

"그만, 더는 날 흥분시키지 마. 다른 놈은 우리의 계약에 없었어. 그리고 계약기간 동안은 다른 놈에게 눈길조차 주지 않는 게 좋을 거야."

경고였다. 그녀가 그를 확실하게 자극한 게 분명했다. 그가 그녀의 가슴을 거칠게 잡아 일그러뜨렸다.

"아아……."

그리고는 성난 유두를 혀로 쓸었다.

"절대로 용서 못해."

그는 이렇게 말하며 그녀의 핑크빛 유두를 빨기 시작했다. 핑크색 유륜을 따라 그의 혀가 움직였다. 숨을 쉴 수 없는 강한 쾌감이 그의 혀끝을 따라 온몸으로 퍼져 가고 있었다.

"아흐……."

그는 정연을 돌려세워 그녀의 등을 따라 입술을 내리기 시작했다. 온몸에 소름이 돋았다. 그가 허리를 따라 내려가다가 갑자기 그녀의 엉덩이를 양손으로 힘껏 잡았다.

"헉!"

엉덩이에 그의 힘이 가해지고 점차 아픔을 느끼던 순간 그가 혀로 엉덩이 전체를 핥아 내렸다.

"아아앙."

그가 진수가 만진 엉덩이를 혀로 핥기 시작했다. 새로운 자극이었다. 여성을 핥을 때와는 또 달랐다. 엉덩이와 여성이 동시에 전기 충격을 받은 것처럼 찌릿했다.

"아아앙……."

그가 그녀의 다리를 벌리더니 손가락을 그녀의 질 안으로 밀어넣었다. 그리고 그녀의 질벽을 긁기 시작했다. 그의 자극에 정연은 서 있기조차 힘이 들었다. 몸이 들리는 느낌이었다. 마치 가벼운 깃털이 된 것처럼 승욱이 너무나 가뿐하게 그녀를 안아 들었다.

그리고 그녀를 새하얀 시트에 뉘었다.

"김승욱 씨, 난……."

"아무 말도 하지 마."

그가 거친 숨을 몰아쉬며 자신이 입고 있던 옷을 단숨에 벗어 버렸다. 그의 몸을 이미 봤다고 생각했지만, 서핑복에 감추어진 승욱의 페니스를 보는 순간 정연은 놀라고 말았다. 그의 구릿빛 피부와 너무나 잘 어울리는 그의 페니스는 거대하기까지 했다.

"흡!"

놀라서 숨을 삼킨 정연은 저도 모르게 시선을 그의 페니스에 두었다.

"훗! 마음에 드나?"

"……."

그의 물음에 저도 모르게 고개를 끄덕여 버렸다. 그때 그가 한 말이 기억이 났다. 그와 섹스를 하면 왜 다른 남자들이 생각나지 않는다고 말했는지 말이다. 그의 페니스가 그녀의 몸 안에 들어온다면 그녀는 죽을 것 같았다.

도망치고 싶은 마음이 들었다. 하지만 그녀의 움직임보다 그의 움직임이 더 빨랐다. 그가 그녀의 몸 위로 올라타자 침대가 푹 하고 안으로 들어갔다.

이불과 그 사이에 완벽하게 갇힌 정연은 이제 죽었구나 하는 생각이 들었다.

하지만 걱정과는 다르게 거친 숨을 몰아쉬며 으르렁거리는 그가 그녀의 정신을 쏙 빼놓고 있어서 다음에 있을 고통은 잠시 잊어버렸다.

승욱의 입술이 그녀의 입술을 덮고 그의 손이 가슴을 거칠게 만지고 있었다. 승욱의 페니스는 그녀의 여성 주위를 맴돌고 있어서 정연은 정신을 차릴 수가 없었다. 그는 잡아먹을 기세로 그녀를 덮치고 있었다.

"하아악!"

그가 그녀의 유두를 힘껏 빨자 비명에 가까운 신음이 터져 나왔다. 이렇게 소리를 지르다가는 이 집사가 2층으로 올라올 것만 같아서 정연은 입술을 깨물었다.

그의 입술이 점점 아래로 향하자 정연은 오늘은 승욱이 끝까지 갈 것 같다는 생각이 들었다.

예상대로 그는 그녀의 배꼽을 지나 검은 숲으로 위험스럽게 입술을 옮기고 있었다. 그가 입으로 그녀의 여성을 빨아 주기도 했지만, 그의 페니스가 그녀의 질 안에 들어오는 건 또 다른 문제였다. 그렇게 되면 그녀는 정말 처음으로 섹스란 걸 하는 것이었다.

"오늘은 끝까지 할 거야."

"……."

그녀가 두려워하던 말을 승욱이 드디어 했다.

"아아앙."

그의 혀가 그녀의 여성을 가르며 클리토리스를 자극하기 시작했다. 그녀의 여성은 그녀의 마음과는 다르게 자꾸만 젖어 들고 있었다.

"소리를 죽이는 게 좋을 거야. 아니면 이 집사 보는 앞에서 하는 것도 나쁘지 않고."

"미쳤어……."

"맞아, 난 마녀에게 홀린 거야."

그는 이렇게 말을 하며 몸을 일으켰다. 그녀를 마주 보고 있는 그의 몸은 더 거대하게 느껴졌다. 마치 거대한 검은 그림자가 그녀의 몸을 완벽하게 덮는 것 같았다. 그가 갑자기 그녀의 다리를 넓게 벌렸다.

그리고 그 중심에 섰다.

"더는 참기 힘들어."

그가 자신의 페니스를 한 손으로 잡더니 그녀의 여성에 대고 문지르기 시작했다. 그의 단단한 페니스가 그녀의 여성을 스칠 때마다 그녀의 질에선 부끄러운 줄도 모르고 애액이 흘러나오고 있었다.

온몸이 점차 뜨거워지고 있었다. 두려움 반, 기대 반이었다. 섹스가 어떤 것인지 궁금하기도 했고 그의 페니스가 두렵기도 했다.

"아아악!"

질이 찢어질 것만 같았다. 그의 거대한 페니스를 받아들이기엔 그녀의 질은 너무나 좁았다.

"으윽!"

그도 힘이 드는 건 마찬가지인 것 같았다. 처음인 그녀에겐 섹스는 너무나 힘이 들었다.

"그만, 아파……."

"으윽, 조금만 더……."

그도 이를 악물고 자신의 페니스를 그녀 안으로 밀어 넣기 위해 노력했다. 정연은 그의 가슴을 주먹으로 쳤다. 하지만 그는 멈출 마음이 없어 보였다.

"윽!"

그의 페니스가 그녀의 깊은 곳까지 들어오는 데 성공했다.

"너무 좁아."

그녀의 질이 좁다는 걸 그도 아는 모양이었다. 정연은 질이 불에 덴 듯 뜨겁다는 생각을 했다. 처음으로 받아들이는 페니스는 너무나 크고 강했다. 그녀가 몸을 움직이자 승욱이 으르렁거리기 시작했다.

"움직이지 마."

"아파……."

"움직이면 자제할 수가 없어."

그가 이를 악물며 말했다. 하지만 정연도 고통스러워서 움직이지 않을 수가 없었다.

"으윽, 정연아."

그가 그녀의 이름을 부르더니 허리를 움직이기 시작했다. 홧홧하게 타들어 가는 것 같은 느낌이 그의 움직임이 많아지자 조금은 나아지는 느낌이었다. 그렇다고 고통이 없는 건 아니었다.

그가 움찔거릴 때마다 조금씩 고통이 덜해져 가고 아주 조금씩 쾌감이 느껴지고 있었다. 이런 게 섹스라는 생각이 드는 정연이었다.

퍽퍽퍽!

그들의 살 부딪치는 소리가 방 안 가득 울리고 있었다. 남자와 살이 닿는다는 게 그리고 그의 페니스를 받아들인다는 게 이렇게 짜릿한 느낌인지 처음 안 정연이었다. 처음이라서 아프긴 했지만, 또 하고 싶은 마음이 들었다.

그의 얼굴엔 땀방울이 맺혔고 그의 몸도 땀에 젖어 있었다. 마치 샤워를 하고 나온 것 같은 모습이었다. 승욱은 남자로서의 섹시함까지 가득 품고 있었다. 위험한 남자였다. 왜 할아버지가 그를 반대했는지 조금은 알 것 같았다.

그는 그녀의 정신을 쏙 빼놓을 남자이면서 재벌도 아니었다. 하지만 그렇다고 그녀가 볼 서류에 결혼을 반대한다는 말까지 써놓을 이유는 없었다. 순간 정연은 그 이유가 궁금해지기 시작했다.

"악!"

그가 조금 전과는 다르게 빠르게 움직이기 시작하자 정연은 다시 정신을 차릴 수가 없었다. 그의 허리짓은 점점 빨라졌다. 그리고 조금 뒤 그의 분신들이 그녀의 배 위로 쏟아졌다. 그는 거친 숨을 몰아쉬며 그녀의 옆으로 쓰러졌다.

"헉헉헉……. 정말 처음이었어."

"그런 거로…… 거짓말 안 해요."

"처음이어서 기뻐."

그는 솔직하게 말했다. 하지만 그런 그가 얄미운 정연이었다.

"내 마음을 가진 건 아니에요."

"알아."

"우린 그냥 섹스 파트너일 뿐이에요."

그녀가 딱 잘라 말했다.

"그것도 충분히 이해했어."

아니란 말을 하지 않았다. 어제와 다르게 그는 소유욕 대신에 알았다고만 했다. 갑자기 말과는 다르게 서운한 마음이 들었다.

"어머!"

그가 그녀를 안아 들더니 욕실로 향했다. 그리고는 생각지도 못한 일을 하고 있었다. 그가 그녀를 샤워기 앞에 세우고는 몸을 씻기고 갑자기 욕조에 물을 받아 욕조 안까지 안고 들어가서는 온몸을 마사지하기 시작했다.

"기분이 이상해요."

"처음이니까."

"다음에도 이렇게 아플까요?"

"아니, 다음은 아주 좋을 거야."

그는 확신에 차서 말했지만 정연의 눈꺼풀은 점점 무거워지고 있었다. 아마 따뜻한 욕조의 물과 그의 부드러운 마사지 덕분일 것이다.

"자고 싶어요……."

"알았어."

그가 정연을 수건으로 닦아 주고는 침대까지 안아 주었다. 그리고 그녀의 입술에 살짝 입을 맞추었다.

"잘 자."

"……."

그녀는 대답도 못하고 바로 잠이 들어 버렸다.

"아가씨!"

유모가 부르는 소리가 들렸지만, 너무 피곤해서 눈이 떠지질 않았다.

"아프신 건가요?"

"아니……."

"더 주무세요. 오늘 쉬는 날이니까요. 회사 출근하고 너무 신경을 쓰셨나 봐요. 아주 사람이 파김치가 됐어요. 주치의 선생님 불러서 영양주사라도 한 대 놔 달라고 할까요?"

"괜찮아, 유모."

"그래도 이렇게 사람이 파김치가 돼서야……."

"김 실장은?"

"실장님이야 아침 일찍 일어나서 헬스장에서 운동하시고, 아침 식사 하신 후에 서재에서 일하시고 계시죠."

그녀는 이렇게 힘이 드는데 그는 멀쩡하다는 소리에 정연은 몸을 일으켰다.

"더 쉬시지."

"아니야."

그녀가 일어나서 침대를 보니 시트에 피가 묻어 있었다.

"……시트 좀 갈아 줘."

"네."

유모는 더 이상의 말을 묻지 않았다. 아마 생리쯤으로 생각할 것이다. 샤워를 마친 그녀는 꽃무늬 프린트가 있는 원피스를 입고 머리는 가볍게 묶은 채로 식당으로 내려갔다. 쉬는 날은 풀메이크업을 하지 않았다.

스타일리스트와 메이크업아티스트도 그녀가 쉬는 날은 특별한 일이 없으면 쉬었다.

"일어나셨습니까?"

아침에도 변함없이 깔끔한 이 집사가 인사를 했다.

"안녕히 주무셨어요?"

"네, 식사는 간단하게 샌드위치를 준비했습니다."

"고마워요."

어제 너무 체력을 고갈시켜서 그런지 입안이 까끌했다.

"커피로 드릴까요? 아니면 시원한 주스로 드릴까요?"

"커피요."

그녀의 시선은 이미 서재로 향해 있었다.

"오늘 아주 아름다우십니다."

"그래요?"

"네, 무슨 좋은 일이라도 있으십니까?"

"아뇨, 모처럼 쉬는 날이라서 좋은가 봐요."

"다행입니다."

그녀는 아침 식사를 빠르게 먹고는 김승욱이 있다는 서재로 향했다. 그녀가 서재에 들어서자 승욱은 책상에 앉아서 뭔가를 열심히 보느라 그녀가 들어서는 것도 모르는 것 같았다.

"뭘 그렇게 열심히 보나요?"

"이번에 새로 준비하고 있는 부서로 보낼 사람들을 보고 있었습니다."

"전자 쪽 말고 다른 쪽에서도 신규부서가 생기나요?"

"계열사 전체에 새로운 개발 부서를 만들 생각입니다. 신임 회장님이 왔는데 회사가 바뀐 게 없으면 말이 안 되니 조금 힘들더라도 빠르게 혁신을 하는 게 중요하다고 생각합니다."

"저도 같은 생각이에요. 이번엔 어디죠?"

"자동차입니다. 자동차는 기술팀을 바꾸는 것보다 디자인팀을 바꾸는 게 훨씬 더 좋을 것 같아서 세계 슈퍼카 시장에서 손가락 안에 드는 디자이너를 섭외하고 있습니다."

그가 서류를 그녀에게 보여 주었다. 그는 1년 동안 서핑만 한 게 아니었다.

"여러모로 사람을 놀라게 하는 재주가 있는 것 같아요."

솔직하게 그의 기획안은 기획실의 하 실장이 보내온 기획안보다 훨씬 참신하고 좋았다.

"제가 말입니까?"

"네."

"그래서 감정의 변화라도 생기신 겁니까?"

"아뇨."

"그렇군요."

그는 다시 서류를 보았다. 정연은 고집스럽게 감정의 변화가 없다고 말했고 그도 고집스럽게 자신의 감정에 관한 이야기를 하지 않았다.

"오늘 일만 할 건가요?"

"다른 계획이라도 있으십니까?"

그가 서류를 덮고는 물었다.

"아니, 그런 게 아니라 일을 계속할 건지 묻는 거예요?"

"아마 그럴 겁니다. 회장님께서 다른 일을 명령하시면 그걸 먼저 할 겁니다."

"아니에요. 일하세요."

어제 그렇게 뜨거운 밤을 보냈는데 그는 아무런 감정이 없는 모양이었다. 어쩌면 그녀가 처음이라서 흥미를 잃었는지도 몰랐다. 그녀가 몸을 돌리려는 순간 그가 그녀의 팔을 잡았다.

"실망했나?"

그가 다시 그녀에게 반말했다. 그가 반말한다는 건 그녀를 회장으로 대하지 않고 여자로 대한다는 뜻이었다.

"아뇨."

"그런데 표정이 왜 그러지?"

"내가 뭘요?"

하지만 그녀의 음성은 떨렸다.

"아주 실망한 표정이야."

"아니라니까요!"

원하지 않았지만, 마음을 들켜 버렸다.

"어머!"

그가 정연을 자신의 무릎 위에 앉혔다.

"어제가 처음인 여자를 또 안고 싶어서 밤새 한숨도 못 잤어."

"……"

"내 몸이 미친 듯이 정연이를 원하고 있어서 말이야. 나 자신이 짐승이 된 것 같아서 싫어."

"……"

"그런데 지금은 그냥 짐승이 되려고 해."

"읍!"

그녀가 그의 말을 이해하기도 전에 그가 그녀의 입술을 삼켜 버렸다. 그의 손은 벌써 원피스 아래로 들어와 있었다. 그의 손길이 어제와 같이 조급했다. 그가 얼마나 그녀를 원하는지 알 수 있었다.

쫘악!

오늘도 그녀의 팬티는 그의 손에 의해 찢어졌다. 그의 손가락이 다급하게 그녀의 여성을 가르고 들어와 질에 닿았다. 어제의 섹스로 따끔거리긴 했지만, 그녀 또한 그의 손가락을 받아들이기 위해 다리를 벌렸다.

"이렇게 젖어 있다니, 미칠 것 같아."

"하아……."

그의 손길에 정연은 속절없이 무너지고 있었다.

"넣어 줘요."

그와 연결이 되고 싶었다. 손가락으론 이제 만족할 수가 없었다. 승욱이 의자에서 일어나 서류를 한 손으로 밀어 버리고 그녀를 책상 위에 앉혔다. 서류가 바닥으로 떨어졌지만, 그는 개의치 않았다.

그가 다급하게 바지를 내리고 그녀의 질에 자신의 페니스를 넣었다.

"아악! 읍!"

그가 정연의 입을 자신의 입으로 막았다. 2층의 그녀 방과는 다르게 아래층엔 사람들이 많이 다니기 때문에 그들의 은밀한 정사를 들킬 수 있었다.

그가 허리를 움직이자 어제와는 다른 짜릿함이 그녀의 온몸에 퍼지기 시작했다. 정연과 승욱은 한동안 서재에서 둘만의 은밀한 시간을 보냈다.

주방에서 유모가 한숨을 쉬며 앉아 있었다. 이 집사는 이런 유모의 어깨를 뚝뚝 치며 말은 안 했지만 위로했다.

"후……."

"자연스러운 일이잖아."

"그래도……."

유모는 눈물이 나는지 말을 잇지 못했다. 부모를 잃고 매일같이 울던 아가씨가 이제 다 커서 남자와 잠자리까지 하다니 세월이 참 빨랐다.

"모른 척해."

"당연하죠. 그런데 다른 사람들은요?"

"아직은 모르지만 저렇게 두 분의 관계가 뜨거우면 장담은 못해. 우리 집에 일하는 사람이 어디 한둘이야?"

"맞아요."

"일하는 사람들의 동선을 다시 짜야겠어. 두 분이 계실 때는 될 수 있으면 2층에 못 올라가게 하려고."

"잘 생각하셨어요."

"나도 조마조마해서요. 괜히 주 사장님 귀에 들어가기라도 하면……."

"좋을 건 없지."

"맞아요. 걱정이네. 제주도에서부터 심상치 않더니."

"커피는?"

유모가 고개를 가로저었다. 이 집사는 말없이 커피를 타서 유모 앞에 놓았다.

"마셔."

"네, 날씨도 좋고 꽃들도 화사하게 핀 오월인데 왜 이렇게 불안할까요?"

"왜?"

"모르겠어요. 아가씨도 회장님이 됐고 우리 애도 잘 지내는데 뭐가 이렇게 불안한지……."

"추자야."

"네, 오빠, 제가 좀 예민해졌나 봐요."

"아니야."

이 집사는 유모가 이럴 때면 마음이 좋지 않았다.

고향 동생인 추자는 그의 소개로 이 집에 들어왔고 지금까지 그와 함께 이 집을 지키고 있었다. 남편은 20년 전에 추자와 아들 하나를 남기고 세상을 떠났고 추자 혼자 아들을 바르게 잘 키웠다. 지금은 HY전자에서 착실하게 일을 잘하고 있었다.

그는 오래전에 부인과 이혼을 했다. 성격 차이도 차이지만 그의 부인이 바람이 났기 때문에 이혼을 했다. 그게 다 그의 무관심 때문이었다. 이렇게 평탄한 삶을 살지 못한 두 사람은 나름 서로에게 의지하며 잘 지냈다.

"아가씨가 잘하시겠죠?"

"당연하지."

추자는 정연을 딸처럼 아끼고 있었다.

"아가씨 곁을 우리가 지키는 한 아가씨는 반드시 돌아가신 주 회장님보다 더 좋은 회장님이 되실 거야."

"김 실장님이랑 결혼을 하면 참 좋은데……."

"아가씨는 같은 재벌이랑 결혼하실 거야."

"왜요?"

"그래야 재벌 3세의 책임을 다하는 거니까."

"……."

그는 승욱에게 점차 빠져드는 아가씨가 걱정이 되었다.

"그럼 말려야 하나?"

"아니, 우린 그냥 옆에서 지켜보기만 하는 게 나아. 우리의 도움이 필요하시면 말하실 거야."

그는 추자의 어깨를 다시 한 번 손으로 토닥였다.

5. 삼키려는
그림자

6월의 첫날, 갑작스럽게 아버지가 돌아가셨다. 주호영 회장이 죽었을 때는 기자들이 몰려와서 주호영 회장의 죽음에 관한 기사를 앞을 다투어 쓰더니, 그의 아버지인 주상영 부회장의 죽음에는 인터넷 신문의 기사만 달랑 나와 있었다. 심지어 그것조차 금방 다른 기사에 묻히고 말았다.

장례식장 앞에서 담배를 피우며 길게 한숨을 짓고 있는 기현은 아버지의 죽음보다 자신이 무시당하는 게 너무나 싫었다.

"제길."

그는 담배를 끄고는 다시 장례식장 안으로 들어갔다. 혹시 기자들이 왔나 싶어서 나가 본 것이었다. 왜 이렇게 자신이 초라한지 그는 바쁘게 움직이는 사람들을 지나 아버지의 영정 사진 앞에 앉았다.

"아버지, 2인 자는 서러운 겁니다."

그는 이렇게 말을 하면서 아버지의 영정 사진을 보고 있었다. 아버진 사진 속에서도 평온해 보였다.

"마음 편하신가 봐요? 끝까지 아버진 저에게 도움이 안 되시네요."

문상객들은 아직 오지 않고 있었다. 장례식장 안에서도 장례 준비를 하느라 정신이 없었다.

그가 회장이 되지 않은 상태라 조문객들도 아주 많지는 않을 것 같았다. 원래 세상은 힘 있는 자들의 것이었다.

"준비는?"

"다 됐습니다."

그의 비서가 오늘 애를 쓰고 있었다. 같이 일한 지 10년이 넘다 보니 이제 손발이 잘 맞았다. 하긴 그의 비서는 처조카였으니 더 말을 잘 들을 수밖에 없었다. 그때였다. 밖이 소란하다 싶어 보니 정연이 장례식장 안으로 김승욱과 함께 들어왔다. 그 뒤에는 유모와 이 집사가 같이 따라왔다.

"아주 짜증나는 것들이 왔어."

그는 이렇게 말을 하며 그들을 맞이했다.

"아이고, 회장님이 어떻게 이렇게 귀한 걸음을……."

"……."

정연은 그의 비꼬는 말에 대꾸도 하지 않고는 바로 아버지 앞으로 가서 절을 올렸다. 이제 그를 대놓고 무시하는 정연이었다.

정연이 인사를 하고 주방에서 바쁘게 움직이고 있는 그의 어머니와 처에게도 인사를 했다.

"이 집사님과 유모가 남아서 도와 드릴 겁니다. 부족하시면 이 집사에게 말하세요."

"……."

"고맙단 인사는 굳이 안 하셔도 됩니다. 제가 이 집안에서 가장 좋게 생각하시는 분이 돌아가셨기 때문에 진심으로 마음에서 우러나와서 하는 거니까요."

정연이 이렇게 말을 하고는 쌩하니 찬바람을 날리며 사라졌다. 어처구니가 없었다. 이제는 어린 년에게도 무시를 당한다는 생각이 들었다. 이번에 대규모 인사이동이 있다는 이야기가 그룹 전체에 퍼졌다.

예전엔 주류였다가 지금은 전자에 밀려 바닥으로 떨어진 건설보다는 전자 쪽으로 이동하는 게 나을 것 같아 기현은 물밑에서 준비 중이었다. 어차피 회장이 안 됐으니 이제는 실질적인 권력을 장악할 수 있는 전자 쪽으로 가고 싶은 기현이었다.

"아직 게임은 끝이 나지 않았어."

그때였다. 대운건설의 성진수가 그를 보며 걸어왔다. 정연과 사귄다고 했었나? 결혼을 하려는지 그와 눈도장을 찍기 위해 온 것 같았다.

기현은 아버지께 절을 올리는 진수를 물끄러미 보고 있었다. 허우대는 아주 멀쩡해 보였다. 대운그룹의 아들 정도면 괜찮은 집안이었다. HY그룹 정도는 아니었지만 그래도 나쁘진 않았다.

그래서 더 싫었다. 재벌이 아닌 집에 시집가는 게 그로선 더 좋을 것 같았다. 하여튼 정연이 잘되는 꼴은 보기 싫었다.

"가장 먼저 달려와 줘서 고맙네."

"빨리 오는 게 도리죠."

진수는 사람 좋은 미소를 지으며 그에게 말했다.

"담배나 한 대 피울 텐가?"

"네."

대부분 재벌가 사람들은 조문만 하고 가지 음식을 먹지는 않았다. 음식은 대부분 기자들이나 일반 사람들을 위한 것이었다.

"회장님은 잘 계시고?"

"네, 아버지야 항상 바쁘시죠."

"그룹을 경영한다는 건 쉬운 일이 아니지."

"맞습니다. 여자의 경우는 더 그렇죠."

갑작스러운 진수의 말에 깜짝 놀란 기현이었다. 대운그룹의 막내아들인 진수는 서열로 보면 네 번째였다. 넷째 아들이란 의미였다.

"그렇게 생각하나?"

"네, 전 정연이를 사랑합니다."

뜬금없는 사랑 고백에 웃음이 나올 뻔했지만 뭔가 하고 싶은 말이 있는 것 같아 기현은 진수의 이야기에 장단을 맞추었다.

"알지."

"그리고 일도 사랑합니다."

"……."

"전 정연이와 결혼하고 싶습니다."

"그러니까 정연이를 사랑하지만, 여자가 일하는 건 싫고 정연이와 결혼을 하게 되면 집 안에 들이겠다?"

진수가 피식 웃었다.

"회사는 주기현 사장님이 맡으시는 게 당연하다고 생각합니다. 저는 밑에서 도울 생각입니다."

"대운건설은 어쩌고?"

"대운은 HY에 비하면 구멍가게죠. 그리고 구멍가게는 맡을 사람이 많습니다."

자신의 야욕을 거침없이 말하는 진수를 기현이 찬찬히 살폈다.

"후."

담배 연기에 가려 진수가 사라졌다가 다시 나타났다.

"그래서 결혼을 도와 달라?"

"네, 정연이도 절 좋아하지만, 지금은 회사 일에 정신이 없는 상황입니다. 일에서 천천히 손을 떼게 해야죠. 회장 자리에서 물러나게 하는 건 시간은 걸리겠지만 불가능하진 않습니다. 여자들이야, 임신하고 출산하게 되면 일에서 자연스럽게 멀어지게 되죠."

아주 또박또박 할 말을 다 하고 있었다.

"그래서 지금 나에게 도와 달라는 건가?"

"네."

간결하지만 많은 것이 숨겨져 있었다. 기현은 진수의 눈 안에서 사악한 뱀의 기운을 느끼고 있었다.

"생각해 보지."

"연락 주십시오."

어쩌면 기회가 될지도 모른다는 생각이 들었다.

자신의 차에 오른 진수의 얼굴에 미소가 걸렸다.

"걸려들었어."

그는 차에 앉아 검은색 타이를 거칠게 풀었다.

"어디 두고 보라지."

대운그룹의 넷째 아들인 그는 어머니가 달랐다. 물론 이 사실을 아무도 몰랐지만 말이다. 어릴 때 집안일을 하던 도우미가 아버지와 바람이 나서 난 자식이 그였다. 물론 어머니의 얼굴도 모르지만 말이다.

지금의 어머니는 너무나 자존심이 강해서 아버지의 자식을 인정할 수 없었다. 그래서 그녀는 얼굴도 모르는 그의 어머니를 내쫓고 자신을 아들로 키웠다. 물론 어릴 땐 엄마가 왜 이렇게 차가운지 알 수 없었지만, 사실을 알게 된 후에는 어머니를 제대로 볼 수 있었다.

"잔인한 사람."

어머니는 언제나 그렇듯이 고고함을 유지하셨지만, 형들이 자라고 그가 형들의 자리를 위협할 나이가 되자 모든 것에 제동을 걸기 시작했다. 그리고 형들도 그가 설 자리를 더는 내주지 않았다.

자신의 입지가 줄어들수록 진수는 불안했고 그때 그의 눈에 들어온 여자가 정연이었다. 파티에서 우연히 만난 정연은 아주 매력적인 먹잇감이었다. 아무도 그녀가 두려워 다가서지 못할 때 그는 정연을 유혹했고 넘어왔다.

물론 아직 끝까지 간 건 아니지만 말이다. 솔직하게 그를 거부했을 때 놀라긴 했었다. 남자의 손길에 굶주렸을 거로 생각했는데 그건 그의 오산이었다.

Rrrrrr—

그의 비서이자 애인인 정민의 전화였다.

"왜?"

[어디세요? 출근을 안 하셔서.]

나른한 정민의 목소리는 언제 들어도 좋았다.

"지금 가고 있어."

[오래 걸리세요?]

"조금. 왜?"

[성동하 사장님께서 잠깐 들르라고 하셔서요.]

"형이?"

형이 그를 부를 땐 다 이유가 있었다.

[아무래도 지난번 공사 건 때문인 것 같습니다.]

"알았어."

아파트 공사에서 문제점이 드러나 지금 경찰의 내사를 받고 있었다. 그도 관리 책임에서 자유롭지 못했다. 거기다가 형들이 물고 늘어지면 더 골치 아픈 상황이었다. 아주 커다란 사건은 아니지만, 형들은 꼬투리를 잡아서 그를 내칠 모양이었다.

"불안한데."

진수는 서둘러 회사로 향하며 정연에게 전화를 걸었다.

"여보세요?"

[네.]

"장례식장에 왔더니 안 보이더라고."

[저는 아침 일찍 다녀왔어요.]

"회사야?"

[네.]

"우리 주말에 얼굴 한번 볼까?"

[이번 주말은 바빠서요.]

"지난번 일 때문이야?"

지난번 그의 생일에 키스한 이후로 둘의 사이는 조금 어색해졌다.

[그건 아니에요.]

"나 할 말이 있는데……."

[전화로 해요.]

"아니 아주 중요한 일이야."

[좋아요. 그럼 금요일 저녁에 만나요. 그전엔 시간이 없어요.]

"알았어."

그는 일단 만나기로 한 것에 안심을 했다. 정연을 잡지 못한다면 그는 끝장이었다. 스트레스를 받으면 진수는 그만큼 강렬한 섹스가 필요했다. 그는 약간의 섹스 중독 증상이 있었다. 그는 다시 정민에게 전화를 걸었다.

[네, 사장님.]

"오늘 시간 비워 둬. 그리고 괜찮은 애 좀 불러."

[셋이 하게요? 스트레스받았어요?]

정민은 그의 섹스 스타일을 이해해 주는 유일한 여자였다. 돈을 밝히긴 하지만 그래도 성적인 취향이 아주 비슷했다.

"그래."

[알았어요. 아주 화끈한 애로 준비할게요.]

역시 그의 마음을 알아주는 건 정민뿐이었다. 벌써 저녁이 기대되는 진수였다.

넓은 회장실엔 고요한 정적이 흘렀다. 정연은 서류에만 정신을 쏟고 있었고 그런 정연에게 승욱은 정신이 팔려 있었다.

"신경 쓰여요."

그가 정연을 바라보고 있다는 걸 정연도 느낀 모양이었다.

"신경 쓰지 마십시오."

"어떻게 신경이 안 써요?"

정연이 서류에서 그에게로 시선을 돌렸다. 작고 아름다운 얼굴이 그를 향했다.

"보지 마시고 일하십시오."

"이봐요. 김 실장님."

"제 시선은 저의 자유입니다."

"……일하세요."

그녀는 그렇게 차갑게 말하고는 다시 서류에 시선을 묻었다. 스물여섯 살의 정연은 지독하게도 아름다운 여자였다. 그의 정신을 쏙 빼놓는 것도 모자라 날이면 날마다 안지 않으면 죽을 것 같은 고통을 주는 여자였다.

그녀의 작은 얼굴을 따라 그의 시선이 천천히 이동하고 있었다. 그의 입술이 닿을 때마다 파르르 떠는 가는 목을 따라 쇄골 라인을 걸쳐 브이넥으로 깊게 파인 가슴으로 시선이 이동하고 있었다.

일하느라 정연이 몸을 숙이자 봉긋한 가슴이 그의 눈에 들어왔다.

"김 실장님!"

승욱이 신경 쓰이는지 정연이 소리쳤다. 소리를 지르는 모습도 섹시했다.

"네."

"신경 쓰여요."

"신경 쓰이라고 보는 겁니다."

"네?"

"오늘 너무 야릇한 의상을 선택하셨습니다."

"이건 기본 티예요."

"제 눈엔 기본이 아닙니다."

그녀가 고개를 저으며 한숨을 쉬었다.

"일단 나가서 일을……. 읍!"

더는 참을 수가 없었다. 그녀의 말은 그의 귀에 들리지 않았다. 정연은 그에겐 최대의 약점이었다. 그녀가 곁에 있으면 같이 일을 하고 싶은 게 아니라 안고 싶어졌다.

승욱이 회사에서 절제하지 못하고 정연을 덮친 건 처음이었다. 매일 안아도 이상하게 정연은 더 안고 싶게 만드는 여자였다.

"으으음."

서로의 혀가 빠르게 얽히고 있었다. 싫다던 정연이 더 적극적으로 그에게 키스를 돌리고 있었다. 아랫입술을 빨아들이자 정연이 또다시 신음을 흘렸다.

"미쳤어."

자신에게 하는 말이었다. 정연의 몸으로 들어가고 싶어 그의 페니스가 단단해지고 있었다. 그가 정연을 떼어 놓았다.

"왜요?"

"여기서 가질 순 없어."

"훗! 절제를 너무 잘하시네요."

그녀가 얄밉게 한마디를 하고는 다시 일하는 상태로 바뀌었다. 정연은 그를 자극하긴 했지만 흔들리진 않고 있었다. 이런 정연의 서로 다른 모습이 그를 더 자극하고 있었다. 일중독인 정연과 섹시한 정연, 두 가지의 모습이 모두 그를 애태웠다.

"전 이만 나가 보겠습니다."

"김 실장님."

돌아서는 그를 향해 정연이 걸어왔다.

"윽!"

그리고는 그의 페니스를 손으로 잡았다.

"정말 절 가지고 싶나 봐요?"

"……."

"오늘 밤 기대하죠."

그리고 그녀는 자신의 자리로 돌아갔다. 승욱은 아주 못된 마녀의 뒷모습을 보았다. 그리고 그 마녀에게 점점 빠져드는 걸 깨달았다.

오늘 정연은 저녁 약속이 있어서 모처럼 자유시간이 생긴 그는 오랜만에 형들을 만나기로 했다. 회사 근처에 사는 큰형 집에서 모이기로 약속을 잡은 그는 동네 대현마트에서 화장지와 세제를 샀다. 형이 이혼하고 독립을 하는 마당에 축하할 일은 아니었지만 그래도 새집으로 이사를 했으니 집들이 선물은 사야 할 것 같았다.

큰형인 김철우는 5년 전에 주 회장이 소개한 여자와 결혼을 했지만 순탄한 결혼 생활을 하지 못했다. 일하는 건 천재였지만 다른 사람을 대하는 방법을 잘 모르는 형이었다. 사람을 경계하고 믿지 못하는 형은 그만의 개인적인 공간에 여자를 둘 수 없었다.

그런데 주호영 회장이 너무 무서워 이혼하지 못하고 있다가 주호영 회장이 죽자마자 이혼을 한 형이었다.

오피스텔은 생각보다 크고 좋았다.

"형!"

"왔어?"

"승혁이 형은?"

"나 여기 있다."

셋은 모두 한 살 차이였다. 10명의 아이 가운데 마지막까지 남은 그들은 나머지 7명을 찾아 돌보고 있었다. 모두가 어려운 상황에 정상적인 생활을 하지 못하고 있기 때문이었다. 정신병원에 2명이 입원한 상태고 나머지 5명도 변변한 생활을 하지 못하고 있었다.

"독립을 축하해."

"고마워."

이혼을 하고 부쩍 살이 오른 철우였다.

"몇 kg이나 찐 거야?"

"7kg."

"훨씬 보기 좋아."

승욱이 철우와 이야기를 하는 동안 요리를 잘하는 승혁이 음식을 만들고 있었다. 음식이 맛있기도 했지만, 손도 빨라 금방 했다.

"오늘 뭔데?"

"닭볶음탕."

"좋아."

음식 냄새가 집 안을 가득 채우고 있었다. 음식이 다 되고 형제들은 소주잔을 기울였다.

"다시 돌아오니까 좋아?"

"그냥 그렇지 뭐."

"주정연은 어때?"

"뭐……."

"주씨 피가 어디 가겠어?"

철우가 한마디 했다.

"형은 너무 여자에게 적대적이야."

"아니야."

"내가 봐도 형은 사람들에게 적대적이야."

"내가 그랬어?"

승욱이 고개를 끄덕였다. 승욱이 막내긴 했지만 세 명 가운데 리더였다. 형들이 일머리는 좋을지 몰라도 너무 많이 학대당하며 자란 덕에 사람을 두려워하는 마음이 있었다.

"문신했어?"

철우 형이 팔을 걷어 올리자 문신이 새겨진 게 보였다.

"상처를 가리려고 문신을 해? 차라리 상처를 옅어지게 하는……."

"아니야."

양아버지가 휘두른 칼을 막으려다가 철우는 팔에 큰 상처를 입었었다. 그 상처의 깊이보다 철우는 양아버지에 대한 두려움으로 한동안 양아버지만 보면 발작이 오기도 했었다.

"지금 어디 있지?"

"홍천에서 잘 지내고 있어."

"……죽여 버리고 싶어."

"자금줄은 내가 지금 천천히 조이고 있으니까. 기다려. 거긴 다음이야."

승욱의 말에 형들이 고개를 끄덕였다.

"어떻게 인간의 탈을 쓰고 그렇게 모질게 아이들을 다뤘을까?"

승혁이 말을 하면서도 연속해서 소주를 마셨다.

"넌 잘돼 가고 있어?"

철우가 승욱에게 물었다.

"뭐가?"

"주정연 일이지 뭐긴?"

"……그럭저럭."

"그건 무슨 뜻이야?"

승욱은 좀 복잡한 마음이 들었다.

"주정연을 잡아야 우리가 계획한 일을 할 수 있어. 악마가 살아 있을 때 했어야 하는 일인데 생각보다 빨리 죽었잖아."

서서히 말려 죽일 생각이었다. 그들에게 준 고통을 주 회장에게 돌려주고 싶은 마음이 컸다. 그가 HY그룹을 키우기 위해 10명의 아이들을 희생시키고 그들의 인생을 망쳐 놓은 대가를 치르게 할 생각이었다.

일하는 기계가 되어 버린 그들의 삶도 돈은 있을지 모르지만 순탄하진 않았다.

"내가 알아서 해."

"괜히 주정연에게 마음 주지 마라. 또다시 상처 입을 테니까. 그들은 우리가 생각하는 그냥 평범한 인간들이 아니야. 돈을 지키기 위해선 무슨 일이든 하는 사람들이라고."

"그건 승혁이 말이 맞아. 우리가 알고 있는 게 10명이지 어딘가에 우리 같은 아이들이 또 있을지도 몰라."

그건 승욱도 생각한 적이 있었다. 하지만 그가 알아본 바로는 그들을 제외하곤 없었다.

"아 참, 주기현이 움직이기 시작했어. 전자 쪽으로 오고 싶어서 안달이 났더라고."

"알아, 이번에 난 사장 자리에 승혁이 형을 추천할 생각이야."

"날?"

"형은 충분히 할 수 있어."

"신규 팀장이 아니고?"

"신규 팀은 당연히 사장의 직속이 될 거니까 담당은 해야지."

"주기현이 날 죽이려고 할걸?"

"지금의 상황이라면 그럴 수도 있지. 하지만 걱정하지 마. 형들 뒤에는 내가 있으니까."

그들은 늦은 시간까지 술잔을 기울였다. 승욱은 솔직하게 힐끔거리며 휴대폰을 계속 응시하고 있었다. 혹시나 정연이 집에 도착했다는 문자라도 보낼까 해서였다. 하지만 그녀에게선 아무런 소식이 없었다.

정연은 세상에서 가장 맛이 없는 스테이크를 먹고 있었다. 고기는 부드러웠고 소스는 일품이었지만 역시나 누구와 같이 먹느냐가 중요한 것 같았다. 그녀 앞에 진수는 오늘따라 그녀에게 계속해서 느끼한 미소를 보내고 있었다.

"오빠, 안 어울려."

"뭐가?"

"어색한 미소."

"내가 그랬나? 이거 먹어."

진수가 스테이크를 먹기 좋게 잘라서 그녀의 접시와 바꾸어 주었다.

"고마워. 그런데 오늘 왜 보자고 한 거야?"

"밥 먹고 이야기해."

"좋아."

먹고 싶진 않았지만 먹다가 들으면 이것마저도 못 먹을 것 같아서 그녀는 스테이크를 먹는 데 열중했다. 그리고 겨우 스테이크 한 접시를 비웠다.

"말해."

"우리 결혼하자."

"풉!"

와인을 마시다가 조금 뿜어 버렸다.

"어, 미안."

"아니야, 놀랐어?"

"응."

"생각해 봤는데 너도 그렇고 나도 그렇고 이제는 결혼을 생각할 나이잖아. 서로 비슷한 환경에서 자랐고 만나는 사람들도 같고 우리가 결혼한다고 해서 이상할 건 아무것도 없을 것 같아서."

"그럼, 결혼해야 해?"

어이가 없어서 물었다. 그와 결혼할 마음이 없었다. 아니 지금은 그 누구와도 결혼할 생각이 없었다. 일도 해야 했고 지금 정연에겐 끝내주는 섹스 파트너가 있었다.

"하는 게 좋지 않을까? 난 네가 멋진 회장이 될 수 있게 도와줄 수 있어."

"별로 구미가 안 당겨."

"하지만 너도 결혼은 해야 하지 않아?"

"그거야 그렇지."

"그러니까 잘 생각해 봐. 생각은 할 수 있잖아."

"……"

"난 너의 모든 걸 이해해 줄 수 있어. 남자까지도."

의미심장한 말이었다.

"무슨 뜻이야?"

"김승욱의 존재를 받아들이겠다는 말이야."

승욱과 그녀와의 관계를 알고 있는 눈치였다.

"이해할 수 없는 말을 하네."

그가 정연 앞에 무언가를 내놓았다. 그건 정연과 승욱이 키스를 하는 사진이었다. 어찌나 잘 찍혔는지 얼굴이 안 보인다고 발뺌할 수도 없는 사진이었다.

"나, 감시해?"

"필요하다면."

아주 당당하게 말하는 진수를 정연이 째려보았다.

"왜 그렇게 결혼에 집착해?"

그녀가 재벌이긴 하지만 진수도 재벌이긴 마찬가지였다. 돈 때문은 아닐 텐데 왜 이럴까? 도저히 이해할 수 없었다.

"널 사랑하니까."

웃음이 터져 나오려는 걸 참았다.

"거짓말을 참 잘하네."

"그랬나? 결혼에 대해 잘 생각해 봐."

"……."

정연의 얼굴은 점점 굳어지고 있었다. 승욱과의 관계가 알려지면 지금 상황에선 그녀에게 좋을 게 하나도 없었다. 웃고 있는 진수의 얼굴을 한 대 치고 싶은 마음뿐이었다.

6. 들키기
두려운 마음

"다녀오셨습니까?"

"네."

진수와의 힘겨운 저녁 식사를 끝내고 들어오자 온몸에 힘이 다 빠져나갔다. 진수는 끝까지 그녀를 부드러운 어조로 협박했다. 포기를 모르는 인간이었다. 그만큼 진수에겐 절실한 뭔가가 있었다.

"돈?"

정연의 입가가 가늘게 떨렸다. 어릴 때부터 정연은 돈 때문에 접근하는 수많은 사람들로부터 상처를 받아 왔었다. 때로는 위험한 일도 겪었었다. 그래서 돈과 연관이 되는 인연은 솔직하게 매정하게 끊어 버렸었다.

그땐 모두가 돈이 없는 사람들이었다. 그런데 진수의 경우를 보니 재벌도 다를 게 하나도 없었다. 인간은 자기가 가진 것보다 더 많은 것을 원하는 것 같았다.

"아가씨?"

"네?"

너무 넋을 놓고 있었던지 이 집사가 걱정스러운 시선으로 보았다.

"무슨 일이 있으셨습니까?"

"아뇨."

"기운이 없어 보이셔서."

"피곤해서 그래요. 이 집사님도 들어가셔서 쉬세요."

그녀는 2층으로 발걸음을 옮겼다. 자신의 방에 들어가기에 앞서 맞은편에 있는 승욱의 방문을 한참 동안 보고 있었다. 진수가 보여 준 사진이 찍힌 장소는 어이없게도 집 앞이었다. 며칠 전에 운전기사 없이 그가 직접 운전을 한 날 그녀가 먼저 키스를 한 것이었다. 충동적인 일이었는데 누가 사진을 찍을 줄은 몰랐었다.

"실수였어."

그녀는 이렇게 말을 하고는 자신의 방으로 들어갔다. 시간을 보니 11시가 가까웠다. 진수와 그렇게 오랜 시간을 보냈나 싶었다. 아마도 그녀가 너무 생각을 많이 한 탓일 것이다. 진수는 마음을 단단히 먹었는지 쉴 새 없이 떠들었다. 그러니 이 시간이 될 수밖에 없었다.

"씻고 자자."

아무것도 생각하기 싫었다. 일단은 쉬고 싶은 마음뿐이었다. 정연은 욕실 안으로 들어가 샤워를 간단히 하고는 가운만 걸친 채 침실로 나왔다. 그나마 샤워를 하니 좀 나았다. 그녀가 고개를 드는 순간 검은 그림자가 보였다. 잘못 봤나 생각하고 다시 보았지만 잘못 본 게 아니었다.

"……."

침실로 향하다가 걸음을 멈춘 정연은 먹잇감을 바라보고 있는 표범 한 마리를 보는 것 같았다. 그녀에게 달려들 것 같은 표정으로 승욱이 서 있었다.

"늦었네요?"

"사람을 만나느라고."

"그래요? 늦었으니까 쉬세요."

그녀의 목소리가 본인이 듣기에도 심하게 갈라졌다. 이제 그녀의 몸은 그에게 길들어 언제 어디서도 그를 원하게 됐다. 인정하긴 싫었지만, 그의 말처럼 다른 남자에겐 갈 수 없는 몸이 되어버렸다.

"안 가나요?"

"……."

그가 빠르게 그녀에게 다가왔다. 그의 움직임을 보면서도 발이 떨어지지 않았다. 아니, 도망치려고 해도 도망갈 곳이 없었다.

확!

그가 그녀를 거칠게 자신의 품 안에 끌어안았다. 그에게 안기니 온몸이 뜨거워지기 시작했다. 단순히 안기만 했을 뿐인데 이정도니 그와의 섹스가 얼마나 그녀에게 미치는 영향이 큰지를 알 수 있었다.

몸이 점점 흥분했고 호흡이 빨라지기 시작했다.

"우린 섹스 파트너야."

그가 이 순간 하면 안 되는 소리를 했다.

"알아요."

아는데 그에게 이렇게 들으니 솔직히 기분이 좋지 않았다. 처음에 섹스만 하자고 말한 건 그녀인데 자꾸만 감정선이 무너지고 있었다. 그건 너무 짐승 같은 짓이란 생각이 들었다. 그리고 그에게 사랑을 받는다면 어떨까? 라는 생각이 들었다. 그의 손이 어느새 그녀의 가운 안으로 들어와 있었다.

"하고 싶어요?"

그가 고개를 끄덕였다. 그의 손이 그녀의 가슴을 부드럽게 어루만지고 있었고 그의 눈은 그녀를 응시했다. 그 검은 눈 안에 너를 갖고 싶다는 말이 가득했다. 그 안에 사랑이라는 감정이 들어간다면 얼마나 좋을까? 하지만 그건 있을 수 없는 일이었다. 그는 분명히 그녀에게 좋아한다고 했다. 좋으니 안는 거라고 말이다.

하지만 좋아하는 것과 사랑하는 건 엄연하게 달랐다.

"다른 사람이 알았어요."

"누가?"

말은 그렇게 하면서도 승욱은 그녀의 가슴을 만지는 것만 신경을 쓸 뿐 별 반응을 보이지 않았다.

"성진수."

"그래서 협박이라도 당한 거야?"

진수의 이름을 듣는 순간 그의 얼굴이 험악하게 일그러졌다. 그녀와 스캔들 기사까지 났던 성진수라서 화가 난 건지 아니면 재벌인 성진수이기 때문에 화가 난 건지 알 수가 없었다.

"결혼을 하자고 하네요."

그의 목소리도 점차 험악해져 갔다.

"미쳤군."

"김승욱 씨의 존재를 안고 가겠다는 말도 했어요."

"그래서?"

가슴을 어루만지던 그의 손이 멈추었다.

"답은 하지 않았어요."

"무시해."

그의 입술이 그녀의 입술을 덮었다. 화가 난 것인지 뭔지는 몰라도 어느 때보다 거칠었다. 혀가 거칠게 파고 들어왔다. 그의 힘에 못 이겨 정연은 뒤로 물러나다가 침대에 다리가 걸려 그대로 침대 위에 쓰러졌다.

풀썩!

침대에서 보니 그가 넥타이를 거칠게 풀었다. 그리고 재킷을 벗어 버리고는 와이셔츠는 거의 찢어 버렸다. 사방으로 단추가 튀었다. 정연이 좋아하는 승욱의 탄탄한 가슴이 보였다. 그리고 자신이 입고 있던 바지도 단번에 벗어 버렸다.

완벽한 근육질의 승욱이 그녀 앞에 당당하게 서 있었다. 누워서 보니 그는 거인 같았다. 그가 침대 위로 올라와서 정연의 손을 머리 위로 잡았다. 가운이 벌어져 그의 몸과 정연의 벗은 몸이 맞닿았다.

맨살의 느낌이 너무나 좋았다.

"진수와 결혼할 생각이야?"

이를 악물며 그가 물었다.

"모르겠어요."

"모른다?"

"다른 사람들에게 우리의 사이가 알려져서 좋을 건 없으니까요."

그의 혀가 그녀의 목을 위험스럽게 쓸었다. 승욱과의 이런 관계가 외부에 알려진다면 그건 그녀의 평판에 좋지 않은 영향을 줄 것이다. 회장 자리를 차지하기 위한 섹스 스캔들일 수밖에 없었다.

회장이 되기 위해 유능한 직원을 몸으로 유혹한 회장이 되는 것이었다. 그녀의 실력 따위는 사람들에게 무시되고 몸으로 사업을 하는 오너가 되는 것이었다.

생각만 해도 아찔했다. 하지만 그의 입술이 주는 쾌감을 버릴 수가 없었다. 섹스 파트너로 승욱은 놓고 싶지 않은 달콤한 유혹이었다.

"너무 유혹적이야."

그녀가 하고 싶은 말을 그가 하고 있었다. 귓불에 뜨거운 입김과 함께 그의 입술이 내려와 그녀를 자극했다.

"……."

"놓고 싶지 않을 만큼."

"……."

사실이든 아니든 욕망에 젖은 목소리가 그녀를 자극했다. 그가 입술을 그녀의 가슴으로 내렸다. 그의 혀가 유륜을 부드럽게 쓸었다.

"다른 놈이 이렇게 핥는다면……."

그가 이렇게 말하며 그녀의 유두를 입술로 삼켜 버렸다. 뒷말은 들을 수 없었지만, 승욱은 정연에게 강한 소유욕을 드러내고 있었다. 그건 정연도 마찬가지였다. 다른 여자와 함께 있는 승욱은 보기조차 싫었다.

이런 게 사랑일까? 그건 아니었다. 해 보진 않았지만, 소유욕과 사랑은 다른 것이었다. 다만 그녀가 알 수 있는 건 지금은 강한 섹스를 원한다는 것이었다.

"누워 봐요."

"……."

그녀의 말에 그가 침대에 누웠다. 오늘은 정연이 그를 더 원했다. 그의 모든 걸 먹어 치우고 싶었다. 그의 위로 올라온 정연은 어깨에 거추장스럽게 걸쳐진 가운을 벗어 버렸다. 그녀의 아름다운 나신이 아름답게 빛나고 있었다.

흑과 백처럼 그들의 피부는 대조를 이루고 있었다. 그녀의 하얀 손이 그의 가슴을 쓸어내렸다. 근육의 곡선이 손끝에서 그대로 느껴졌다. 그의 유두를 손가락으로 건드리자 그가 몸을 움찔거렸다.

"멋진 근육이에요."

그의 손이 그녀의 가슴을 만지려 했지만, 그녀가 뿌리쳤다.

"나만이 만질 수 있어요."

"명령인가?"

"네."

그녀의 목소리가 갈라졌다. 그녀의 손이 거침없이 그의 가슴을 타고 내려가 움푹 파인 배꼽에서 멈추었다. 그리고 배꼽에 손가락을 넣었다.

"넣고 싶어요?"

"……."

그가 대답이 없자 이번엔 그녀는 엉덩이를 움직여 그의 페니스가 그녀의 여성에 닿게 했다. 그리고는 원을 그리며 그의 페니스를 자극했다.

"으윽!"

그가 소리를 내며 참고 있었다.

"넣고 싶어요?"

그가 고개를 끄덕였다.

"안 돼요."

얄밉게 말한 그녀가 몸을 숙여 자신의 풍만한 가슴이 그의 가슴에 닿게 했다.

"어디서 이런 걸 배웠지?"

그의 목소리는 완전히 잠겨 겨우 목소리가 나올 정도였다.

"선생님이 훌륭하죠."

그렇게 말하며 혀로 그의 가슴을 쓸었다.

"정연아."

"아무 말 하지 말아요."

그녀의 혀가 점점 더 아래로 내려왔다. 그녀가 흥분했듯이 그도 그녀의 혀가 아래로 내려오자 호흡이 거칠어지며 흥분하기 시작했다. 점점 더 아래로 움직일 때마다 그의 호흡이 더 강하게 흐트러졌다.

"헉헉헉, 윽!"

그녀가 승욱의 거대한 페니스를 입에 물었다. 너무 커서 다 들어가지도 않는 그의 페니스를 정연은 입안 가득 물고는 빨기 시작했다. 그의 격한 반응이 정연을 기쁘게 만들었다. 완벽한 김승욱이 무너지고 있었다.

"윽!"

승욱의 신음이 방 안을 울렸다. 정연은 더 세게 그의 페니스를 자극했고 승욱은 점점 더 격하게 몸을 움직였다.

그러다가 그가 갑자기 정연을 침대에 눕혔다. 그들의 위치가 바뀌었다. 승욱은 더는 참기 힘든 모양이었다. 빨리 허리를 움직이고 싶은 모양이었다. 짐승 같은 그가 그녀만 하는 섹스를 원할 리가 없었다. 그리고 지금 그는 충분히 달궈진 상태였다.

"그만."

"왜요? 만족스럽지 않았나요?"

"여우."

승욱이 이를 악물고 여우라는 말을 하며 그녀의 입술을 삼켰다.

"더는 힘들어."

그가 이렇게 말을 하더니 그녀의 다리를 벌리고 자신의 흥분한 페니스를 잡고는 그녀 안으로 밀고 들어왔다. 단번에 그녀 안으로 들어온 그는 거칠게 허리를 흔들기 시작했다. 그들의 음탕한 소리가 침실을 울렸다.

"아아앙."

또한, 그녀의 신음까지 울리자 침실은 말 그대로 쾌락의 침실이었다.

"아아악, 미칠 것 같아."

"으으윽!"

그들의 거친 숨소리와 신음이 연속해서 쏟아져 나왔다. 정말 영혼까지 타 버릴 것 같았다.

그가 강하게 허리를 튕기자 정연은 그의 등에 손톱을 박으며 매달렸다.

"더 깊이……."

그가 더 깊은 곳까지 들어와 주길 바라는 마음에 정연은 엉덩이를 승욱 쪽으로 더 강하게 밀어 올렸다.

"정연아."

악문 잇새로 그녀의 이름을 부른 승욱이 거친 숨을 토하며 무너져 내렸다.

"헉헉헉."

거친 숨소리만이 침실을 가득 채웠다. 그가 정연의 이마에 붙은 머리카락을 떼어 주더니 그녀의 옆으로 누워 버렸다. 힘이 든 모양이었다.

만족스러운 섹스가 끝이 나고 승욱의 팔을 베고 천장을 보고 있는 정연이었다.

"이렇게 될 거란 생각은 한 번도 못했어요."

"뭐가?"

"내가 김승욱 씨의 팔을 베고 있는 거요."

"후훗, 그래?"

"어릴 때 내가 알던 김승욱 씨는 너무 완벽해서 무서웠던 사람이었어요. 그런데……."

"그런데?"

"지금도 너무 완벽하긴 하지만 인간적인 면도 있다는 생각이 들어요."

"섹스 때문에?"

"맞아요."

솔직하게 말을 했다. 물론 다른 인간적인 면도 보긴 했지만 말하고 싶진 않았다.

"내일 뭐 할 거예요?"

"내일? 일하겠지?"

"내일은 나랑 놀래요?"

"……."

그녀의 뜻밖의 제안에 승욱이 놀랐는지 답을 못하고 있었다.

"남들처럼 드라이브도 하고 조용한 커피숍에 가서 커피도 마시고."

"그러자."

그가 망설이지 않고 답했다.

"데이트하는 거야?"

"아뇨."

그녀가 고집스럽게 아니라고 말했다. 그들은 아직 섹스 파트너여야 했다. 하지만 그는 정연에게 아무런 말을 하지 않았다. 그도 뭔가 복잡하다는 게 느껴지고 있었다.

이른 아침 눈을 뜨자마자 그들은 집을 나섰다. 뭘 할지 어디를 갈지 아무런 계획이 없었다. 그냥 그와 함께여서 좋았다. 청바지에 푸른 계열의 브이넥 니트를 입은 그는 오늘도 아주 멋졌다.

"슈트만 잘 어울릴 거로 생각했는데 편안한 옷차림도 잘 어울리는 것 같아요. 물론 벗고 있는 게 더 잘 어울리지만."

"하하하, 그래?"

"내가 몰랐던 부분이라서 그런지 더 멋져 보여요."

정연이 나른한 목소리로 말했다.

"난 편한 게 좋아."

그는 정말 자유를 즐기는 사람 같았다. 그전엔 자유란 걸 느껴보지도 못한 느낌이었다.

"사람도 편한 사람이 좋죠?"

"맞아."

"난 모든 사람에게 불편한 사람이에요."

"난 아니야."

그의 말에 정연의 시선이 창밖에서 그에게로 향했다. 처음으로 그가 거짓말을 한다고 생각했다. 그녀는 그 누구에게도 편한 상대가 될 수 없었다.

"내가 편하다니 김승욱 씨도 거짓말을 잘하네요."

"사실이야. 처음 본 그 순간부터 불편하다는 생각은 한 번도 안 해 봤어. 다만……."

"다만?"

"다만 정연이 불편한 삶을 살겠구나 라는 생각은 했지."

그녀가 불편하지 않은 사람…….

그런 사람이 세상에 있다고 생각해 본 적은 한 번도 없었다. 그녀의 혈육인 할아버지도 때로는 당찬 그녀를 불편해했으니까. 하지만 승욱은 정말 그녀를 불편해하지 않았다. 오히려 그녀가 불편한 삶을 산다고 생각했다. 그녀를 불쌍하게 여기는 것 같았다. 이게 말이 되는 것일까? 재벌인 그녀를 불쌍하게 생각하는 사람이 있다는 게 신기할 따름이었다.

거짓말이라고 해도 왠지 지금은 그의 말을 믿고 싶었다. 그녀는 지금 위로가 필요한 것 같기도 했다.

"믿어 보도록 하죠. 그리고 난 불편한 삶을 살지 않았어요."

마지막 자존심이었다.

"그렇다면 다행이고."

그가 정확하게 봤다. 정연은 부모님을 잃고 본가로 들어와서 단 하루도 편한 날이 없었다. 마음이 불편한 것도 있었지만 의지할 곳이 없으니 더 힘이 들었다. 그런 그녀를 사람들은 공주처럼 산다고 부러워했지만 정연의 마음은 그렇지 않았다.

"내가 불쌍해요?"

"응."

그는 거침없이 그녀가 불쌍하다고 했다. 정연은 생각한 말은 거침없이 하는 사람이었다. 하지만 그 누구도 자기 생각을 정연에게 거침없이 말하는 사람은 없었다.

"돈도 많고 권력도 있는 내가 왜 불쌍하죠?"

"나와 같아서."

이번엔 자신과 같다는 말까지 했다. 그녀가 왜 그와 같다는 것일까?

"내가 왜 당신하고 같다고 생각해요?"

"돈 때문에 사육당한 사람들이니까."

"사육?"

그가 왜 이런 표현을 쓰는지 이해할 수 없는 정연이었다.

"나중에 말할게."

"……."

굳이 그가 말하는 사육에 대해 듣고 싶지 않았다. 오늘은 기분 좋게 나온 날이었기 때문이었다. 심각한 이야기는 다음으로 미루고 싶어졌다.

"우리 어디로 가나요?"

"바닷가."

"속초로 가는 거예요?"

"아니."

그는 말없이 그녀의 손을 잡았다. 따뜻한 그의 손이 기분 좋게 자신의 손을 감싸자 정연은 섹스할 때보다 더 기분이 묘했다. 뭐지?

연애감정은 싫은데 자꾸만 그가 그녀의 안으로 들어오고 있었다.

무조건 앞만 보고 운전을 하고 있었다. 그냥 달린다고 생각하는 게 맞았다. 정연의 유혹적인 향이 그를 괴롭히고 있지만, 그는 앞만 보고 달렸다. 차를 아무 곳에나 세우고 그냥 정연을 안고 싶은 마음의 승욱이었다.

미. 친. 놈.

이 세 글자가 머릿속에서 계속해서 떠다니고 있었다. HY그룹의 지배구조를 바꾸는 게 그들의 목적이었다. 승욱이나 철우, 그리고 승현은 모두 주식을 통해 막대한 재산을 보유하고 있는 사람들이었다.

주 회장의 흔적을 지워 버리자고 부추긴 건 그였다. 그는 정연도 가지고 놀다가 버릴 작정이었다. 그가 아는 지인들은 모두 '그 여자'라고 정연을 불렀다. 그의 제주 집에는 주 회장에 관한 자료들이 즐비했고 그걸 모아 둔 방이 있었다.

1년이 되면 정연이 찾아올 줄 알았기에 그는 그 자료들을 모두 컴퓨터에 저장하고 종이로 된 것들은 대부분 폐기했다.

그런데 그가 가진 자료 중에 정연의 사진 한 장은 폐기하지 않고 그의 집 거실에 두었었다. 너무나 아름답게 나온 사진을 그는 폐기할 수 없었기 때문이었다.

사진은 정장 차림의 평소의 정연이 아닌 초석미술관 관장으로 인터뷰를 한 사진이었다.

커리어우먼이라기보다 모델에 가까운 사진이었다. 그래서 그의 집에 놀러 온 서퍼들은 그녀를 그의 연인이라고 생각하고 자기들끼리 '그 여자'라고 부르기 시작했다.

"그 여자……."

정연은 잠이 들어 있었다. 독할 정도로 이를 악물고 그가 시키는 대로 열심히 경영에 몰두하고 있는 정연이었다. 아무리 독하다고 해도 그녀도 20대의 여자였다. 실력은 있지만 이렇게 여리게 보일 때도 있었다. 그리고 뜨거울 때도.

그는 이 집사가 말한 속초 근처의 별장으로 향했다. 아침에 그가 준비하고 나오자 이 집사가 그를 불렀었다.

"김 실장님, 오늘 아주 좋아 보이십니다."

"네, 다 이 집사님께서 잘 챙겨 주신 덕분입니다."

이 집사는 그와 정연의 관계에 대해 아는 눈치였다. 하긴 지금 상황에선 모르는 게 더 이상했다.

"오늘 어디 가십니까?"

"회장님께서 머리를 식히고 싶어 하시는 것 같아서요."

"정해 두신 곳이라도 있으십니까?"

"아직."

"그럼 이곳에 가 보십시오."

그가 주소가 적힌 메모지를 그에게 전해 주었다. 갑작스러운 이 집사의 행동에 승욱은 조금 당황했다.

"여긴 어딘가요?"

"주호영 회장님의 별장입니다."

"별장이라면 가평과 제주도인데. 가평은 주상영 회장에게 상속한 걸로 알고 있습니다만."

하지만 메모지에 적힌 주소는 속초였다.

"주호영 회장님께서 가장 많이 가는 곳이 이곳이었습니다. 이 별장의 존재는 저와 돌아가신 주 회장님, 그리고 운전기사만 알았습니다."

"왜죠?"

"회장님껜 특별한 곳이니까요."

"주정연 회장도 모르는 곳입니까?"

"네, 때가 되면 알려 주라고 하셨는데 왠지 오늘이 그날인 것 같습니다."

말을 들어 보니 굉장히 중요한 곳이라는 느낌이었다.

"왜 오늘이 그날이라는 말입니까? 그리고 제가 알아도 됩니까?"

"어차피 아가씨가 가시면 아시게 될 텐데요. 그리고 제가 모시고 가는 것보다 앞으로 아가씨를 모시게 될 김 실장이 가시는 게 좋을 것 같아서요."

"돌아가신 주 회장님께서는 저에게도 비밀로 하셨습니다."

"그건 저도 잘 모르겠습니다. 하지만 제 판단으로는 아가씨를 평생 곁에서 지켜 주실 분이 김 실장이신 것 같아서요."

평생 정연을 지켜 달라는 소리였다. 정연을 데리고 집을 나오는데 마음이 심란했다.

어차피 정연과 사람들이 많은 곳에서 다정하게 있을 수도 없었기 때문에 아주 잘 된 일이었다. 그는 주소지에 거의 다 도착했음을 알고 작은 식당에 차를 세웠다.

"여기가 어디예요?"

정연이 눈을 떴다.

"밥 먹고 가게."

"네."

잠에서 깨어난 정연은 아기 같은 얼굴이었다. 그는 저도 모르게 그녀의 입술에 입을 맞추었다.

"무슨 의미일까요?"

"아무 의미 없어."

그는 멋쩍은 마음에 차에서 먼저 내렸다.

"같이 가요."

그녀가 귀여운 강아지처럼 그의 뒤를 따랐다. 그들은 닭갈비를 먹고 다시 별장을 향했다. 별장은 산꼭대기에 자리 잡고 있었다.

"여긴 요새 같아요."

정연이 별장을 보며 말했다. 그가 보기에도 별장은 마치 요새 같았다. 주호영 회장이 숨기에 딱 안성맞춤의 별장을 만들어 놓은 것이었다.

"여긴 어디예요?"

"주호영 회장님 별장."

"할아버지 별장이요?"

"이제는 정연이의 별장이야."

"별로 오고 싶지 않은 기분이 드네요."

"안은 다를지도 모르지. 높은 담 안에 따뜻한 공간이 있을지 어떻게 알아?"

"하긴 우리는 지금 담장만 보고 있으니까요."

기대를 안고 정문에 도착하자 군인 같은 사람이 문을 지키고 있었다. 정연의 말대로 별로 들어가고 싶지 않은 장소였다. 마치 판도라의 상자를 여는 기분인 건 왜일까? 그리고 왜 그에겐 비밀로 했을까?

"안녕하세요?"

그녀의 얼굴을 본 남자는 서둘러 문을 열어 주었다.

"다행히 내 얼굴을 아네요. 여기 안 와 봤어요?"

"나도 이런 곳이 있는지 몰랐어."

"왜요? 그림자처럼 보필하던 사람이잖아요."

"나도 쉬는 날은 있었으니까."

승욱도 이런 곳이 있다는 걸 처음 알았다. 이 집사는 어떻게 알고 있었을까? 왜 유언 목록엔 이 집의 존재가 없고 이 집사가 이건 아가씨의 것이라고 했을까? 정문을 통과해서 안으로 들어가자 그들의 아름다운 상상력을 파괴하는 건물이 눈앞에 보였다.

"여긴…… 정부 비밀 기관 아니에요?"

"……."

정연의 표현이 딱 맞았다. 마치 정보기관의 비밀 건물 같은 느낌의 흰색 건물 한 동이 있었다. 그 앞에는 또다시 경비원들이 서 있었다.

"아가씨!"

그때 건물 입구에 나이 든 남자가 그들을 향해 뛰어나왔다.

"안녕하세요? 누구신지……."

정연도 얼떨떨한 표정이었다.

"이 집사에게 못 들으셨죠?"

"뭘요?"

"별장의 존재를 말입니다."

"전 오늘 쉬러 온 거고, 김 실장에게 말했다고 했어요. 이곳에 가라고."

"그럼 때가 된 겁니다."

"네?"

"들어가시죠. 아 참, 전 별장지기 최문동입니다. 그냥 별장지기라고 부르시면 됩니다. 저기 들어가시기에 앞서서 옆에 계신 분은 밖에 계시게 하는 게 맞는 것 같습니다."

"같이 들어가면 안 되나요?"

"……."

"괜찮아요."

"안 됩니다."

승욱은 기다릴 테니 들어갔다 오라고 말했다. 그리고 한참을 현관문 앞에서 정연을 기다렸다.

　정연은 별장지기와 함께 건물 안으로 들어섰다. 안에 들어서자 정말 관공서 같은 느낌이 들었다. 깔끔한 건물 내부엔 사람의 흔적이 없었다.

　"여긴 원래 이렇게 빈 건물인가요?"

　"네, 여긴 사람들의 출입이 엄격하게 통제가 되어 있습니다. 이 건물을 지키는 인력은 총 100명이 넘습니다. 웬만한 부대가 지키고 있다고 보시면 됩니다."

　"뭐 하는 곳이에요?"

　"보관 창고입니다."

　"뭘 보관하는 데요?"

　"현금, 금, 문서 등을 보관하고 있습니다."

　"세금의 추적을 피하는 곳으로 이용되는 곳이군요."

　"개인 금고라고 보시면 됩니다. 그리고 이곳의 문서들로 사람 여럿 보낼 수 있죠."

　할아버지의 비밀 금고였다. 이런 곳이 있으리란 생각을 못했다. 다만 유산이 주식과 집뿐이라는 게 이상하긴 했었다. 할아버지는 우리나라 최고의 부자였다. 물론 남긴 유산도 어마어마했지만, 그 종류가 상당히 심플하다고 생각하긴 했었다.

"보셨어요?"

"아뇨, 전 들어갈 수 없습니다."

"왜요?"

"여긴 아가씨와 회장님만 들어오실 수 있는 곳입니다."

그녀는 커다란 문 앞에 섰다. 영화에서나 보는 두꺼운 쇠로 만든 문이었다.

"여기가 입구인가요?"

그녀의 양손을 펴서 패드에 대자 그녀의 지문과 정맥이 뛰는 걸 감지해서 문이 열렸다.

"안으로 들어가시죠."

"네."

다음은 그녀의 안구로 문이 열리는 것이었다.

또 다른 쇠문이 열리자 별장지기가 말했다.

"여기서부터는 혼자 들어가셔야 합니다."

"설명을 해 주셔야 하지 않습니까?"

"여기서부터는 컴퓨터가 설명해 줄 겁니다. 말하는 대로 하시면 됩니다."

완전 영화의 한 장면이었다. 온통 쇠로 된 이곳은 사람이 있는 곳이라기보다는 외계인들이 있을 법한 그런 공간이었다. 혼자 들어가니 무서운 생각이 들었다.

"같이 가요."

"전 들어가면 죽습니다. 여기 시스템은 본인이 아니면 그 자리에서 총이 발사되게 되어 있습니다."

"아……."

총 이야기를 듣자 겁이 덜컥 났지만 참기로 했다.

"꼭 들어가야 하는 거죠?"

"네."

그녀는 무서웠지만, 스테인리스 바닥에 발을 디뎠다.

쾅!

등 뒤로 문이 닫혔다.

[안녕하십니까?]

기계음이었다.

[첫 방문을 환영합니다. 제 이름은 제시입니다.]

"제시……."

[네, 제시입니다.]

"뭘 하면 되는 거야?"

혼자서 구시렁거리는데 기계음이 그녀의 말을 들었는지 답을 했다.

[앞에 있는 적색 바닥에 서세요.]

적색 바닥에 서자 전신을 스캔당하는 기분이었다.

"뭐지?"

[문이 열립니다. 즐거운 시간 되십시오.]

거대한 철문이 눈앞에서 열렸다. 영화에서 보는 장면이 펼쳐지고 있었다. 거대한 금고 안에는 5만 원권의 현금 다발이 끝도 없이 쌓여 있었고 금괴도 엄청나게 많은 양이 있었다. 하지만 그녀의 시선이 가는 곳은 돈과 금괴가 아닌 커다란 철제 캐비닛이었다.

"뭐지?"

서랍을 열자 파일들이 가나다순으로 꽂혀 있었다. 혹시나 하는 마음에 그녀는 성진수를 찾았다. 그러자 거짓말같이 성진수의 파일이 있었다.

"이래서 나와 결혼을 서두르는 거였구나."

성진수가 도우미의 아들이라는 말이 쓰여 있었고 성진수와의 결혼은 안 된다는 말도 첨가되어 있었다. 그가 만난 여자들에 대한 자료들도 있었다. 그리고 김승욱에 대한 자료를 찾은 정연이었다.

"노예……."

충격적인 단어에 한동안 멍하게 서 있던 정연은 정신을 차리고 서류를 읽기 시작했다. 서류에는 승욱 말고도 다른 아이들의 이름이 쓰여 있었다.

내용을 읽던 정연의 얼굴이 굳어졌다. 고아들에게 애정을 가지고 도움의 손길을 주었다고 생각했는데 할아버지는 그런 사람이 아니었다.

할아버지는 오로지 자신에게 충성하는 노예들을 키운 것이었다. 할아버지 자신을 위해서 그리고 대를 이어갈 아버지를 위해서 말이다. 하지만 아버지가 죽고 그다음은 그녀를 위해 충성스러운 노예들을 만들려 했던 것이다.

그 1호가 승욱이었다. 승욱은 양아버지인 김현호에게 많은 학대를 받으며 컸다는 내용과 사진도 있었다. 양아버지인 김현호를 믿지 못해 그에게 불리한 자료들도 수집해 놓은 모양이었다.

"철저하다고 해야 하나…… 잔인하다고 해야 하나?"

구별이 되지 않았다. 열 명의 아이들에 관한 정보도 있었다. 거기엔 김승욱, 김철우, 김승현의 이름이 있었고 그들은 할아버지의 책상 서랍 안에서도 자료를 찾을 수 있었다. 하지만 나머지 7명의 내용은 더 충격적이었다.

"사실일 리가 없어……."

서류를 들고 있는 정연의 손이 심하게 떨렸다. 할아버지가 이렇게 잔인한 사람일 리 없었다. 이건 정말 인간으로서 기본을 포기한 일이었다.

"학대를 한 거야?"

아이들을 어떻게 했는지 인간으로 사는 삶을 제대로 살아가는 사람들이 없었다. 정신병원에 있거나 기초생활보장 수급자 이거나 노숙자 생활을 하는 이들도 있었다. 그들은 양아버지의 학대를 견디다가 못해 정신 이상을 보이거나 대인 기피 증상이 있다고 되어 있었다.

"사회에서 격리."

할아버지는 감추고 싶었던 것이다. 그가 쓰려다가 버린 아이들을 마치 쓰레기처럼 버린 것이었다. 그들의 삶 따위는 할아버지에겐 안중에도 없었던 것이었다. 할아버지의 기준에 맞지 않는다는 이유로 그들은 부모에게도 할아버지에게도 버려진 삶을 살아야 했다.

"아니야, 아닐 거야."

그래서 보기 싫었지만 반복해서 내용을 읽었다. 읽으면 읽을수록 할아버지에 대한 실망만 커졌다.

"제발 누가 아니라고 해 줘!"정연은 바닥에 주저앉아 그렇게 한참을 울었다. 미안함과 할아버지에 대한 실망감이 그대로 눈물이 되어 흘러내리고 있었다. 충격적인 사실은 양부모였다. 그들이 한 짓은 더 잔인했다. 할아버지는 왜 이런 자료들까지 모은 것일까?

아마 불안했을 것이다. 자신의 잘못을 누군가 파헤친다면 그에 따른 대피로 준비한 것 같았다. 하지만 어디에도 본인이 한 일에 대한 반성은 하나도 없었다. 일단 정신을 차린 정연은 진수에 대한 문서만을 챙겨 금고에서 나왔다. 밖엔 별장지기가 서 있었다.

승욱이 있는데 그와 관련이 된 문서를 챙겨 갈 수는 없었다. 아직도 몸이 떨리고 있었지만 정연은 최대한 아무렇지 않은 척을 하며 별장지기에게 말했다.

"다음에…… 다시 올게요."

"네."

별장지기라기보다는 군인 같은 사람이었다.

"혹시 군 출신이세요?"

"네, 군인 같아 보이십니까?"

"네."

"아직 위장술이 뛰어나지 못한 모양입니다."

별장지기의 농담에도 정연은 전혀 웃을 기분이 아니었다.

"여기 묵을 장소도 있나요?"

"네, 뒤에 건물이 있습니다."

"오늘은 거기서 묵을게요."

"네."

정연은 밝은 표정을 지으며 밖으로 나왔다.

"오래 기다렸죠?"

"조금."

"여기 말고 뒤에 묵을 만한 장소가 있다고 하네요. 가요."

별장지기를 따라 또 다른 건물이 있는 곳으로 향했다. 이 건물도 철저하게 보안이 되어 있기는 했지만, 별장 같은 기분이 들기는 했다.

"좋은데요?"

"앞 건물에 놀라서 좋아 보이는 게 아닐까?"

"하긴 그러네요."

거물은 2층으로 아주 깔끔한 디자인이었다. 별장이라고 하니까 그렇지 화상 회의실까지 있었다. 이곳에 할아버지는 혼자 와서 특별한 회의는 화상으로 한 것 같았다.

"이 별장은 비밀이 많아 보여."

"맞아요."

별장지기가 나가자 그녀는 진수에 관한 서류를 승욱에게 넘겼다.

"진수 오빠의 입을 막을 수 있겠어요?"

서류를 살피기 시작한 승욱이었다.

"이 정도면 사회에서 매장도 시킬 수 있어. 어떻게 하길 바라?"

"진수 오빠가 어떻게 나오는가에 따라 상황이 다르겠죠."

진수는 아직 그녀를 끝까지 건드린 건 아니었다.

"오빠란 소리 거슬려."

"원래 그렇게 질투가 심한 사람이었어요?"

"질투하는 거 아니야."

"네, 네."

그는 질투하고 있었다. 정연이 그를 물끄러미 바라보았다.

"왜?"

"아니에요."

사육이란 말의 뜻을 알 것 같았다. 그가 할아버지에 대한 적대
감도 가졌을 것이란 것도 알았다. 그도 학대받은 아이 중의 하나
였다.

그를 완벽하게 만들긴 했지만, 할아버지는 악마였다. 그에게
어떻게 용서를 빌어야 할까? 그녀는 아직도 이렇게 충격에서 빠
져나오기가 힘이 드는데 당사자는 얼만 힘이 들까?

"미안해요."

"아니야, 그렇게 말할 수도 있지."

질투란 말에 대한 사과라고 생각한 모양이었다. 하지만 그게
아니었다. 그녀는 미안했고 그에 대한 복잡한 감정 때문에 힘이
들었다. 하지만 아직은 그녀의 감정을 정확하게 사랑이라고 말하

기엔 힘이 들었다.

　그래서 말을 할 수가 없었다. 혹시나 그가 그런 그녀의 마음을 먼저 알까 두려웠다. 들키기 싫은 마음이었다.

7. 욕심은
끝이 없다

아버지의 장례를 치르고 첫 출근을 한 날이었다. 머리가 복잡한 그는 며칠 더 휴가를 내고 자리를 비웠었다. 거의 열흘만의 출근이었다. 요즘 정연이 너무나 잘하고 있기에 그의 입지는 상대적으로 줄어들었다. 그를 추종하는 사람들도 예전에 비교하면 많이 줄어든 상황이었다.

소파에 앉아 있는 기현은 머리가 너무나 복잡했다. 그때 그의 비서가 사무실 안으로 들어왔다. 뭔가 급한 일이 있는지 빠르게 그에게로 다가왔다.

"뭐야?"

"회장님께서 들어오시라고 하십니다."

지금 가장 만나기 싫은 사람이 정연이었다. 회장이라고 어린 게 숙부를 오라 가라 하니 더 짜증이 났다.

"날?"

"네."

아무래도 상을 치르고 난 후니 위로의 말이라도 할 모양이었다. 다 필요 없이 그냥 정연이 사라져 버렸으면 좋을 것 같았다.

"알았어, 조금 후에 갈게."

"급한 일이신 것 같습니다."

"조금 있다가 간다고!"

"네."

그의 목소리가 높아지자 놀란 그의 비서가 서둘러 사무실을 빠져나갔다.

"어린 년이 건방지게……."

그는 뭔가가 떠올랐는지 핸드폰을 꺼내 들었다.

"성 사장, 오늘 시간 있나? 이따가 저녁이나 같이 먹지."

[네.]

진수와 약속을 잡은 그는 소파에 앉아 눈을 감았다. 정연을 빠른 시일 내에 몰아낼 방법을 생각하고 있었다. 진수와도 손을 잡고 다른 쪽으로도 생각할 계획이었다. 정연을 그대로 뒀다가는 승욱의 도움을 받아 HY그룹을 더 성장시킬 것만 같았다. 모든 계열사에 혁신의 바람을 불어 넣는데 유독 건설은 찬밥이었다.

신경을 안 쓰는 게 확실했다. 소문에는 건설을 매각한다는 말이 돌 정도였다.

벌컥!

갑자기 문이 열리는 소리가 들리더니 정연이 그의 사무실로 들어왔다.

"쉬고 계셨습니까?"

"……."

"충분히 쉬셨을 거라 생각했는데요?"

정연의 음성이 차가웠다.

"아무리 회장이라도 노크는 하셔야 하는 거 아닙니까?"

똑똑!

얄밉게도 정연이 옆에 가구를 두드렸다. 갈수록 건방져지는 게 죽은 주호영 회장을 생각나게 했다.

"됐습니까?"

"무슨 일이시길래 이렇게 상주의 방을 거침없이 들어오십니까?"

정연은 앉으란 소리를 하지 않았는데도 그의 맞은편 소파에 앉았다.

"건설을 매각할까 하는데, 사장의 동의가 필요해서요."

"네?"

생각지도 못한 핵폭탄이 그에게 투하되었다.

"건설이 어떻기에 매각을 한다는 겁니까?"

"저희 HY그룹은 이제 건설보다는 전자와 자동차 쪽에 주력할까 해서요. 건설사를 팔고 그 돈으로 그쪽에 더 투자할까 합니다만."

"그걸 혼자 정한 겁니까?"

"아뇨, 여러 사람의 의견은 이미 들었고 그들의 의견은 매각 쪽으로 결정이 났습니다."

"거짓말……."

그는 이 믿지 못할 말에 저도 모르게 거짓말이란 말이 나왔다. 무방비 상태에서 펀치를 맞은 느낌이었다.

"왜요? 반대하시는 이유가 있습니까?"

"왜 잘나가는……."

탁!

그의 앞에 서류철이 던져졌다.

"지난 5년간 건설의 실적입니다. 5년 동안 마이너스가 아닌 적이 없습니다. 건설사가 잘나간다는 건 이미 옛말입니다."

"지금 이게 상을 당한 숙부에게 할 짓이야?"

"숙부이기 때문에 먼저 와서 말을 하는 겁니다."

"어림없는 소리!"

"그럼 어떻게 할까요? 손해만 보는 회사를 계속해서 끌고 나가야 하는 건가요?"

"우리 HY그룹은 건설로 큰 회사야!"

"건설로 망하게 생겼죠. 잘 생각해 보세요. 그래야 퇴직금이라도 받고 회사를 나가실 수 있으니까요."

정연은 이렇게 경고의 말을 남기고는 사무실을 나갔다. 정연의 뒷모습을 망연한 시선으로 보고 있는 기현이었다.

"성 사장, 지금 보세."

[네?]

"지금 당장 튀어 와!"

그는 이렇게 말을 하고는 밖으로 나갔다. 이대로 모든 걸 다 정연에게 줄 수 없는 기현이었다.

"네가 잠자는 사자를 건드렸다는 걸 알게 해 주지."

기현은 이를 갈며 말했다.

"박 사장, 오늘 저녁에 사람들 소집시켜 내가 아주 끝장을 보고 말 테니까."

그는 측근인 박 사장에게도 전화를 걸었다. 진수를 만난 후에 계열사 사장들과 대주주들을 만날 생각이었다. 정연이 그에게 전쟁을 선포했고 그는 받아들일 것이다.

"네가 어떻게 망하는지 내가 두고 보겠어."

기현은 이를 부드득 갈았다.

HY그룹 본가는 6월에 들어서며 더 아름다워지고 있었다. 집 안이 우중충하다며 이 집사가 정원에 꽃을 심으라고 말했기 때문 이었다. 주호영 회장님이 돌아가시기 전에도 이렇게 많은 꽃을 심은 적은 없었다.

"형님, 물 마실래요?"

"좋지."

"제가 다녀올게요."

"고마워."

정원사들의 잔일이 아주 많이 늘었다. 꽃을 심고 가꾸느라 허 리 한번 펴는 것이 힘이 들었다. 정원에 물을 가지러 가던 최씨가 주변의 눈치를 살피며 어딘가로 전화를 걸었다.

"정민아."

[네, 삼촌.]

"꼭 필요한 거야?"

[그럼요, 삼촌이 지난번처럼 그런 사진 구해 주면 이번엔 상희 수술비는 다 해결될 거예요.]

"범죄는…… 아니지?"

[아니에요. 사진 몇 장 찍는다고 범죄는 무슨. 그리고 언론사에 돌릴 것도 아니고 사실 확인만 하면 돼요.]

"알았어."

그는 휴대폰을 넘겨보았다. 지난번에 주차장에서 정연과 승욱이 키스하는 걸 찍었다. 이번엔 둘이서 더 진한 모습을 하고 있는 걸 찍으라고 했다. 정연과 승욱이 그렇고 그런 사이라는 걸 이 집에서 모르는 사람이 없었다.

집 안에서 둘은 드러내 놓고 애정 행각을 하지는 않았지만, 별채에서 담배를 피우러 밖으로 나오면 밤마다 정연의 방에서 고양이 우는 소리가 들렸다. 어찌나 소리가 큰지 꼭 고양이 우는 소리처럼 들렸기 때문이었다.

하지만 아무도 그런 정연의 이야기를 하지 못하는 건 이 집의 높은 임금 때문이었다. 거기다가 이 집사가 매일같이 세뇌교육처럼 입단속을 하고 있으니 다들 알면서도 쉬쉬하는 중이었다. 최 씨도 돈을 많이 받았기 때문에 입을 다물었다.

오십이 넘은 나이에 이 정도의 월급을 받는 곳은 찾을 수 없었다. 그런데 작년에 큰딸이 갑자기 암에 걸려 그는 지금 돈에 쪼들리고 있었다. 그걸 아는 조카가 그에게 아르바이트를 하라며 얼마 전에 이야기를 했고 그는 정연과 승욱의 사진을 찍어 보냈다.

그리고 천만 원이라는 거금을 바로 받았다. 그렇다 보니 두 번째 유혹을 뿌리칠 수가 없었다.

"뭐 해요?"

"깜짝이야!"

언제 나타났는지 이 집사가 그를 보며 물었다.

"통화 좀 했습니다."

"그런데 뭘 그렇게 놀랍니까?"

이 집사가 사람 좋게 웃으며 말했지만, 그의 눈은 웃지 않고 있었다. 이 집사는 귀신처럼 사람의 마음을 금방 알아차리는 놀라운 능력을 갖추고 있었다. 그래서 이 집사에게 잘못 걸리면 바로 해고가 되기 때문에 조심해야 했다.

"죄송합니다."

"통화하는데 죄송할 것까지는 없죠. 따님은 괜찮으십니까?"

"네, 덕분에요."

"다행입니다."

이 집사와 집에서 일하는 식구들이 십시일반 돈을 걷어서 그에게 주었다. 2백만 원이나 되는 돈이었다. 어찌나 고마운지 그때 많이 울었었다. 하지만 이 집의 주인인 정연은 인색하게도 땡전 한 푼 그에게 주지 않았다.

어쩌면 그게 얄미워서 조카에게 사진을 넘긴 것인지도 몰랐다. 그렇게 자기 자신을 합리화해 보지만 마음에 걸리지 않은 건 아니었다. 평생을 죄짓지 않고 평범하게 살아온 그였다.

"물을 좀 가지러 왔습니다."

"한여름처럼 더운 날씨네요. 챙겨 드리지 못해서 죄송합니다."

"아닙니다."

그는 이 집사가 주는 생수 2병과 시원한 냉커피 2캔을 받아 들고 자신의 일터로 돌아갔다. 돌아가면서도 그의 눈은 여전히 정연의 방을 향해 있었다.

회장실로 돌아와서 소파에 풀썩 주저앉은 정연이었다. 이렇게 대놓고 선전포고를 한 건 처음이었다. 몇십 년간 회사의 주축이었던 건설사를 팔아 버리라는 말을 한 건 승욱이었다. 너무 경쟁력이 떨어지기도 했지만, 지금의 지배구조를 정리할 필요를 느낀다고 말했다.

"잘하셨습니다."

"……."

표정 하나 변하지 않은 그는 침대 안에서의 뜨거운 승욱이 아니었다. 차갑고 냉철하게 사육된 비즈니스맨이었다.

"왜 그런 눈으로 보십니까?"

그녀가 넋을 놓고 그를 본 모양이었다.

"아니에요."

"한 가지 여쭤봐도 되겠습니까?"

"네."

"지난번에 별장을 다녀온 이후로 많이 달라지셨습니다."

"그래요?"

"저에 관한 서류도 있던가요?"

"이거요?"

그녀는 책상 서랍 안에 있던 서류를 그에게 보여 주었다. 여기는 그를 노예로 만든 기록이 별장에서처럼 적나라하지 않았기 때문이었다. 할아버지는 이 내용을 그가 보길 바란 것 같았다.

"이 서류는 봤습니다."

"……."

그도 다르단 걸 알고 있는 것 같았다.

"이게 다예요."

"알겠습니다."

그는 믿지 않고 있었다. 그녀의 말 전체를 말이다.

"왜 궁금한 거예요?"

"회장님이 아시는 것보다 더 많은 사실을 안다면 충격적일 테니까."

"불편한 진실인 거죠. 시간을 돌릴 수만 있다면……."

"……."

그녀의 말에 그의 표정이 굳었다.

그때였다. 건설사 부사장인 최태환이 말리는 비서진을 뚫고 그녀의 사무실 안으로 들어왔다.

"회장님!"

숙부의 똘마니 중의 하나였다.

"놔둬!"

그녀의 말에 비서들이 최태환을 놓아 주었다.

"뭐죠?"

"건설사를 정말로 매각하실 계획이십니까?"

"네."

"그럼, 만 명이 넘는 저희 사원들의 미래는 어떻게 되는 겁니까?"

"그것도 매각 대상이죠. 사원들과 함께 매각할 테니 사원들 걱정하는 척은 안 하셔도 됩니다. 물론 임원들이야 정리가 되겠죠."

"저희들의 피땀이 서린 곳입니다."

"알아요. 지금은 우리 그룹의 등골을 빼 드시고 계시죠."

"회장님!"

정연이 그를 매서운 눈으로 보았다.

"곪은 곳을 그대로 두면 없어지는 게 아니라 주변으로 번져 가는 거 아시죠?"

"돌아가신 주 회장님이 가장 아끼시는 건설을 이렇게 하시면 안 됩니다."

"아뇨, 할아버지도 골치 아파하셨어요."

"……."

그녀는 얼굴색 하나 변하지 않고 부사장에게 말했다. 곱게 자란 아가씨가 거친 건설판 사람을 한 방에 KO시키고 있었다.

"그동안 수고하셨어요. 주 사장님이 끝까지 좋은 일을 하시네요. 망설이고 있었지 결정한 건 아니었는데, 말이 끝나자마자 직원들에게 소문을 내 주시고 말입니다. 남자가 그렇게 입이 가벼워서야……."

"회장님, 사장님은 아무 말씀 안 하셨습니다."

"그럼 어떻게 아셨어요? 난 주기현 사장님과만 이야기했는데."

"그게……."

"주 사장님이 아니면 사장실에서 정보가 새 나가는 것이고……."

"아닙니다."

"그럼 뭐죠?"

"……죄송합니다."

"죄송하긴요. 난 고마운데."

정연이 고갯짓을 하자 비서들이 그를 끌어냈다.

"다시 한 번 생각해 주십시오!"

"……."

정연은 코웃음을 쳤다. 그녀를 못마땅하게 생각하던 사람들 중의 하나였다. 승욱의 데스노트에 맨 윗줄을 장식하던 사람 가운데 하나였다.

"이제 시작이군요."

"……."

승욱이 고개를 끄덕였다. 경영을 하는 데는 인간적인 면을 거두어야 할 때가 있었다. 오늘이 그날이고 정연은 처음치고는 잘했다. 스스로 이런 생각을 하며 나중엔 얼마나 더 독해질까 하는 생각이 들기는 했다.

승욱은 이 서랍의 내용 정도는 알고 있었다. 그렇다면 결혼하면 안 된다는 말도 알고 있는 게 분명했다. 미안한 마음이 드는 정연은 승욱의 품 안으로 달려가서 그를 끌어안았다.

"회장님."

"알아요. 잠시만 이러고 있어요."

그는 섹스 파트너이자 비즈니스 파트너였다. 그냥 그렇게 생각하면 되는 것이었다. 노예라고 생각하지는 않았다.

"앞으로 이런 일들이 더 많을 겁니다."

조금 전의 소란 때문에 그녀가 이러는 거로 생각하는 모양이었다. 그녀에 대해 다 안다고 생각하겠지만 승욱은 그를 생각하는 그녀에 대해서는 정말 모르는 것 같았다.

"알아요."

"힘내십시오."

"김승욱 씨도요."

그렇게 한동안 그녀는 말없이 승욱의 품 안에 안겨 있었다.

회사 근처에서 만나자고 했지만 보는 눈들이 많아 기현은 진수와 약속 장소를 바꿔 한강 둔치에서 만나기로 했다. 아직 진수는 오지 않았고 그는 부사장이 회장실에 들어간 이야기를 듣고 흥분하고 있었다.

"거길 왜 간 거야! 미친놈 같으니라고."

혀를 차며 성질을 내고 있는 사이에 진수가 그의 차 안에 탔다.

"왜 이렇게 급하게 찾으셨습니까? 무슨 일이라도?"

갑자기 보자고 한 이유를 물었다.

"정연이와는 어떻게 돼 가는 거야?"

잘생긴 진수의 얼굴을 보며 기현이 단도직입적으로 물었다.

"빼도 박도 못할 겁니다."

"뭐?"

알아듣지 못하는 말을 하는 진수에게 짜증을 내 버렸다.

"곧 결혼 발표가 있을 테니 너무 걱정하지 마세요."

"뭔데?"

"나중에 결혼 발표를 하고 말씀드리죠."

진수의 얼굴에 자신감이 지나치게 드러났다.

"뭔가로 협박을 해서 결혼을 성사시키는 거라면 관둬."

"네?"

"협박을 당할 아이가 아니야."

"……."

기현은 정연의 당찬 모습을 잘 알았다. 예쁘장하고 가녀린 겉모습과는 다르게 그 안에는 죽은 주호영 회장이 열 명은 들어 있는 독사 같은 년이었다.

"예를 들어, 남자와 붙어먹은 일로 협박을 해도 정확하게 침대에 있는 걸 찍지 않으면 곤란할 거야. 무슨 수를 써서라도 빠져나가는 못된 년이거든."

"……."

진수의 표정이 굳는 걸 보아하니 뭔지 몰라도 협박인 것 같았다.

"왜 자네는 싫다고 하나?"

"아닙니다. 저도 확실한 뭔가를 쥐고 있을 뿐입니다."

"그러면 서두르게."

"네?"

"정연이를 빨리 데리고 가라고."

"그것 때문에 절 부르셨습니까?"

"아니, 정연이를 회장 자리에서 내리게만 해 준다면 내가 우리 회사 사장 자리는 보장하지. 아니면 다른 건설사를 차릴 수 있게 힘을 써 주겠네. 그럼 회장이 되는 거야."

진수가 머리를 굴리는 소리가 들렸다.

"알아들은 줄 알고 가지."

진수와 헤어진 그는 빠르게 회사로 돌아갔다. 이렇게 허무하게 당할 수는 없었다.

진수의 머리가 복잡해졌다. 뭔가 있는데 서로 말을 하지 않았다. 조기현은 똥줄이 타들어 가는 사람 같았다.

"뭐지?"

왜 그렇게 안달이 난 사람 같은 표정을 짓고 있는지 궁금했다. 사무실에 도착한 진수는 깜짝 놀라고 말았다. 그의 어머니가 소파에 앉아 있었기 때문이었다.

"어머니."

"앉아라."

언제나 고상한 분이었다. 그와 동시에 사람의 피를 말리는 기술을 가지고 있는 사람이기도 했다. 자신이 그의 어머니가 아니란 말을 지금까지 한 차례도 하지 않을 만큼 그녀는 독했다.

"어쩐 일로 제 사무실에까지……."

툭!

그의 앞에 사진 여러 장을 던진 어머니였다.

"네 비서 잘라."

"네?"

"오정민이 자르란 말 안 들려?"

커피를 가져오다가 정민이 놀라 그대로 서 있었다.

"나가!"

어머니의 고함에 놀란 정민이 그대로 사무실을 나갔다.

"너, HY그룹 딸과 사귄다며?"

"네."

그는 어머니에게 당당하게 답했다. 이렇게 대답한 건 어머니의 눈빛 때문이었다. 마치 너 같은 게 어떻게? 라는 표정이었다.

"그래? 그런데 저런 아이를 곁에 둬?"

"그건……."

"잘 들어 둬. 난 우리 집안에 더러운 피가 섞이는 걸 원치 않아."

"어머니?"

"예를 들어, 비서나 도우미, 연예인들은 딱 질색이야. 너희 형들도 다 재벌가의 여자들과 혼담이 오가고 있어. 네가 만약에 주정연과 결혼을 한다면 인정해 주지. 제발 집안 망신시키지 말고. 주정연이 알기라도 한다면 참 좋아하겠다."

어머니가 그와 이렇게 오랫동안 시선을 맞춘 건 처음 있는 일이었다.

"전 주정연과 결혼할 겁니다."

"제발, 너도 쓸모 있는 사람이란 걸 보여 줘 봐."

"……그런데 어떻게 아신 겁니까?"

"그런 것까지는 알 것 없어."

그녀가 일어나려 했다.

"차라도……."

"아니, 빨리 오정민이나 잘라."

"……네."

어머니가 가시자마자 정민이 그의 사무실로 들어왔다.

"우리…… 헤어지는 거예요?"

"일단 회사는 그만둬."

"내가 가만히 있을 줄 알아요?"

그가 헤어지자고 하는 줄 알고 정민이 목에 핏대를 세웠다.

"누가 헤어진다고 했어? 회사를 그만두라는 거지. 그럼, 우리가 볼 시간이 더 많아지니 좋지."

"그럼, 주정연하고 정말 결혼할 거예요?"

"일단 이혼을 하더라도 결혼은 해야 해. 그래야 내가 대운그룹을 차지할 기회가 생겨."

정민이 그의 품을 파고들었다.

"자기를 위해 내가 그 정돈 희생해야지."

정민의 애교에 그는 저절로 미소가 나왔다. 그리고 손을 뻗어 정민의 여성을 감싸 쥐었다.

"어머!"

"가만히 있어."

그들은 한동안 그렇게 그들만의 시간을 가졌다.

퇴근 후에 정연은 비장한 표정으로 별장에서 가져온 자료를 꺼내 들었다. 오늘 점심을 먹고 승욱에게는 건설사 매각에 대한 일을 시키고 그녀는 별장을 다녀왔다. 필요한 자료들을 가져오기 위함이었다.

왜 할아버지가 별장에 혼자 갔는지 알 것 같았다. 돈과 금괴가 있어서가 아니라 할아버지의 치부와 다른 사람들의 치부가 가득한 캐비닛 때문이었다. 정연은 오늘 큰마음을 먹고 승욱과 그 형제들의 서류를 가져 왔다. 10명 분량이라서 한 박스였다.

그가 모르거나 알지만, 자료가 없는 많은 일이 그 안에 있을 수 있었다.

이제는 그에게 줄 때가 된 것 같았다. 그 일로 많은 사람이 불행해졌고 지금도 상처를 안고 있었다. 절대 묻어 둘 수는 없었다.

"부르셨습니까?"

샤워를 마치고 왔는지 그의 머리가 촉촉하게 젖어 있었다. 다른 날 같으면 그녀에게 달려들었을 그였지만 오늘은 왠지 평소와는 다르게 아직 김 실장 모드였다.

"앉아요."

"네."

그는 왜 불렀는지 궁금한 모양이었다. 그녀의 앞에 놓인 서류에 자꾸 시선이 가고 있었다.

"오늘 별장에 다녀왔어요."

"네."

그녀가 서류봉투 하나를 그의 앞으로 밀었다.

"조기현 사장의 비리에 대한 자료 중에 핵심 자료예요. 잘 준비해서 치고 들어올 걸 대비해 주세요."

"이것 때문에 다녀오신 겁니까?"

"그것도 있고, 내가 간 진짜 이유는 이것 때문이에요."

"……"

그녀가 박스에 담긴 두꺼운 서류 뭉치를 그의 앞에 놓았다.

"10명에 관한 내용…… 전부예요."

"……."

승욱이 놀란 눈으로 그녀를 보았다.

"할아버지가 나중을 대비해서 모아 놓은 자료들인 것 같아요."

갑자기 목이 메어 더는 말하기 힘이 들었다. 그들이 당한 고통에 마음 아팠고 할아버지의 용서받지 못할 짓들이 떠올랐기 때문이었다.

"미안해요. 정말 미안해요……."

그녀의 눈에서 눈물이 흘러내렸다. 그가 서류를 보고 있었다. 그의 얼굴이 험악하게 굳어지고 있었다.

"정연이 잘못이 아니야."

"내 몸에 할아버지의 피가 흐르고 있어요. 용서해요……."

"……."

승욱의 표정이 너무 차가워 방 안의 모든 것들을 얼릴 것 같았다. 한동안 그는 말없이 서류를 보았고 그의 고통이 가득한 얼굴이 그녀의 마음을 아프게 했다.

"미안해요."

그녀가 그가 앉아 있는 소파 앞으로 가서 그를 끌어안고 울었다. 그는 미동도 하지 않고 그대로 앉아 있었다.

"내가 어떻게 하면 좋을까요? 그분들에겐 충분한 보상을 하고 싶어요."

"……."

"승욱 씨!"

"돈으로 상처를 아물게 할 수는 없어."

"그러면 어떻게 하려고요."

"살아 있는 걸 후회하게 만들어 주겠어."

그는 지금 양부모에게 복수하겠다는 말을 하는 것이었다.

"승욱 씨, 오히려 당할 수가 있어요."

"꼼짝 못하게 해야지. 그리고 영원히 후회하게 만들어 줄 거야. 그 자식이 어떻게 우리를 학대했는지 정연이는 몰라."

정연은 저도 모르게 그의 입술에 입을 맞추었다. 그의 상처를 위로하고 싶었다. 다른 뜻은 없었다. 그의 입술에 자신의 혀를 밀어 넣으며 정연은 진심으로 사과하고 있었다. 그의 손이 그녀의 허리를 끌어당겼다.

그도 그녀를 통해서 위로받는 것 같았다. 그가 그녀를 소파에 눕혔다. 그리고 속옷을 단번에 벗겨 버렸다. 그리고는 페니스만 빼서는 그녀의 질에 밀어 넣었다.

"아악!"

"윽."

이렇게 바로 넣은 건 처음이었다. 그는 지금 정연과 하나가 되고 싶은 모양이었다.

"고마워."

"……."

고맙다는 말이 너무 가슴 아팠다. 잠시 후 그가 정연을 침대로 옮겨 본격적인 섹스를 했다. 그들은 그렇게 밤이 새도록 상대방을 가졌다. 그건 섹스라기보다는 짐승들이 서로의 상처를 핥는 위로였다.

승욱의 시선이 한곳을 향해 있었다. 그의 시선은 병상에 누워 있는 한 남자에게로 향해 있었다. 손발이 묶여 움직일 수가 없는데 입까지 자갈이 물려 있었다.

"이제는 혀까지 깨물어서 도리가 없습니다."

한 해에 한두 번 심하게 자해를 한다고 했다.

"약물도 소용없습니다."

"……."

정신적인 충격을 받은 10명이었지만 그중에 서혁이 가장 문제가 심했다. 양아버지의 성적인 학대까지 받은 유일한 형이었기 때문이었다. 예쁘장한 얼굴과 남자치고는 가녀린 몸을 양아버지는 좋아했다.

그래서 서혁은 자신의 얼굴을 칼로 긋기까지 했다. 승욱에게도 가장 마음이 아픈 형이었다.

"죽여 버리겠어⋯⋯."

승욱이 이를 악물며 말했다. 양아버지는 사람이 아니었다.

"어릴 때의 충격이 심했던 모양입니다."

"선생님, 잘 부탁드립니다. 불쌍한 사람입니다."

승욱은 자세한 내용을 말하지 않고 허리 숙여 의사에게 부탁했다.

"아이고 어떤 분이 부탁하신 건데 당연히 잘해 드려야죠."

그와 형들이 병원을 지원하고 있었다. 그러니 당연히 정신병원 원장이 잘할 수밖에 없었다. 이곳에 2명의 형이 있었다. 자주 온다고 하는데도 오고 나면 미안한 마음이 드는 그였다.

"부탁드립니다."

"네."

승욱은 착잡한 마음으로 병원을 나오자마자 양아버지란 사람을 찾아갔다. 주호영 회장이 죽고 처음이었다. 솔직하게 만나고 싶은 마음이 하나도 없었다. 복수의 대상이기도 했고 두려움의 대상이기도 한 사람이었다.

아직도 양아버지가 웃으며 그를 때리던 일들이 기억나곤 했다.

양아버지가 사라지고 한동안 양아버지를 찾은 형제들이었다.

만나면 죽여 버린다고 벼르고 있었고 주소를 알아냈을 땐 주정연이 회장이 되는 바람에 바빠서 바로 손을 쓸 수 없었다. 오늘은 끝장을 내기 위해 온 것이었다.

형들은 양아버지와 만나면 바로 경기를 해서 그가 모두를 대표해서 왔다.

산속 깊이 집을 짓고 사는 양아버지였다. 지은 죄가 크니 사람들의 눈을 피하는 건 당연한 것 같았다.

"깊이도 숨어 있었군."

여기서 죽여도 모를 만큼 깊은 산속이었다. 집은 말 그대로 으리으리했다. 주호영 회장의 별장 정도는 아니지만, 담장도 꽤 높았고 담장 위에서 못 들어오게 철책이 쳐져 있었다.

그가 오늘 하루 휴가를 내고 온 건 이제 양아버지에 대해 응징을 할 때가 왔기 때문이었다. 그동안 그들이 모아 온 자료들 중의 일부를 가지고 온 그였다. 빼도 박도 못하게 만드는 자료들이었다.

성인이 되기 전에 맞은 자료가 부족했는데 그 자료를 정연에게서 받았다. 주호영 회장의 별장에 있는 문서들이었다. 그와 형들의 고통이 그대로 기록되어 있었다.

"웃기는군."

그는 이렇게 말하면서 벨을 눌렀다.

[누구세요?]

양어머니의 목소리가 소름 끼치게 들렸다.

"접니다. 승욱이."

[김승욱?]

"네."

[네가 여기에…… 왜?]

경계심이 느껴지는 목소리였다.

"주정연 회장님이 보내신 게 있어서요."

[아가씨가?]

"네, 어머니께도 드릴 선물이 있고……."

철컥!

문이 열리는 소리가 들렸다. 승욱은 천천히 문 안으로 들어갔다.

"승욱이 왔어?"

그의 손에 들린 쇼핑백을 보고는 양어머니가 얼른 빼앗았다.

"아버지는요?"

"안에 계시지."

"네."

"그런데 이게 뭐야?"

"잘 보세요. 아주 좋은 선물이니까."

그는 서둘러 안으로 들어갔고 뒤에서 양어머니가 비명을 지르는 소리가 들렸다.

"안녕하셨어요."

TV를 보고 있던 양아버지가 그를 보더니 인상을 썼다.

"왜?"

"할 말이 있어서요."

"여보!"

그때 뒤에서 양어머니가 달려 들어왔다.

"이거!"

쇼핑백 안에는 정연이 가져다준 사진과 문서들의 복사본이 들어 있었다. 이걸 본 양아버지는 비릿한 미소를 지었다.

"이게 뭐."

마치 아무 일도 아니란 듯이 양아버지는 웃고 있었다.

"야!"

그러자 그때 집 안의 방에서 건장한 남자 하나가 나왔다. 전혀 얼굴을 모르는 젊은 남자였다.

"인사해, 형이다."

"……."

승욱은 깜짝 놀라지 않을 수 없었다. 10명이 아닌 11명이었던 것이다. 20대로 보이는 남자는 근육질에 차돌 같은 몸을 가진 사람이었다.

"내가 주 회장만을 위해서 일했을 것 같아? 이런 일을 대비하지도 않고?"

"도대체…… 몇 명이나 더 있습니까?"

"더 있을 수도 있고…….'

말끝을 흐리는 걸 보니 앞에 서 있는 친구가 다인 것 같았다.

"이 친구뿐이군요."

"……."

"죗값은 받으셔야죠. 그리고 동생, 이 인간을 위해 싸우지 마. 내가 널 책임질게. 그동안 매 맞고 학대받느라고 고생했다. 나도 그렇게 자랐으니까 네 마음 알아."

"무슨 개소리야! 창식아, 죽여 버려."

양아버지가 고래고래 소리를 지르자 남자가 그에게로 달려들었다. 정말 싸우고 싶지 않았지만 어쩔 수가 없었다.

퍽!

확실하게 젊은 사람이라서 그런지 그의 주먹을 맞아도 끄떡도 하지 않았다. 양아버지는 막내가 이길 걸 확신하는지 소파에서 꿈쩍도 하지 않고 있었다.

"윽!"

이번엔 남자의 주먹이 승욱의 배를 가격하자 숨을 쉴 수가 없었다. 주먹도 센 동생이었다. 더는 시간을 끌 수 없었다. 어떻게 해서든지 양아버지에게 대가를 치르게 할 생각이었다. 승욱의 주먹이 빠르게 남자의 얼굴을 때렸고 발로 그의 다리를 쳤다.

"동생, 미안."

"윽!"

그리고 정신을 차리지 못할 정도로 패 버렸다. 생각보다 금방 쓰러져 버린 남자였다. 그러는 사이에 양아버지와 어머니가 현관 쪽으로 달아나려고 했다. 얼른 뛰어가서 양아버지의 뒷덜미를 잡은 승욱이었다.

"어디를 가시게."

"승욱아, 그러니까…… 윽!"

그가 양아버지를 처음으로 때렸다. 아버지가 아니라 그를 매일같이 때리던 학대범이었다. 밥만 주면 되는 것이 아니었다. 아이들을 입양해서 사랑을 주어야 하는데 양어머니와 양아버지는 그들을 학대하고 그들을 이용해서 주호영 회장에게 돈을 받았다.

"때리는 것도 모자라서 성적인 학대까지 해? 당신이 사람이야?"

"살려 줘……."

"내가 죽일 것 같아? 천만에. 난 당신을 죽이지 않을 거야."

"그럼?"

"갇혀 사는 게 어떤 건지 알게 해 줘야지."

"어?"

"지금 밖에 차가 대기해 있어."

"무슨……."

"이제부터 갇혀 산다는 게 어떤 건지 보여 줄게. 밥만 먹으면 행복한 게 아니냐는 당신 말을 그대로 돌려줄게. 병원에서 죽을 때까지 매끼 나오는 밥 먹고 잘살아."

양아버지의 얼굴이 하얗게 질렸다. 그리고 그의 바짓가랑이를 잡았다.

"승욱아."

승욱이 그의 손을 차 버렸다.

"들어와서 싣고 가세요."

그와 함께 온 구급차 두 대에 양부를 싣고 갔다. 승욱은 쓰러져 있는 남자를 일으켜 세웠다.

"나랑 가자."

"……."

"너와 똑같이 고통받으면서 자란 사람들이 많아."

"……."

"내가 널 치료해 줄게."

그는 이렇게 말하며 동생을 자신의 차에 태우고 치료를 위해 근처 병원을 찾았다. 그리고 철우 형의 집에 동생을 맡겼다.

"창식아, 큰형이야."

창식은 덩치가 컸지만 생각하는 건 아주 아기였다. 철우는 창식이 가장 학대를 받은 것 같다면서 그를 따뜻하게 안아 주었다. 그렇게 창식은 철우의 집에서 다시 새로운 삶을 시작할 준비를 하게 되었다.

승욱은 창식을 바라보며 사람의 욕심은 끝이 없다는 생각이 들었다. 이렇게 다른 사람의 인생을 망치면서까지 돈을 벌려고 하는 양아버지와 주호영 회장을 그는 용서할 수가 없었다.

8. 엇갈리는 마음

찰칵찰칵!

카메라 플래시에 눈이 부셔 정연은 인상을 썼다. 발표하지도 않았는데 어떻게 알았는지 기자들이 난리였다. 하긴 건설사를 인수하겠다는 회사들이 많아서 소문은 어쩔 수 없이 날 수밖에 없긴 했다.

"주 회장님, HY건설을 매각하신다는 게 사실입니까?"

"외국계 회사에 매각하실 생각이십니까?"

"그 회사가 중국기업입니까?"

기자들의 질문 세례가 터지고 있었고 본사 사옥 앞에는 매각을 반대하는 건설사 직원들의 항의 집회가 이어지고 있었다.

"후……."

겨우 자신의 차에 오른 정연이었다. 정신이 하나도 없는 정연의 얼굴이 붉게 상기되었고 저도 모르게 손으로 부채질을 하고 있었다.

"죄송합니다."

"뭐가요, 이 정도는 예상했어요. 일자리를 잃게 생겼는데 가만히 있을 사람들은 없죠. 매각 절차는 잘 되고 있죠?"

"네, 우리 쪽의 조건이 워낙 좋다 보니 뛰어든 업체들이 많습니다."

"우리의 조건은 사원들을 전부 인수하는 조건인 거 잊지 말아요."

"네, 임원들은 정리가 되겠지만 사원들은 괜찮을 겁니다."

그녀가 고개를 끄덕이더니 창밖을 보았다.

"주 사장님의 전화입니다."

반갑지 않은 전화였다. 상황이 이렇게까지 되었는데 포기를 모르는 인간이었다.

"여보세요?"

[야! 결국, 이렇게 해야겠어?]

소리부터 지르는 기현 때문에 정연은 핸드폰을 귀에서 살짝 떼었다.

"말조심하시죠."

[넌 구린 데가 없을 줄 알아?]

"있어도 주 사장님만 하겠습니까?"

정연이 질 이유가 없었다. 아무리 숙부라고는 하지만 이렇게 막무가내로 나온다면 그녀도 방법이 없었다.

[지금 당장 만나.]

"전 지금 약속이 있어서요."

갑자기 화면이 영상통화로 바뀌었다.

[영상으로 받아.]

그녀가 화면을 바꾸자 험악한 표정의 주기현이 사진 한 장을 들어 보였다. 그와 승욱이 집 안의 수영장에서 키스를 하는 장면이었다.

"뭐죠?"

[스캔들 사진.]

"비열하네요."

[내가 지금 찬밥 더운밥을 가릴 때가 아니어서.]

"뭘 원하죠? 건설사를 살리고 싶은 마음이 큰 사람은 아니고."

[HY전기 사장 자리를 줘.]

"그거였군요. 사원들은 걱정이 돼서 저러고 있는데 혼자만 사시겠다?"

[그게 인생 아니야?]

"맞아요. 생각해 보죠."

[생각할 상황은 아닌 것 같은데?]

"생각해 보고 전화 드릴게요."

전화를 끊은 정연은 비릿하게 웃었다.

"또 협박입니까?"

"네."

"어떻게 하실 겁니까?"

"생각을 좀 해야겠어요."

그때였다. 진수에게 전화가 걸려 왔다. 그녀의 표정이 굳어졌다. 오늘은 아주 가지가지 하는 날이었다.

"여보세요?"

[오늘 시간 괜찮아?]

"아뇨, 인수 합병 때문에 시간이 없어요."

[잠깐이면 되는데 우리 좀 볼까?]

"그럼, 집으로 와요."

[정말 가도 돼?]

"네."

그녀의 말에 진수는 아주 좋아하며 전화를 끊었다.

"무슨 일이 있을 줄 알고."

정연은 의미심장한 말을 내뱉었다. 그녀의 말을 들은 승욱의
표정이 굳어졌다.

진수는 일찍 정연의 집으로 향했다. HY그룹의 본가는 처음인
그였다. 그래서인지 마음이 더 설레었다. 집에 가기 전에 장미꽃
바구니와 와인을 준비했다.

"축하해야지."

오늘은 정연에게 결정타를 날릴 생각이었다.

"순순히 응하면 어쩌지?"

이런 생각을 하자 마친 놈처럼 웃음이 났다. 그녀가 승욱과 섹
스를 하는 장면도 가지고 있었지만, 승욱이 자신의 양부모를 정
신병원에 감금시키는 자료도 있었다.

"쓰레기 같은 새끼!"

그는 이렇게 말을 하며 차를 몰았다. 정연의 집에 도착한 그는
심호흡을 한 번 하고는 초인종을 눌렀다.

[누구십니까?]

"성진수."

철컥!

문이 열렸다. 주호영 회장은 집을 오픈하지 않기로 유명한 사
람이었다. 그래서인지 이 집에 들어온 사람은 많지 않았다. 이

집은 언제나 뉴스에 나왔다. 공시가가 가장 높은 집이 이 집이었다.

"우리나라에서 가장 비싼 집에 한 번 들어가 볼까?"

그는 즐거운 마음으로 들어갔다.

"안녕하십니까?"

점잖게 생긴 집사가 그에게 인사를 했다.

"……."

굳이 집사 따위에게 인사를 할 이유가 없었다. 그가 들어서자 정말 대운그룹과는 비교도 되지 않는 거실이 보였다. 온통 명화들로 장식이 된 집이었다.

주호영 회장이 미술관을 개관하고도 이렇게나 많은 작품이 집에 있다니 놀라울 따름이었다.

"이게 다 얼마야?"

그는 조용히 중얼거리며 이 집사의 뒤를 따랐다. HY그룹의 본가에 들어서자 더욱더 그녀를 차지하고 싶은 마음이 강했다. 여기는 대운그룹 따위는 감히 상대가 안 되는 곳이었다. 정연과 결혼만 하게 된다면 콧대 높은 어머니의 기를 꺾을 수 있을 것 같았다.

그에게도 이런 기회가 올 줄은 몰았다.

"여기서 기다리십시오."

집사가 그에게 거실에서 기다리라고 했다. 아직은 손님이었지만 다음에 올 때는 이 집의 주인으로 올 생각이었다.

"커피 드시겠습니까? 아니면……."

"커피."

"네."

그는 커피를 마시며 정연이 오기를 기다렸다.

"저기, 집사님."

"네."

"우리 정연이를 키워 주신 분이 누구신지……?"

정연에게 붙여 놓은 사람에게서 정연의 아킬레스건은 유모라는 말을 들었었다. 정연이 그녀를 얼마나 아끼는지 눈 뜨고는 못봐 줄 정도라고 했다. 정연의 마음을 아프게 하려면 유모를 죽이는 게 정연을 죽이는 것보다 더 괴롭게 하는 일이라고도 했다. 그래서 그녀가 누군지 궁금했다.

물론 사진은 가지고 있었지만 실제로 보는 건 다르니까 말이다.

"그건 왜 물으십니까?"

"궁금해서."

"오늘은 휴무입니다."

이 집사가 딱 잘라 말했다. 진수는 입술을 삐쭉거리며 주변을 두리번거렸다. 도우미들이 많았지만, 집 안은 아주 조용했다. 이 집의 주인이 된다니 아주 기분이 좋았다. 자신의 집은 여기에 비하면 구멍가게였다.

"여기가 몇 평이지?"

"……."

이 집사는 얼굴이 굳어지며 말을 하지 않았다.

"아니, 왜 답을 안 해?"

"100평 정도?"

익숙한 목소리에 뒤를 돌아보니 정연이 들어와 있었다. 정연이 오는 걸 보면서도 말을 하지 않은 이 집사였다.

"어, 왔어?"

"네."

정연의 뒤에는 승욱이 딱 버티고 서 있었다. 남자가 봐도 멋진 인간이었다. 그러니 정연이 넘어갈 수밖에.

"말하세요."

자신의 맞은편 소파에 앉은 정연이 말했다. 정연의 옆엔 승욱이 서 있었다. 그래서 더 입을 떼기가 어려웠다. 일하는 사람인데도 무시하기 어려운 사람이었다.

"여기서?"

"네."

"김승욱 씨는 물리지."

"아뇨, 말해요."

"뭐 좋아."

그가 꽃다발과 와인을 정연에게 내밀었다.

"내가 준비한 거야."

"말해요."

선물 따위는 거들떠보지도 않는 정연이었다. 다 가졌으니 이런 것에 흥미를 못 느낀다는 건 알았지만 정연은 너무 얼음처럼 차가웠다.

침대에서도 저럴까 걱정이었다. 그는 못생긴 건 참아도 침대에서 차가운 여자는 못 참을 것 같았다.

"우리 결혼에 대해서 말하려고."

"우린 결혼 안 해요."

"아니 하게 될 거야."

"대단한 고집이네."

그가 비장의 무기를 내놓듯이 사진을 그녀에게 밀었다. 그 사진을 본 정연의 인상이 굳어졌다.

"이 집사님!"

정연이 이 집사를 불렀다.

"네, 회장님."

"어디에서 촬영이 되었는지, 누가 찍었는지 찾아요."

진수는 눈을 의심했다. 이 집사가 사진을 아무렇지 않게 들고 가려고 했다.

"이봐! 이리 안 가져와?"

"우리 아가씨 드리려고 가져오신 거 아닙니까? 전 드릴 이유가 없을 것 같은데요."

이 집사란 사람이 고상하게 말을 하며 나갔다.

"사진이야 더 현상하면 되는 거고."

그가 다시 평상시의 표정으로 말했다.

"우리 숙부에게도 저 사진이 있던데?"

"내가 드렸어."

"왜?"

"나도 내 편이 필요하니까."

"아!"

그가 아주 당당하게 말했다. 진수도 더는 밀려날 곳이 없었다.

"어머니께서 결혼을 서두르셔."

"내가 결혼을 한다고 했던가?"

"어."

"잘못 들었나 봐. 난 안 해."

그녀가 차갑게 말했다. 그러자 이번엔 진수가 승욱의 카드를 꺼내 들었다.

"네가 키스하는 저 남자가 무슨 일을 벌이고 다니는지 알아?"

"……."

그가 서류를 밀었다.

"자기 아버지를 정신병원에 가둔 아주 못된 인간이야."

"알아."

"어?"

"자기 친아버지 아니야. 양아버지지. 그리고 그 인간 10명의 아이들을 입양해서 학대했어. 제정신이 아니야. 제정신이 아닌데 정신병원에 들어가야지."

"주정연."

정연의 얼굴이 차갑게 굳었다.

"내 이름 함부로 부르지 마. 그리고 다 들었으면 돌아가죠. 다시는 연락하지 말고."

"주정연!"

정연이 자리에서 일어났다. 그리고 동시에 승욱이 정연의 허리를 잡고는 그를 보았다.

"결혼은 우리 둘이 할 겁니다."

"……."

진수는 너무 놀라 턱이 빠질 것 같은 얼굴을 하고 있었다.

"모두가 결혼을 바라니 해 드릴 수밖에요. 이제 우리가 결혼을 하니 키스 사진이든 섹스 사진이든, 스캔들 사진이 아니라 사생활 침해 사진이 되지 않을까요? 그게 출처가 어딘지도 우리는 알고."

"거짓말, 너 따위가 꿈꿀 상대가 아니야."

진수는 목에 핏대를 세우며 말했다.

"내가 해 주고 싶은 말이야. 성진수."

"뭐?"

"진상 그만 부리고 가."

승욱이 그가 보는 앞에서 정연의 목에 입을 맞추었다.

"들었으면 가. 우린 올라가자."

승욱이 다정하게 정연의 손을 잡고 2층으로 향했다. 그는 경비원들에 의해 집 밖으로 쫓겨났다.

"내가 이대로 물러설 줄 알아?"

그는 바닥에 침을 뱉고는 자신의 차에 올랐다.

"씨발, 진짜 가만히 안 있어."

그는 이를 악물고 차를 출발시켰다.

승욱의 손을 잡고 2층으로 올라가는 정연의 머릿속이 아주 복잡했다. 한 계단 한 계단 오를수록 더했다. 2층에 올라온 정연은 그에게 잡힌 손을 뺐다.

"진심이에요?"

"응."

그녀의 눈도 보지 않고 말하는 승욱을 정연이 돌려세웠다.

"나한텐 한마디도 안 했잖아요."

"때를 기다렸거든."

덤덤하게 말하는 그가 미웠다.

"우린 그냥 섹스 파트너고, 그럼 당신이 진 거예요."

"알아."

그가 진 것이다. 결론적으로 결혼이 될 거란 생각은 하지 못했었다. 그런데 이렇게 결론이 나고 말았다. 어디서부터 잘못된 것일까? 그는 진심으로 그녀를 사랑하지 않는다.

"왜?"

"지금 상황에선 결혼이 최선책이니까."

그럼 진심이 더더욱 아니란 말이었다. 이 상황을 벗어나기 위해서 그보다 더한 상황을 만들려는 것이었다.

"최선이라……."

"주 사장도 우리의 사진을 걸고넘어지고, 또 성진수도. 그러니까 사진이 퍼지는 건 시간문제야."

그의 말이 맞았다. 차라리 그럴 바엔 당당한 관계가 되는 게 맞앉다. 하지만 결혼은 생각지도 않은 방법이었다. 심장이 터질 것 같았다.

"우리의 결혼은 주호영 회장님의 생각이라고 말하면 다른 문제는 없을 것 같아."

"미리 생각했군요."

"그래."

그는 용의주도한 사람이었다. 이렇게 모든 걸 다 계획하고 있었다니…….

"언제 발표할 건가요?"

"이른 시일 내로 해야겠지."

지금은 다른 방법이 없었다. 하지만 정연은 꼭 사냥을 당한 기분이 들었다.

"꼭 이렇게 해야겠어요?"

"달리 방법이 없어. 이보다 좋은 방법이 있으면 말해."

"……."

할 말이 없게 만드는 재주가 있는 사람이었다. 그래서일까? 자꾸 끌려 다닌다는 생각이 들었다.

"쉬고 싶어요."

그녀가 방에 들어가자 그가 따라 들어왔다.

"김승욱 씨! 읍!"

그가 정연의 얼굴을 잡고 입술을 삼켰다. 결코 친절하고 부드러운 키스가 아니었다.

"으으읍!"

정연은 고개를 가로저으며 싫다는 표시를 했다.

"성진수 같은 인간이 얼쩡거리게 만들다니 용서가 안 돼!"

그가 혀를 뽑을 것처럼 강하게 빨아들였다.

"또다시 남자 문제가 생긴다면 그땐 용서하지 않을 거야."

승욱이 화가 많이 난 것 같았다.

"내가 소유욕이 강한 남자란 걸 잊지 마."

이건 경고에 가까운 말이었다.

"소유욕은 멈춰요."

"나도 멈출 수 있었으면 좋겠어."

그가 그녀의 눈을 바라보며 말했다.

"마치 중독이 된 것처럼 널 안지 않으면 죽을 것 같아."

"……."

"매일 밤 섹스 후에 내 침대로 돌아가는 것도 이제는 싫어. 널 이렇게 만지기만 해도 난 벌써 이렇게 돼."

그가 정연의 손을 잡아 자신의 페니스로 가져갔다. 정연은 그의 페니스를 힘껏 잡았다.

"으으윽!"

그의 입에서 신음이 터져 나왔고 정연은 천천히 손을 움직이며 그를 자극했다. 지금은 그와의 섹스가 필요했다. 그녀도 그에게 중독이 되어 있었다. 그는 독일까? 문득 그런 생각이 드는 정연이었다.

그의 혀가 그녀의 혀를 감아올렸다. 서로의 타액이 섞이며 그들은 진한 키스를 나누고 있었다.

"으음."

"하아……."

그의 손이 정연의 가슴을 움켜잡았다. 이렇게 죽을 수도 있다는 생각이 들 만큼 정연은 지금 온몸이 찌릿했다. 정연은 어느새 자신의 침대에 누워 있었다. 그리고 그녀의 눈엔 빠르게 옷을 벗고 있는 승욱이 보였다.

"무서워요."

"뭐가?"

"결혼이요."

정연에게 결혼은 아주 복잡한 수학 공식 같았다. 답은 맞출 수 있을 것 같은데 그 푸는 과정을 쓰라면 못 쓰는 것 같은 그런 게 결혼이었다.

"왜?"

"당신이 엄마처럼 우습게 될까 봐."

"왜 그런 걱정을 하지?"

"……."

그녀는 '사랑하니까.'라는 말을 할 수가 없었다. 그는 섹스만을 원하는데 자신의 이런 마음을 들키고 싶지 않았다.

"걱정하지 마. 난 그렇게 약한 남자 아니야."

"알아요."

그래서 더 걱정이었다. 어쩌면 그보다 그를 더 사랑하는 자신이 상처를 받을까 봐 걱정인 정연이었다. 그가 남들에게 우습게 보이는 게 싫었다. 하지만 그런 그녀의 마음을 들키고 싶지 않았다.

그가 그녀의 곁으로 빠르게 다가와 입술을 맞추었다. 그의 입술이 이제는 안정을 가져다주었다. 뜨거운 욕정만이 존재할 줄 알았는데 아니었다.

"나랑 있을 땐 다른 생각하지 마."

그는 이렇게 말을 한 다음 그녀의 가슴에 얼굴을 묻었다. 그의 혀가 그녀의 봉긋한 가슴을 쓸었다.

"아흐……."

그녀의 신음이 시작하기도 전에 그는 유두를 빨기 시작했다. 작은 유두가 주는 쾌감은 생각보다 컸다. 그의 입술이 유두를 빨자 찌릿한 느낌이 온몸에 퍼졌다. 그의 손이 동시에 그녀의 여성을 감쌌다.

그는 어쩌면 이렇게 여자를 잘 흥분시킬까 하는 생각이 들었다. 그의 혀가 점차 아래로 내려오자 이번엔 온몸에 소름이 돋았다.

아는 느낌이 더 무서운 법이었다. 다음에 그가 어디를 빨아 줄지 그녀는 너무나 잘 알고 있었다.

"아아앙······."

예상대로 그는 그녀의 여성을 입에 물었다. 그리고 혀로 여성을 가르고 들어와 클리토리스를 찾아내서 자극하기 시작했다. 그가 이렇게 애무를 해 주는 게 너무 좋은 정연이었다. 하지만 그런 마음을 들키고 싶지 않았다.

"벌려 봐."

그녀가 다리에 힘을 주자 그가 말했다. 다리를 양쪽으로 더 벌리자 그가 혀를 그녀의 질 안으로 밀어 넣었다.

"아악!"

놀란 정연이 소리치자 그가 어깨를 들썩이며 웃었다.

"이제는 익숙할 때도 되지 않았어?"

"그게 힘들어요."

"난 이런 정연이의 몸이 좋아."

"······."

그녀의 몸이 좋다고 말하는데 기쁘지 않았다. 그녀가 좋다고 말해야 하는데 몸이 먼저 좋다고 말하니 기분이 좋을 리가 없었다. 하지만 그것도 잠시 그가 그녀 안으로 페니스를 집어넣자 더는 아무런 생각을 할 수가 없었다.

"아악!"

몸이 둘로 갈리는 느낌은 처음이나 지금이나 마찬가지였다. 정연은 그의 몸을 꼭 끌어안았다. 그의 몸은 점점 더 거칠게 움직이고 있었다.

한차례 폭풍이 지난 다음에 그녀는 승욱의 품 안에서 거친 숨을 몰아쉬고 있었다.

"왜 양아버지를 그렇게 한 거죠?"

"벌을 받아야 하니까."

"정신병원은 약한 벌 아닌가요?"

"그렇게 끝내진 않겠지. 그 사람은 법의 심판도 받을 거야. 하지만 법의 심판만 받는 건 너무 약하다고 생각해."

"왜요?"

"우리의 어린 시절이 너무 비참했으니까."

"……."

그녀는 더는 말하지 않았다. 그의 비참한 어린 시절은 할아버지의 잘못이 더 컸다. 그의 복수의 대상은 이제 그녀였다. 정연은 두려웠다. 그가 그녀에게 복수하는 건 두렵지 않았지만, 그가 떠나는 건 솔직하게 두려웠다.

"그래도 양아버지에게 벌을 준 건 잘한 것 같아요. 그는 사람이 아니니까."

"맞아."

"더 했어도 될 뻔했어요."

"천천히."

그의 복수는 아직 시작도 안 한 느낌이었다. 그가 다시 그녀를 끌어안았다. 따뜻한 온기가 그녀의 몸에 퍼지고 있었다.

"오늘은 여기서 잘게."

"알았어요."

이 남자의 마음을 알 수가 없다. 하지만 정연은 그에게 복수를 당해도 좋다고 생각할 만큼 그를 사랑하고 있었다.

기현의 집 앞에 진수가 찾아왔다. 발등에 불이 떨어진 기현은 진수의 방문이 그리 좋지만은 않았다.

"안녕하십니까?"

"안녕 못하다는 건 알 텐데?"

허우대는 멀쩡했다. 승욱이 훨씬 잘생기긴 했지만 김승욱은 좀 비현실적인 캐릭터고 진수는 일반 남자들의 얼굴로 치면 아주 잘

생긴 얼굴이었다. 그리고 솔직하게 정연도 진수가 마음에 드니 만났을 것이다.

"쯧쯧쯧, 여자 하나 제대로 못해?"

"김승욱과 결혼하겠답니다."

"뭐?"

"도와주십시오."

정연이 그의 말을 듣는 것도 아니고 정연이 진수를 버렸다면 그도 진수의 패를 가질 필요가 없었다.

"내가 무슨 힘으로 도와."

기현이 거리를 두고 싶어 하는 걸 진수도 알 것이다.

"정연의 약점을 압니다."

"그게 뭔데?"

"유모."

"뭐?"

"정연에게 붙여 놓은 사람들의 말로는 김승욱이 문제가 아니라 정연의 아킬레스건은 유모라고 했습니다."

그 말도 맞을 것이다. 왜냐하면, 정연은 어릴 때부터 유모의 손에 컸기 때문이었다.

"이 집사는 남자라서 납치가 어려 울 것 같고 유모는 출퇴근하 니 납치하기가 쉬울 것 같습니다."

"그래서?"

"절 도와주십시오."

불법적인 일에 직접 끼어드는 건 싫었다.

"내가 어떻게 도와. 알아서 하는 거지."

눈을 감아 주겠다는 말이었다. 그의 눈치를 살피던 진수가 알아들었다는 표정을 지었다.

"알겠습니다. 제가 알아서 하겠습니다."

"……."

이럴 땐 똑똑한 녀석이었다.

진수는 차를 거칠게 몰았다. 아무리 생각해도 열이 받아서 못 참겠는 진수였다. 오늘 어머니의 생일이었다. 진수는 여느 때와 마찬가지로 어머니에게 장미꽃 바구니를 보냈다. 뭐 고맙다는 답도 없었다.

언제까지 이렇게 집에서 무시를 당해야 하는 걸까? 그는 이런 상황을 벗어나려면 정연과의 결혼이 절실하다는 결론을 냈다. 정연에게 그를 보여 주고 싶다는 생각이 들었다. 그를 몰라서 그러는 것이었다.

정민을 비롯한 여자들은 그를 보면 사족을 못 썼다. 어떻게 보면 당연한 일이었다. 그는 환상적인 밤을 여자들에게 선물했다.

그런 그에게 한번 빠지면 여자들은 헤어나지 못했다. 물론 재벌가의 여자들은 아직 없었지만 말이다.

돈과 섹스, 여자들이 환장하는 것들을 그는 다 가졌다.

정연이 결혼을 발표하기 전에 그는 유모를 납치할 생각이었다. 뭐든 빠르게 움직여야 뭔가가 되지 안 그러면 생각에 그칠 확률이 높았다. 그는 지금 위험하지만 확실한 모험을 할 생각이었다. 정연과 함께하기 위해서 말이다. 하지만 혼자서는 힘들 것 같고 도움이 필요했다.

"여보세요?"

[자기야.]

정민이었다. 그동안 잘해 줬으니 비밀을 유지해야 하는 이때 도움이 될 것이었다.

"뭐 해?"

[그냥 있지.]

"나와."

[왜?]

"할 일이 생겼어."

그는 정민의 집 앞으로 가서 정민을 태웠다. 그리고 상황을 말했다. 그러자 정민이 싫다고 발을 빼려고 했다. 하지만 그가 돈에 관해 이야기하자 입을 다물었다.

돈에 욕심이 많은 정민이었다.

"어떻게 하라고요?"

"이 여자가 나오면 가서 도움을 요청해."

"알았어요."

계획은 생각보다 간단했다. 하지만 그게 먹힐지는 미지수였다.

"이렇게까지 해야 해요?"

"응."

정민을 운전석으로 보낸 그는 뒷좌석에 앉았다.

"난 과연 주정연이 유모 따위에게 흔들릴지 의문이 들어요."

"당연히 흔들리지."

"그다음은요?"

"내가 원하는 조건을 말해야지."

"뭔데요?"

그는 말하지 않았다. 결혼이라는 말을 하면 정민이 도와줄 것 같지 않았기 때문이었다. 여자의 마음은 갈대와 같으니까.

"뭔 생각을 해요?"

"아무것도 아니야. 저기 나왔다."

이제 주사위가 던져졌다. 유모로 보이는 여자가 정연의 집에서 나왔다. 그들은 유모를 쫓아 계속 차를 몰았다.

"지금이야."

그들의 차를 유모 옆에 세운 정민은 차창을 내렸다.

"저기요?"

"네?"

"골목이 너무 많아서 큰길로 나가는 방향을 모르겠어서요."

"큰길은 우회전하면 바로 나오는데요."

"감사해요. 이렇게 우회전을 하면 된다고요?"

"아니, 거기는 좌회전이고…… 읍!"

진수가 유모의 입을 틀어막으며 차 안에 태웠다. 그리고 정민이 빠르게 차를 출발시켰다.

"으으읍"

"조용히 해!"

그가 소리치자 유모가 겁을 먹었는지 조용해졌다.

"그래, 조용히 해야지."

유모의 입에서 손을 떼자 유모가 다시 소리를 지르기 시작했다.

"사람 살려!"

그러는 와중에 그가 유모의 손을 묶었다.

"성진수 사장님?"

"아니야."

"맞는데?"

"닥쳐!"

"성 사장님……. 악!"

그를 알아보는 유모의 얼굴을 주먹으로 치자 유모가 한 방에 의자 위로 쓰러졌다.

"시끄러운 년!"

사람을 납치하고 보니 진수는 자신이 다른 사람이 된 것 같은 느낌을 받았다. 룸미러로 그의 눈치를 보는 정민을 보며 그가 말했다.

"쳐다보지 말라고!"

"네."

"앞만 보고 운전해."

"어디로 갈까요?"

"네 오피스텔로 가."

"그건 좀……."

"가!"

"거긴 위험해요. 보는 눈도 많고."

생각해 보니 그녀의 말이 맞았다.

"알았어, 그럼 별장으로 가."

그의 별장이 있었다. 아직은 다 지어지지 않았지만 그래도 건물의 토대는 다 지어진 곳이었다.

"괜찮을까요?"

"당연하지."

그는 어두운 별장으로 유모를 끌고 들어갔다.

9. 신분의 차이

정연은 이 집사가 이렇게까지 흥분한 모습을 보지 못했다. 새벽 1시 모두가 잠이 든 시간이었다.

"아가씨!"

승욱의 품 안에서 처음으로 잠이 들었는데 이 집사가 그녀의 방문을 열고 들어오는 바람에 승욱과 정연 모두가 놀라 침대에서 벌떡 일어났다.

"무슨 일이에요?"

"추자가……."

유모의 이름이 추자였다.

"유모가 왜요?"

"집에 들어가지 않았답니다. 여기서 9시쯤 나갔는데……."

"내려갈 테니까 1층에서 기다리세요."

"네."

이 집사가 나가자 그녀는 가운을 걸쳤다. 그리고 핸드폰을 든 정연의 얼굴이 굳어 있었다.

"왜 그래?"

"성진수 짓이에요."

"뭐?"

그가 핸드폰을 뺏어서 읽기 시작했다.

"미친 새끼!"

정연이 성진수에게 전화를 걸었다.

"유치해."

[아니, 난 심각해.]

"경찰에 신고하기 전에 빨리 돌려 보내. 마지막 기회야."

[그건 알아서 해.]

"왜 이러는 거야?"

[난 사랑하는 여자를 곁에 두고 싶을 뿐이야.]

"사랑하는 여자는 오정민 아니야?"

[……]

"네가 나에 대해 아는 것보다, 내가 너에 대해 더 잘 알 거야."

한동안 진수는 말이 없었다. 거친 숨소리가 들리는 거로 봐서는 흥분하고 있는 것 같았다. 그가 흥분하면 유모는 위험해지는 것이었다.

그녀의 어머니와 같은 사람이 유모였다. 언제나 버팀목이 되어 주는 유모를 잃을 순 없었다.

"내가 갈게. 만나."

[혼자 와.]

"어디로 갈까?"

그녀는 약속 장소를 듣고 옷을 갈아입기 위해 2층으로 향했다.

"아가씨! 저도 가겠습니다."

"이 집사님, 절 믿으시죠?"

"하지만 아가씨도 위험하실 수 있는데……."

"주 회장님은 제가 지킬 테니 걱정하지 마세요."

승욱이 정연의 뒤를 따르며 말했다. 정연은 승욱의 얼굴을 보았다. 그리고 걱정하는 이 집사를 안심시켰다.

"괜찮을 거예요. 유모 데리고 올 테니까. 유모가 좋아하는 커피나 끓여 놓으세요."

이 집사의 얼굴이 창백해졌다.

"그리고 유모에게 솔직하게 고백하시고요."

"……네, 아가씨."

이 집사의 입술이 타들어 가는 게 보였다.

"후……."

정연은 한숨을 쉬며 2층으로 향했다.

"같이 갈 거예요? 그는 저 혼자 오라고 했어요."

"뒤에 몰래 따라갈게."

"안 돼요. 유모가 위험해져요."

"나도 안 돼, 난 정연이의 안전을 책임져야 해."

왜 이렇게 일이 꼬이는 것일까? 걱정이 된 정연이었다. 정연의 생각엔 그의 안전이 중요했고 그는 정연의 안전이 중요했다.

청바지에 흰색 티셔츠를 입은 정연은 나이가 더 어려 보였다. 거기다가 머리까지 포니테일로 묶어서 마치 고등학생 같았다.

"가요."

그녀는 진수와 약속한 장소로 이동했다. 뒤에는 그의 차가 쫓아오고 있었고 앞에는 그녀가 자신의 차를 몰고 운전을 했다. 오랜만에 하는 운전이라서 다른 곳엔 신경도 쓰지 못하고 오로지 운전에만 집중하는 정연이었다.

"여보세요?"

[의정부로 가기 전에 도봉산역이 있을 거야. 거기서 만나.]

"알았어요."

그녀는 그의 말대로 내비게이션에 도봉산역을 쳤다. 그리고 조심해서 운전했다.

"왜 유모를 납치했을까? 내가 경찰에 신고할 수도 있는데."

이해할 수 없었다. 하지만 아무런 생각 없이 그녀는 그와의 약속 장소로 향했다. 뒤에 승욱이 따라올 거라는 생각을 하면서 말이다.

도봉산역에 도착한 정연은 주변을 두리번거렸다. 하지만 진수의 람보르기니는 보이지 않았다. 튀는 걸 좋아하는 진수는 언제나 람보르기니나 페라리 같은 눈에 띄는 차를 선호했다.

Rrrrrrr—

"여보세요?"

[미안. 약속 장소를 바꿀게. 너무 멀지는 않으니까 화내지는 말고.]

"어딜 가면 되나요?"

[창동역으로 가.]

"창동역이요?"

[응.]

그녀는 창동역으로 향했다. 그리고 자신이 움직인다는 걸 승욱에게 이야기를 하지 않았다. 당연히 그가 그녀의 뒤에서 지켜 주고 있을 거라는 믿음 때문이었다. 거기다가 언제 진수에게 전화가 와서 위치를 바꿀지 알 수 없었기 때문에 핸드폰은 옆에 그대로 두었다.

하지만 그게 최대의 실수가 될지 이때까지 정연은 알지 못했다. 창동역에 도착하기도 전에 대형마트 주차장 앞에서 전화벨이 울리기 시작했다. 진수였다.

"또 왜?"

Rrrrrrr—

신호가 걸린 상황에서 전화였다.

"여보세요?"

[차 세워. 그리고 옆에 소나타에 타.]

정연의 옆에는 소나타가 있었다. 그녀는 차를 갓길에 세우고 소나타에 탔다. 차에는 진수가 있었다. 정연은 진수의 앞이라 도저히 승욱에게 몰래 연락할 수 없었다. 그리고 지금 정연의 머릿속엔 온통 유모뿐이었다.

"빨리 타!"

그가 웃으며 말하자 정연은 속이 뒤집혔다.

"뭐 하는 거야!"

정연이 소리쳤다.

"유모를 보고 싶지 않아?"

태연하게 웃는 진수는 여전히 미소 짓고 있었다. 원래 이런 똘아이였나 하는 생각이 들었다.

"어디 있어?"

목소리를 가다듬은 정연은 그에게 부드럽게 물었다.

"안전한 장소."

그가 차를 출발시켰다. 그리고는 강원도 쪽으로 향했다.

"어디 가는 거야?"

"내 별장."

"어?"

"거기에 유모가 있어."

"거짓말이면 가만히 안 둬."

"이 상황에서 왜?"

그녀는 그 뒤로 말을 하지 않았다. 그런데 백미러로 보니 승욱의 차가 보이지 않았다.

"차는 따돌렸어."

"네?"

"그러니 승욱이 따라올 거라고 기대하지 마."

"……."

진수는 그들의 계획을 알고 있었다.

"내가 위험해지면 사람들이 가만히 두지 않을 거예요."

"내가 왜 정연이를 해칠 거로 생각해? 난 널 해칠 마음이 없어. 네가 내 말을 잘 듣는다면 말이야."

전제 조건이 있었다. 그 말인즉슨 말을 듣지 않으면 해칠 수도 있다는 말이었다.

"유모는?"

"유모도 당연히 안전하지. 그 여자 해친다고 뭐가 좋겠어. 우리 정연이 마음만 상하지. 안 그래?"

"그래서 원하는 게 뭐야?"

"내 여자가 되는 거."

"말도 안 되는 소리 하지 마. 난 남자가 있어."

"알아, 하지만 넌 날 모르잖아."

"뭐?"

지금 진수가 뭘 말하는지 정연은 이해가 가지 않았다. 그러는 사이에 강원도 쪽으로 가고 있었다.

정연이 타고 있는 벤츠의 뒤를 승욱은 말없이 따르고 있었다. 하지만 지금 그는 속에서 뭔가가 끌어 오르는 것 같았다. 유모를 납치했으면 정연도 위험한 상황이었다. 그는 정연의 불안한 운전 솜씨를 알기에 같이 가지 않은 걸 후회했다.

"정연아."

진수는 지금 자신보다 정연이 걱정이었다.

"제발……"

그는 정연의 벤츠를 보며 불안한 듯 중얼거리고 있었다. 물론 지금은 새벽 시간이라서 생각보다 차량은 없었지만 그래도 서울은 서울이었다. 외곽 쪽으로 가고 있기는 했지만, 항상 변수는 있었다.

승욱은 지금 몇 번이나 핸드폰을 들었다 놓았다. 지금 그가 전화를 건다면 정연이 운전하는데 방해가 될 게 뻔했다. 그러는 사이에 그들은 수유리를 지나고 있었다. 이 길로 간다면 의정부였다.

"외곽 쪽으로 가겠군."

끼이익!

갑자기 검은 승용차가 그의 차를 가로막았다. 의도적이었다. 하지만 이 차와 씨름을 할 수가 없었다. 그는 정연을 놓쳐선 안 되는 상황이었다. 차를 돌려서 가려는데 이번엔 다른 차가 그의 앞을 막았다. 두 대의 차량이 도로를 막아 버렸다.

"쾅쾅쾅!"

검은 승용차에서 내린 남자들이 그의 차를 야구 방망이로 내리치기 시작했다.

"내려!"

승욱은 이제 시야에서 사라진 정연의 차를 망연자실한 표정으로 보고 있었다. 어떻게 해서든지 쫓아가야 하는 상황이었다. 하지만 어찌나 야무지게 차를 막고 있는지 움직일 수가 없었다.

또 뒤로도 후진하지 못하게 세 대의 차가 그의 차를 완벽하게 막고 있었다. 이제는 나가서 싸우는 수밖에 방법이 없었다.

"미친 새끼!"

열이 받은 승욱이 차 문을 열고 나왔다. 어떻게든 빨리 그들을 물리치고 정연의 뒤를 따르는 방법뿐이었다.

"네가 김승욱이야?"

돼지처럼 덩치가 큰 녀석이 그를 향해 달려들었다. 대충 보니 총 6명이었다. 그는 한숨을 쉬며 검은 양복의 남자들과 싸우기 시작했다.

"제발, 빨리 끝내자."

"미친 새끼!"

남자들은 곱상하게 생긴 그를 아주 우습게 보는 눈치였다. 하지만 지금 이 순간 승욱은 양아버지에게 감사했다. 양아버진 그에게 공부도 많이 시켰지만 다른 형들과는 다르게 운동도 많이 시켰기 때문이었다.

물론 철저하게 주호영 회장을 경호하기 위한 것이긴 했지만 말이다.

퍽!

일단 그에게 달려오는 녀석의 배를 친 그였다. 온몸을 날리고 있었지만 수적인 열쇠였다.

누군가 뒤에서 그를 잡고는 놓아 주지 않았다.

"비서 양반이 운동 좀 했나 봐?"

그가 비서인 걸 아는 녀석들이었다. 갑자기 배에서 엄청난 고통이 몰려 왔다. 녀석이 그의 배를 발로 찼기 때문이었다. 갑작스러운 공격에 승욱은 정신이 아찔했다. 그리고 또 한 차례 주먹이 그를 향해 날아들었다.

맞고 있었지만, 승욱은 고통보다는 정연에 대한 걱정이 먼저였다. 이대로 있을 순 없었다.

"오빠!"

"다 와 가."

어딘지 정확하게 알 수 없는 곳이었다. 강원도로 완전히 들어가지는 않았다. 그 길목이었다. 태능인가? 선수촌에 행사가 있어서 와 본 기억이 있었다. 육군 사관학교를 지나고 농촌 같은 길을 지나 들어가고 있었다.

서울인데 이런 시골이 있다는 게 조금 놀라웠다. 깜깜했다. 옆집도 거리가 있는 곳이었다. 그런 곳에 별장이라고 도착한 곳은 공사 중인 저택이었다. 담으로 사방이 막혀 있어서 안에서 무슨 일이 있는지 알지 못하는 상황이었다.

집 앞에는 그의 람보르기니가 세워져 있었다.

"이 차는?"

정연이 그들이 타고 있는 진수와 어울리지 않는 차에 대해 물었다.

"이건 공사하는 소장의 차야. 이 근처에 살 거든. 오늘만 빌렸어."

어두웠지만 공사가 한창 진행 중이란 걸 알 수 있었다. 집은 형태를 다 갖추었고 내부 공사 중이었다.

"들어가."

그녀의 손을 잡고 들어간 그는 유모가 있는 방으로 그녀를 데리고 갔다. 도배도 안 돼 있는 방에 유모가 덩그러니 있었다. 음침한 분위기가 잔인한 스릴러 영화의 한 장면 같았다. 방구석엔 여자 하나가 앉아 있어서 분위기를 공포스럽게 만들고 있었다.

"유모!"

"으으음."

그녀가 다가가자 유모가 손발이 묶인 채 입에는 테이프가 붙여져서 의자에 앉아 있었다.

"으으음."

유모는 겁에 질린 채 울고 있었다. 그녀도 눈물이 나왔지만 억

지로 참았다.

"괜찮아, 내가 곧 구해 줄게."

"웃기네."

방 안에는 어떤 여자가 의자에 앉아 그들을 비웃고 있었다. 정연을 향한 적개심을 그대로 드러냈다.

"오정민?"

할아버지의 별장에 있던 진수의 기록에 사진으로 봤던 여자였다. 화장을 하고 있지 않아서 처음 들어왔을 때 몰라본 정연이었다.

"어떻게 제 이름을 아시죠?"

맨얼굴의 여자였지만 상당히 미인이었다.

"진수 오빠의 비서이자 애인 아닌가요?"

"……."

여자는 대답 대신에 기분 나쁜 표정을 짓고 있었다. 죄짓고 들킨 느낌이었다.

"왜 이러지?"

진수가 갑자기 그녀를 뒤에서 안았다.

"어머!"

얼마나 놀랐는지 저도 모르게 나온 소리였다. 얼마나 꽉 끌어안고 있는지 숨을 쉬기조차 힘들었다. 정연은 본능적으로 그에게

서 벗어나기 위해 몸부림을 쳤지만 허사였다.

"아아악, 저리 가!"

그리고 그녀의 가슴을 손으로 주물렀다.

"뭐 하는 거예요?"

앞에 앉아 있는 유모가 미친 듯이 의자에서 움직였다.

"뭐 하긴 내가 김승욱보다 잘하는 걸 보여 주려는 거지."

그의 손이 그녀의 티셔츠 안으로 들어와 이번엔 브래지어를 감
쌌다.

"그만해요. 당신 애인도 있잖아요."

"정민이는 이런 걸로 눈 하나도 깜짝 안 해."

정말 정민이란 여자는 그들을 그냥 보고 있었다.

"정민이와는 가끔 셋이서도 해."

"변태 자식!"

"하지만 약속할게. 정연이랑 할 때는 꼭 둘이만 하겠다고 말이
야."

그의 발기한 페니스가 그녀의 엉덩이를 찌르고 있었다. 불결했
다. 정말 이런 치욕은 태어나서 처음이었다.

"그만해!"

그녀가 그의 손을 뿌리치려고 하자 그가 더 흥분해서 거친 숨
을 몰아쉬었다.

"내가 둘이서만 섹스를 하겠다고 했지. 부드럽게 한다는 말은 하지 않았어."

"뭐?"

"부드럽지 않을 수도 있다는 말이야."

"이거 놔!"

진수의 손이 브래지어를 들추고 있었다. 유모와 정민 앞에서 진수는 그녀를 욕보이기 시작했다. 하지만 진수는 이런 섹스에 익숙한 듯 아무렇지 않게 그녀를 만지고 있었다.

"가슴이 생각보다 죽이는데?"

"미쳤어!"

"그래도 흥분했는지 유두가 섰어."

"성진수!"

"네가 뭐라고 해도 난 성진수야. 대운그룹의 아들이자 대운건설 사장 성진수. 너와 같은 재벌이기도 하지."

정연이 몸을 뒤틀자 그녀의 엉덩이가 그의 페니스를 더 자극하는 꼴이 되어 버렸다.

"크기가 느껴지나?"

"미친놈!"

그녀가 몸을 더 심하게 틀었다.

"그런데 이상하지 몸은 날 원하는 것 같은데 유두가 아주 단단해졌어. 빨아 줄까?"

"싫어."

"내가 김승욱보다 낫다는 걸 보여 줄게."

"싫다고!"

목재를 재단하는 테이블 위에 그녀를 올려놓고는 팔을 양쪽으로 묶었다. 그리고 그녀의 다리 사이로 들어온 진수가 그녀의 티셔츠를 가슴 위까지 올렸다.

"끝내주는 가슴이야."

"안 돼!"

츄읍츄읍!

진수가 그녀의 유두를 물었다. 그리고는 강하게 빨기 시작했다. 이건 흥분이 되는 게 아니라 너무나 싫었다. 몸을 틀면 틀수록 그의 페니스가 그녀의 여성을 더 강하게 누르는 꼴이 되었다.

"그만해!"

"날 느껴 봐. 내가 더 좋다는 걸 알 거야."

진수가 자신의 페니스를 그녀의 여성에 대고 문지르기 시작했다. 짜증이 몰려오기 시작했다. 그리고 토할 것만 같았다. 정말 진수가 몸을 부비는 게 싫었다.

"그만하라고!"

"헉헉!"

"아악! 그만!"

방 안이 떠나가게 소리를 질렀다. 유모가 몸부림을 치는지 의자가 바닥을 치는 소리가 들리고 있었다.

"너도 좋을 거야."

정민의 목소리가 들렸다.

"닥쳐!"

"재벌도 남자 밑에 깔리면 다 똑같은 거야. 우리 성 사장님이 잘한다는 걸 내가 인정할게."

정민이 진수에게로 오더니 그의 입술에 키스했다.

"미쳤어!"

둘 다 제정신이 아닌 것 같았다.

"사장님, 그냥 나랑 해요."

"조금 있다가."

그들은 서로를 보며 웃었다. 미치지 않고서는 이럴 수가 없었다. 왜 그녀가 이런 걸 좋아할 거로 생각한 것일까?

"난 정상적인 섹스가 좋아. 이런 게 아니고."

"이런 게 정상적인 거지."

"아니야, 비켜!"

그녀가 온몸으로 거부했지만, 몸이 묶여 진수를 당할 수가 없었다.

"왜 안 좋아? 속으론 좋으면서."

"아니라고!"

그녀가 소리를 지르자 진수는 조금 이해가 안 간다는 듯이 그녀를 보았다.

"내가 잘해 줄게."

진수가 그녀의 바지 버클을 손으로 잡았다.

"안 돼!"

"……."

진수가 청바지의 단추를 풀었다. 정연은 필사적으로 몸을 틀고 다리를 버둥거리고 있었다.

"승욱 씨!"

정연은 승욱의 이름을 부르며 울부짖었다. 이 순간 가장 보고 싶은 건 승욱이었다.

"못 올걸? 내가 애들을 풀어놨거든."

"……."

"하하하, 그 정도 대비도 안 했을까 봐? 지금 아마 맞아 죽었을 지도 몰라."

"뭐?"

"내가 죽여도 좋다고 했어. 하하하!"

완전 미친놈이었다.

"알았어, 네가 원하는 대로 할 테니까. 승욱 씨 건드리지 마. 유모도 풀어 주고."

"진작 그렇게 나왔어야지. 그럼 한번 나에게 빠져 봐."

그가 정연의 다리를 벌리고 가운데 자리 잡았다. 끝까지 할 모양이었다.

"기대해도 좋아."

진수가 이렇게 징그럽게 웃는지 오늘 처음으로 알았다.

"그들을 놔 줘."

"물론, 우리의 섹스가 끝이 나면."

눈을 감았다. 그래야 견딜 수 있을 것 같았기 때문이었다.

진수가 그녀의 다리 사이에서 사라졌다. 그리고 우당탕거리는 소리가 들렸다. 정연은 눈을 뜨고 앞에 벌어지는 놀라운 장면을 보고 있었다.

"승욱 씨……."

옆을 보자 승욱이 보였다. 제발 꿈이 아니길…….

승욱은 손이 안 보일 정도로 빠르게 진수를 때리기 시작했다.

진수는 한 대도 때리지 못하고 승욱에게 맞고 있었다. 그때 정민이 승욱의 뒤에서 각목을 들고 때릴 준비를 하고 있었다.

"뒤에!"

그녀가 소리치자 승욱이 빠르게 몸을 돌려 정민을 걷어차 버렸다. 정민은 발차기 한 방에 바닥으로 그대로 나가떨어졌다. 진수 또한 이미 바닥에 기절해 있는 상황이었다.

"개자식!"

퍽!

"윽!"

"죽여 버리겠어!"

승욱이 진수를 거의 묵사발로 만들었다. 그리고 잠시 후에 그녀의 곁으로 다가와서 그녀의 끈을 풀어 주었다.

"흑흑흑……."

그녀가 그의 목에 팔을 두르고 울었다. 그러다가 유모가 생각이 난 그녀는 얼른 유모의 곁으로 가서 유모의 끈을 풀어 주었다.

"아가씨!"

"유모!"

"내가 저 자식을 죽여 버리겠어요."

유모가 진수에게 달려가 발로 그의 옆구리를 걷어찼다. 그래도 분이 안 풀리는지 발로 배를 또 한 번 걷어찼다.

승욱은 진수를 때리고 있었지만 이미 얼굴이 말이 아니었다. 진수의 말대로 그가 보낸 사람들에게 맞은 모양이었다.

"어떻게 된 거예요?"

"이 새끼가 보낸 놈들과 몸싸움이 있었어. 다행히 신고를 받고 온 경찰 때문에 죽지는 않았지만."

정연의 눈이 승욱을 살피고 있었다. 그는 복싱 선수같이 눈 주위가 부어 있었고 입술은 터져 있었으며 손은 살이 다 까져 있었다.

"여기는 어떻게 알았어요? 그중 한 녀석이 여기를 알더라고 위치만 알려 주면 죄를 묻지 않는다고 했거든."

다행이었다.

"어떻게 할 거예요?"

"내 손으로 죽여 버리겠어."

"그러지 말아요. 그냥 신고해요."

"아니에요. 제가 책임질게요. 죽여 버려요."

유모가 단단히 화가 난 모양이었다.

"제가 저 연놈들을 그냥 묻을 테니까 두 분은 가세요."

유모의 말에 바닥에 누워 있던 진수가 눈을 떴다.

"용서해 줘. 널 오게 하려고 한 거지. 유모를 해칠 마음은 없었어."

"닥쳐!"

그때였다. 경찰이 안으로 들어오는 소리가 들렸다. 진수의 얼굴을 보니 안심하는 눈치였다.

"내게 시간을 좀 달라고 했지."

"잘했어요. 우리 손에 피를 묻힐 순 없으니까."

"맞아요. 전 내일 기자회견을 할 거예요. 성진수가 유모를 납치하고 저를 성폭행하려 했다는 기자회견을 할 거예요."

"정연아, 제발……."

진수가 피를 토하며 말했다.

"캑, 캑. 우리는 선택받은 사람들이야. 네가 김승욱을 택한다면 반대할 사람들 많아."

"너도 순종은 아니지 않아? 네 엄마가 도우미인 거 알아."

"……."

"그러니까. 선택받은 사람 어쩌고저쩌고하지 마. 아마 대운그룹에서 이번 기회에 널 완전히 몰아낼걸?"

"정연아……."

"쉽게 살았지? 내가 어렵게 사는 게 어떤 것인지 가르쳐 줄게."

정연은 싸늘한 시선으로 그를 쳐다봤다.

"그리고 너!"

정연의 시선이 정민에게로 향했다.

"너도 남자에게 붙어서 편하게 살았으니까. 어렵게 산다는 거, 힘들게 돈을 번다는 게 뭔지 가르쳐 줄 거야. 죽는 게 사는 것보다 쉽다는 걸 느끼게 해 줄게. 난 그럴 힘이 있거든."

정연은 소름 끼치는 말을 그들에게 했다.

"반드시 오늘의 수모를 돌려줄 거야."

정연의 어깨에 승욱의 재킷이 걸쳐졌다.

"정연아!"

경찰들이 진수와 정민을 연행해 갔다.

"유모."

"집으로 가요. 아가씨."

정연이 유모를 끌어안았다.

"미안해."

"아니에요. 제가 묶여 있는 바람에 아가씨가 그 꼴을 당하는데도 도와주지 못해서……."

유모가 울기 시작했다.

"괜찮으니까 집으로 같이 가."

정연이 유모와 승욱의 차에 올랐다. 그의 아우디가 완전히 걸레가 되어 있었다. 이곳에 오기까지 그도 쉽지 않았다는 걸 알려주었다.

"고마워요."

정연의 눈에 눈물이 가득했다.

"그리고 다음부터는 이러지 말아요. 난 승욱 씨의 안전이 더 중요해요."

진심이었다.

"오늘은 본가에 가서 자. 이 집사님이 얼마나 걱정하는지 몰라."

"알았어요, 아가씨."

그들이 도착하자 해가 뜨기 시작했다. 이 집사는 그들이 올 때까지 발을 동동 구르며 밤을 새운 것 같았다. 주치의인 김 박사도 대기하고 있었다. 그리고 유모와 그녀의 진단서를 끊기 위한 간단한 검사를 하고 부위별로 사진을 찍었다.

"외상이 심해서 그렇지 뼈가 부러진 건 아니니까, 여기 근육 이완제하고 진통제를 먹으면 될 것 같아요. 그리고 이 집사님, 따뜻하게 수프나 누룽지라도 먹이고 약 먹이세요. 약이 독하니까요."

"네."

이 집사님이 주방에 들어가서 금방 누룽지를 끓여 왔다.

"제가 요리를 못해서……."

"괜찮아요."

정연은 괜찮다고 말했지만 놀랐는지 손이 덜덜 떨리고 있었다. 그러자 승욱이 옆에 앉아 정연의 입에 누룽지를 호호 불어서 식혀 가며 먹여 주었다. 그녀만 그런 게 아니었다. 이 집사님도 유모에게 누룽지를 먹여 주었다.

"아이고, 죽기 전에 이런 호사는 못 누릴 줄 알았는데……."

"이제 걱정하지 마. 내가 다 해 줄게."

"……."

이 집사가 그녀의 조언을 받아들여 마음을 전하고 있었다.

"집사님이 왜 날 챙겨요."

"유모!"

분위기 깨기 딱 좋은 말을 유모가 하고 있었다. 간단히 요기하고 약을 먹은 후에 각자 방으로 들어가기 위해 자리에서 일어났다.

"모두 들어가서 쉬세요. 유모는 이리 오고."

이 집사님이 유모의 어깨를 감싸 안았고 유모는 이 집사의 품에 안겼다.

"우리도 올라가자."

"네."

정연도 승욱과 함께 2층으로 올라갔다. 승욱은 아무런 말 없이 그녀의 옷을 벗기고는 샤워실로 데려가려 했지만, 정연이 그의 손을 잡았다.

"오늘은 그냥 잘래요."

"알았어."

침대에 들어간 정연은 그의 품에 안겨 잠을 이루었다. 이제 더는 아무런 생각을 하고 싶지 않았다. 하지만 눈을 떴을 때 그녀는 오늘의 정연이 아닐 것이다.

확실하게 그녀를 괴롭히는 인간들을 다 쓸어버릴 것이다. 이제 그녀에겐 자비란 없었다.

새근새근 아기처럼 잠을 자는 정연의 모습을 승욱은 한참이나 보고 있었다. 그리고 정연이 깊이 잠에 빠지자 그는 자신의 방으로 가서 샤워한 다음에 경찰서로 향했다. 도저히 그냥 넘길 수가 없었다.

그는 담당 경찰관을 설득해서 성진수와 짧은 면회가 허락이 되었다.

"왜 그런 거야?"

졸음이 가득한 눈으로 성진수가 그의 앞에 앉아 있었다.

"……."

"말하기 싫어?"

"……."

"네가 주기현을 만났다는 거 알아. 주기현이 시킨 짓이지?"

"아니."

"주기현이 사주한 게 맞잖아."

"아니라니까."

그가 사진을 그의 앞에 내밀었다. 주기현과 그가 만나는 사진이었다. 그리고 다른 한 장의 사진을 그의 앞에 내밀었다. 진수의 눈동자가 불안하게 흔들리는 게 보였다.

"어머니가 주기현과 친하게 지내는 거 몰랐어?"

진수는 많이 놀란 모양이었다.

"이날, 왜 주기현을 만났는지 알아?"

그가 어머니와 주기현이 왜 만났는지 알 턱이 없었다.

"성찬우의 선 때문이었어."

"뭐?"

"네가 주정연과 결혼을 하는 걸 막고자 했던 거야. 너희 형 중에 둘째가 성찬우지? 둘째와 정연이의 선 자리를 마련하기 위해서였어. 아무리 생각해도 자신이 낳은 아들이 도우미가 낳은 아들보다 나은 결혼을 하기 바란 거지."

"아니야······."

"아니면 주기현에게 왜 성찬우를 인사시키겠어?"

그가 또 한 장의 사진을 진수에게 보여 주었다.

"어머니는 날 응원한다고 하셨어."

"거짓말이야."

"아니야."

"그럼, 왜 이런 사진들이 나왔을까?"

"……."

진수의 얼굴이 눈에 보일 만큼 심하게 동요하고 있었다. 어머니에 대한 배신감이 그대로 드러났다.

"재벌가들이 더 더러운 거야. 백조 같은 인간들이지. 겉은 우아한 척하지만, 사실은 물밑에서는 그렇지 않거든."

"……원하는 게 뭐야?"

"주기현이 시켰다고 말해."

"……."

사실 그에게 보낸 남자들은 주기현이 그의 부탁을 받고 구해 준 건달들이었다. 그러니 엄밀히 따지면 주기현도 이 일에 가담한 것이었다.

"그러면 형량을 낮추는 데 도움을 주지."

"정말이야?"

"나만 믿어. 우린 기자회견도 할 거야."

"그럼 난……."

"죗값은 받아야지. 더 많이 사느냐, 적게 사느냐만 달라질 뿐이야. 하지만 옥바라지는 우리가 해 주지."

"……."

"대운에선 널 안 지켜 줘. 난 널 지켜 줄 수 있고."

진수가 고개를 끄덕였다. 승욱은 조용히 미소를 지었다.

찰칵찰칵!

정연의 기자회견에 우리나라의 기자들은 다 온 것 같았다. 우리나라 최고 경영자가 납치에 강간 미수까지 역사상 없었던 일이 일어났다. 거기다가 쉬쉬 숨겨도 모자란 일을 기자회견까지 열겠다고 하니 기자들로선 '웬 떡이냐.' 싶은 것이었다.

거기다가 민소매를 입은 정연의 팔에 보라색의 멍이 진하게 들어 있었기 때문에 기자들에겐 아주 좋은 기삿감이었다.

"안녕하십니까?"

정연의 말이 시작되었다.

"저는 어제 납치를 당했고 김승욱 씨가 아니었다면 성폭행을 당했을 겁니다."

여기저기서 웅성이기 시작했다. 사상 초유의 사태에 기자들도 멘붕인 것이었다.

"저를 낳아 준 유모가 10시경에 먼저 납치가 되고 전 새벽 1시경에 범인과 통화를 하고 유모를 찾으러 갔다가 범인에게 납치가 된 것입니다."

모자를 쓰고 얼굴을 가린 유모가 그녀의 옆에 앉아 있었다.

"범인은 다름 아닌……."

그녀는 일부러 한 템포 쉬어 가며 말을 하기 시작했다.

"대운그룹의 성진수 사장입니다."

장내가 또다시 웅성이기 시작했다.

"그리고 그를 사주한 사람은 다름 아닌 저의 숙부인 주기현 사장입니다."

이번에는 동요가 더 컸다.

"평소에 할아버지의 유산 배분에 불만이 많은 주기현 사장이 철저하게 계획하고 사주한 일입니다. 이 사실은 이미 성진수로부터 자백을 받았습니다."

정연은 기자회견 내내 차분하게 말을 했다. 기자들은 정연에게 우호적인 기사를 내 줄 것이다. 승욱은 정연을 보고 있었다. 그는 정연에게 며칠 출근하지 말라고 말했다.

그래야 정연이 이 사건으로 충격을 받았다는 생각을 하기 때문이었다.

기자회견이 끝나고 그들은 본가로 향했고 얼마 지나지 않아 집으로 주기현의 집안 식구들이 찾아왔지만, 정연은 만나지 않았다. 이번에 정연도 마음을 단단히 먹은 모양이었다. 이제 그 누구도 정연을 건드리지 못하는 상황이 되어 갔다.

정연은 대질 신문에서 진수를 만나게 되었다. 둘이 앉은 자리에 경찰과 변호사들이 참석했다. 진수는 정연의 얼굴을 제대로 보지 못하고 있었다.

"그날 왜 그랬어?"

"뭐가?"

"왜 납치를 할 생각을 했냐고?"

"그건 주기현이 시키는 바람에……."

아주 답을 잘하고 있었다.

"그럼 유모까지 납치했는데 왜 나를 덮쳤어?"

"난 그냥 네가 날 남자로서 알게 되면 달라질 거로 생각했어. 그동안 만난 애들은 처음에 싫다고 하던 애들도 나하고 섹스를 하고 나면 날 좋아했거든."

진수의 말에 경찰들도 어이가 없어 했다.

"어이없다."

"사실이야. 너도 좋아할 거라고 생각했어."

"약 먹었어?"

"아니."

"맨정신에도 그런 이상한 생각을 하다니 웃겨."

정연의 얼굴이 굳어졌다.

"난 어떻게 되는 거야?"

"죗값을 받아야겠지."

"……미안하다."

"오빠는 건드리지 말았어야 하는 걸 건드린 거야."

그녀가 자리에서 일어났다. 더는 진수의 얼굴을 보기 싫었다.

"정연아……."

"내 이름 함부로 부르지 마. 그리고 이제는 다시 안 봤으면 좋 겠어."

"정연아, 김승욱은 너랑 안 맞아. 몸에 안 맞는 옷은 결국은 못 입고 버리게 돼 있어."

그녀가 자리에서 일어나서 나가려다가 진수를 돌아봤다.

"옷이 안 맞으면 수선해서 입으면 돼."

경찰서를 나오면서 정연은 한숨을 쉬었다.

"수고하셨습니다."

"수고야 항상 김 실장님이 하시죠."

"그런가요?"

"네."

차에 몸을 실은 정연은 경찰서가 멀어질 때까지 눈을 떼지 못 하고 있었다. 그리고 옆에 앉은 승욱을 보았다. 아직 사람들에 게 그와 결혼을 하겠다는 말을 발표하지 못했다. 사실 그 말이 나온 날 이후론 결혼에 대한 이야기를 진지하게 나눈 적이 없었 다.

그냥 한 말일 수도 있었고 그녀 혼자 진지하게 받아들였을 수도 있었다. 아무리 신분의 차이가 없다고 해도 승욱과 결혼한다면 가족들의 반대가 심할 것 같았다. 정연은 갑자기 머리가 복잡해지기 시작했다.

10. 갑작스러운
결혼

이태리 장인이 하나하나 조각한 여닫이문. 두 개로 나누어진 공간만큼이나 두 개의 공간은 극과 극으로 대조를 이루고 있었다.

평소에는 침실과 거실로 나누고 있다가 답답한 마음이 들면 문을 활짝 열어 두어 공간을 연결했다.

침실은 굉장히 심플해서 공간에 침대 하나뿐이었다. 그리고 거실은 미술관을 방불케 하는 예술 작품들이 벽 전체에 걸쳐 걸려 있었다.

소파에 앉아서 차를 마시며 그림을 볼 때면 불안하거나 초조한 마음이 평온해지곤 했다.

오늘도 정연은 그녀만의 여유를 즐기고 있었다. 일요일 오전으로 나름 편안한 시간이었다. 이 집사가 가져다준 커피를 마시며 그녀는 언젠가 유럽 출장을 갔을 때 사 온 회화 작품을 감상했다.

한참을 유회 작품을 보던 그녀의 시선이 이탈리아에서 구입한 카메오로 향했다. 카리브해에서 나온다는 커다란 소라고동에 여인의 아름다운 나신을 조각한 작품이었다.

"세상에 하나뿐인 작품……."

닮고 싶지 않아도 그의 안에는 주호영 회장의 피가 흐르고 있었다. 그래서인지 그녀도 미술품에 관심이 많았다.

7월의 첫날이었다. 진수와 주기현의 일은 어느 정도 정리가 되었지만, 숙모의 괴롭힘은 상상을 초월했다. 기자들을 불러서 그녀를 매일같이 비방하는 기사를 내게 했다. 그게 가능한 게 숙모의 오빠가 신문사를 가진 사람이었기 때문이었다.

"멋대로 하라지."

요즘 각 계열사마다 새롭게 단장을 하는 바람에 승욱은 정신이 없이 바빴다. 이 일이 끝이 나야 얼굴이라도 볼 수 있을 것 같았다. 요즘은 거의 퇴근을 하지 않고 회사에서 사는 것 같았다.

집으로 오는 시간이 아까워서 그는 요즘 회사 옆의 호텔에서 장기 투숙을 하는 것 같았다. 일주일이나 집에 들어오지 않고 있었다.

"아가씨."

유모가 그녀에게 뭔가를 들고 왔다.

"이것 좀 보세요."

"이게 뭔데?"

"미술관에 보낼 작품을 이 집사님과 같이 고르다가 제가 발견한 거예요."

"뭔데?"

"반지요."

유모가 흥분해서 작은 상자를 그녀에게 내밀었다. 상자 안에는 알이 제법 큰 사파이어 반지가 들어 있었다.

"예쁘죠."

"그러네."

정연은 투명한 다이아몬드를 좋아하지 유색 보석은 그리 좋아하지 않았다.

"원래 주 회장님이 이런 보석류는 별로 좋아하지 않으셔서……."

"김추자!"

갑자기 이 집사가 그녀가 있는 방으로 들어와 유모의 이름을 불렀다. 웬만큼 급하지 않으면 그런 일이 없는데 이상했다.

"왜요? 무슨 일이에요?"

"그 반지."

"이 반지 왜요? 너무 예뻐서 아가씨에게 말하려고 왔어요. 박물관에 보내기 아까워서요. 왜요? 왜 보내야 해요?"

"아유, 답답아."

정연은 상황 파악이 되었다. 이 집사가 유모에게 주려고 산 것 같았다. 어쩐지 할아버지의 취향이 아니었다. 거기다가 보석을 금고에 두지 않고 그렇게 아무렇게나 둘 리가 없었다.

"왜요?"

이번엔 유모가 화를 내고 있었다.

"유모, 그거 유모 거야."

"네?"

"아이구!"

이 집사가 성질을 내더니 아래로 쌩하고 내려갔다.

"왜 저러는 거예요?"

"진짜 몰라?"

"뭘요?"

"이 집사님이 말 안 해?"

유모는 아무런 눈치도 못 채고 있는 것 같았다. 둘 중에 누가 더 답답한지 내기라도 하는 사람들 같았다.

"그 반지 유모 주려고 산 것 같아."

"아니에요. 이건 분명히 지하 창고에……."

"답답하게 왜 그래? 그거 집사님이 가져다 놓은 거라고."

"아!"

"빨리 내려가서 끼워 달라고 해."

"남사스럽게 어떻게 그래요."

그녀가 이렇게 답답한데 이 집사는 얼마나 답답할까 하는 생각이 드는 정연이었다.

"반지 가지고 빨리 내려가 봐. 집사님 진짜 화나면 어떻게?"

"그럼……."

유모가 나가자 웃음이 나오기도 했지만 부럽기도 했다. 그렇게 좋아해 주는 사람이 있다는 건 나이가 많든 적든 부러운 일이었다.

정연은 일요일도 일하는 승욱을 잊고 오늘은 머리를 식히는 시간을 가져야겠다고 생각하며 하루를 조용히 보내고 있었다.

차가운 철제 책상에 컴퓨터를 켜고 멍하게 1시간을 앉아 있었다. 승욱에겐 좀처럼 있기 힘이 든 일이었다. 허투루 시간을 쓴다는 건 그에게 용납이 되지 않는 일이었다.

톡톡톡!

볼펜으로 책상을 치며 아무도 없는 사무실에서 그는 조용히 시간을 보내고 있었다. 사업은 어느 정도 정리가 되어 가고 있었다. 이제 정연이 사업을 하는 데는 걸림돌이 없었다. 완벽하게 제거 대상들은 제거가 되었다.

지금처럼만 정연이 열심히 한다면 그의 도움 없이도 정연은 잘해 나갈 수 있을 것 같았다. 아직 몇 년은 걸리겠지만 희망이 있다는 말이었다. 그렇게 한참을 있던 그가 어디론가 전화를 들었다.

"잘 지냈어? 이제 때가 된 것 같아."

그는 이렇게 말하고는 전화를 끊었다. 이제부터가 시작이었다. 승욱의 얼굴에 긴장감이 서렸다. 승욱은 뒤에서 보필을 하는 사람이라서 전면에 나서는 걸 그렇게 좋아하지는 않았다. 하지만 지금은 어쩔 수가 없는 상황이었다.

싫다고 하더라도 나서야 하는 상황이라면 나서는 수밖에.

"형, 오늘 우리 술이나 한잔하자."

그는 철우에게 전화를 한 후에 대충 마무리를 하고는 사무실을 나섰다. 승현도 철우의 집에 있었다. 형들도 일요일인데 같이 있는 걸 보니 어지간히 심심한 모양이었다.

술과 안줏거리를 산 승욱은 철우의 집으로 향했다.

"형!"

집에 들어서자마자 라면 냄새가 가득했다. 밥하기 귀찮아서 라면을 끓여 먹은 모양이었다.

"왔어?"

"라면 먹었어?"

"개코인데."

둘이 앉아서 청승을 떨고 있었다.

"이거 먹자."

"뭔데? 와, 많이도 샀다."

철우가 비닐봉지 안의 음식을 꺼냈다. 족발, 보쌈을 샀더니 주인이 뭘 많이 챙겨 준 모양이었다. 식탁에 차리니 한가득하였다.

"소주는 여기."

"아주 완벽하게 사 왔네."

"먹어."

"우리 막내가 이렇게 뭔가를 사 오면 이유가 있는데 말이야."

"이제 막내 아니야. 창식아!"

창식이 방에서 쭈뼛거리며 나왔다.

"창식이도 먹어. 조만간 형이 본가로 부를 테니까. 그때 와."

"네, 형."

이 집사에게 창식이 온다는 말을 했고 이 집사도 흔쾌히 받아

주기로 했다. 창식은 집에서 경호원으로 교육할 예정이었다. 형들도 그의 뜻을 받아들였다.

그에 대해 너무 잘 아는 형들이었다.

"제주도로 내려간다는 말만 아니면 돼."

"아니야."

"그럼?"

"술부터 마셔."

"마음에 준비를 해야 하는 거야? 겁나는데 안 먹고 안 들으면 안 돼?"

승욱이 고개를 저었다.

"알았다. 들어나 보자."

형들의 소주잔을 채우고 자신의 잔까지 채운 승욱이 잔을 들었다.

"뭐야?"

"김승욱의 행복을 위하여!"

"그래, 많이 행복해라."

형들이 웃으면서 건배를 해 주었다. 얘기를 듣고도 이런 표정이어야 하는데 걱정이 되었다.

"나 결혼하려고."

"……"

정지 화면을 보는 것 같았다. 그래도 이 정도의 반응은 시작에 불과했다.

"주정연이랑 결혼한다고."

"……."

"축하해 줘야 하는 거 아냐?"

"……."

"형!"

형들의 표정은 굳어 있었다. 예상은 했지만 직접 형들의 반응을 보니 기분이 묘했다.

"꼭해야 해."

"꼭 하고 싶어?"

동시에 형들의 입에서 나온 말이었다.

"하고 싶어."

"주정연을 사랑하는 거야? 아니면 주호영 때문에 하는 거야?"

"……사랑하는 것 같아."

"승욱아."

솔직한 그의 심정을 형들에게 말하고 싶었다.

"우린 말이다. 네가 행복한 게 좋기는 하지만 나중에 네가 불행해질 일은 막아야 한다고 생각해."

"알아, 하지만 내 마음이 정연이를 원해."

철우와 승현이 걱정스러운 눈빛으로 그를 보고 있었다.

"언제부터 이런 마음이었던 거야?"

"처음부터."

"처음 언제?"

"정연이가 여덟 살이던 때에 예사롭지 않은 인연이 될 것 같았어."

형들이 어이없다는 듯이 그를 보았다.

"그러니까 여덟 살짜리에게 사랑을 느꼈다?"

"아니, 그땐 범상치 않은 아이란 느낌이었고. 그 아이가 자라는 걸 보면서 내 마음도 함께 커 간 것 같아."

승욱은 술을 마시면서 차분하게 자신의 마음을 형들에게 설명해 나갔다.

"난 형들의 축하를 받고 싶어."

"우리가 반대한다고 네가 안 할 녀석은 아니지만 솔직하게 잘하는 건지는 모르겠다."

"지켜봐 줘."

형들은 그를 보며 한숨을 쉬었다.

"우리의 원수인 주 회장의 손녀야."

"알아."

"그런데도 하고 싶어?"

"응, 어차피 주 회장이 우리를 괴롭힌 거지. 정연이가 그런 건
아니잖아."

"그 피가 흐르고 있어."

"반만 흐르는 거야."

"완전히 빠졌구나?"

형들도 머리가 복잡한 모양이었다.

"형들은 사랑 안 해 봤어?"

둘이 짠 것처럼 고개를 끄덕였다.

"진짜 너무들 하네."

"여자야 네가 많았지. 그리고 우리는 아직 여자에 관심 없어.
일도 너무 바쁘고."

"알았어, 둘 다 도 닦고 살아."

승욱이 투덜거리자 형들이 웃었다.

"승욱아, 네가 하고 싶으면 해."

철우가 승욱을 보며 말했다. 그리고 승욱의 어깨를 한번 툭 쳐
주었다.

"……잘살아."

그 시간 후부터는 형제들 간의 술판이 벌어졌다. 하지만 그들
은 비참했던 어릴 때의 이야기를 부러 하지 않았다. 그들은 회사
이야기만 신나게 했다.

"나…… 여기서 잔다."

"알았다."

술에 취한 승욱이 소파에 누워 먼저 눈을 감았다. 그런 승욱을 형들은 말없이 보고 있었다.

"실장님!"

유 비서가 그를 향해 맹렬하게 뛰어오고 있었다.

"넘어져."

"헉헉, 이 기사……."

"무슨 기사?"

"그러니까, 회장님하고 키스하는 게……."

너무 충격을 받았는지 유 비서는 말을 제대로 하지 못하고 있었고, 그건 다른 직원들도 마찬가지였다.

"김 실장님, 회장실 호출이요."

그는 무덤덤하게 자리에서 일어나 회장실로 들어갔다. 아침부터 이 난리인 건 월요일 검색어 순위를 그와 정연이 장식을 하고 있기 때문이었다.

"미모의 회장과 비서의 스캔들이라……."

"……."

정연의 미간이 모여 있었다.

"저도 지금 확인했습니다."

"기사 내려요."

"손을 쓸 방법이 없습니다."

"왜요?"

"이미 나간 것까지는 어쩔 수 없습니다."

"후⋯⋯."

정연이 한숨을 쉬면서 그를 올려다보았다.

"이제 부하직원과 놀아난 회장이 되겠네요."

"아니죠."

부하직원과 놀아났다는 말에 기분이 상한 그였다.

"기사 낼 겁니다."

"⋯⋯."

"정정 기사가 아닌 우리 결혼 발표로."

"회장님께서는 거절을 못 하십니다. 더군다나 이제 사업이 궤도로 올라갔는데 약속은 더더욱 지키셔야죠."

정연이 그를 찬찬히 보았다.

"⋯⋯약속은 지켜요."

"감사합니다. 그럼."

승욱은 표정 관리가 되지 않아서 얼른 회장실을 나왔다. 그리고 기자들에게 보낼 결혼 발표 공문을 작성했다.

"김 실장님."

"왜?"

"지금 전화통에서 불이 나는데요."

"1시간 후에 공문 보낸다고 말해."

"네, 그런데 무슨 공문이요?"

"결혼."

"실장님하고 회장님이 결혼해요?"

"맞아."

모두가 얼음이 되었다.

"공문을 보내기 전까지는 함구야. 만약에 외부에 나갈 시에는 각오하는 게 좋을 거야."

"네."

승욱은 기자들에게 보낼 공문을 직접 작성해서 발송했다. 저녁에 정연과 단둘이 식사라도 해야 하는데 오늘 그는 지방 공장을 내려가 봐야 했다. 전자의 신규기술개발팀 때문이었다. 승현이하도 부탁을 해서 오늘 내려가 봐야 했다.

당일에는 못 오고 내일이나 올라올 예정이었다. 그래서 승현에게 다음에 가자고 했다가 정연과의 결혼을 반대한다는 말에 같이가겠다고 약속했다. 그러니 안 갈 수도 없는 노릇이었다.

"도움이 안 되는 인간이라니까."

그는 투덜거리며 짐을 정리하고 정연에게로 향했다.

"공문 보냈습니다. 그리고 저는 오늘 구미 공장에 잠깐 다녀오겠습니다. 오후 스케줄은 유 비서가 봐 드릴 겁니다."

"……"

"다녀오겠습니다."

정연은 화가 났는지 고개도 들지 않았다. 그런 정연을 두고 가니 마음이 좋지 않은 승욱이었다.

유모도 사파이어 반지를 받았다. 뭔가를 꼭 받아야 하는 건 아니었다. 하지만 최소한 프러포즈는 해야 하는 것 아닌가? 정연은 자존심이 상해 눈물이 날 지경이었다. 그런데 출장까지 가다니. 이건 정말 돌아 버릴 일이었다.

속이 상한 정연은 그가 간다고 인사를 왔을 때 고개도 들지 않았다. 오늘은 아무래도 술이라도 한잔해야 할 것만 같았다.

"누구랑 마시지?"

그러고 보니 정연에겐 친구가 없었다. 속이 상한 정연은 오늘 집에서 혼술을 할 예정이었다.

"회장님."

"네."

"기자들이 지금 회사 앞에 진을 치고 있습니다."

"그냥 둬요."

"네?"

"자기들이 지치면 가겠죠."

지금 정연에겐 기자들이 문제가 아니었다. 못된 김승욱! 자기 밖에 모르는 인간이었다. 그녀의 기분 따위는 아무것도 아니었다. 아무리 그녀 혼자 사랑한다고 해도 이건 아니었다.

"회장님."

"일 봐요."

"네."

유 비서는 난감한 얼굴로 회장실을 나갔다.

탁!

"재수 없는 인간!"

그녀는 서류를 덮고는 김승욱을 욕했다. 아무리 생각해도 열이 받는 정연이었다.

"아니, 오늘 꼭 가야겠어?"

승욱은 정말 일밖에 모르는 인간이었다. 그런 인간과 결혼을 한다는 건 평생을 외롭게 산다는 말이었다.

일을 하다 보니 어떻게 시간이 지나 퇴근 시간이었다. 그녀는 곧바로 집으로 향했다.

"다녀왔습니다."

"네, 아가씨."

"집사님은 고백에 성공하셨죠?"

"……네."

"좋으시겠어요."

"오늘 기사 봤습니다. 잘 생각하셨습니다."

잘했다고 말하는 이 집사에게 하소연을 할 수도 없었다.

"저 와인 좀 올려 주시겠어요. 치즈하고요."

"지금요? 식사는 안 하시고요?"

"네, 밥 생각이 없네요."

그녀는 이렇게 말을 하고는 힘없이 2층으로 올라갔다.

"아가씨, 축하드립니다."

"네, 감사해요."

"좋은 시간 보내세요."

"그럼요. 술 마시면서 좋은 시간 보낼게요."

정연은 구시렁거리면서 2층으로 올라갔다.

쾅!

그의 방문을 발로 뻥 찬 그녀는 자신의 방 앞으로 향했다.

"잘 먹고 잘살아라!"

철컥!

문을 열고 들어서는 순간 누군가 그녀의 팔목을 잡아당겼다.

"어머! 읍!"

놀란 눈이 그녀의 입술을 삼키고 있는 남자를 그대로 쳐다보고 있었다.

"놀랐어?"

그가 입술을 떼고 물었다. 정연은 고개를 끄덕였다. 왜 여기 있는지 이해가 되지 않았다.

"오늘은 도저히 출장을 갈 수가 없었어. 정연이 혼자 있게 할 생각을 하니 마음이 안 좋아서 말이야."

그가 정연의 얼굴을 손으로 감쌌다.

"이렇게 있어도 갖고 싶어."

요즘 그녀와 섹스도 하지 않고 할 소리는 아닌 것 같았다.

"다른 여자 생긴 줄 알았어요."

"다른 여자 만날 시간도 없지만 만날 생각도 없어."

"……나한테 왜 이러는 거예요?"

갑자기 서러운 생각이 들었다. 그를 사랑하는 마음이 너무나 큰데, 처음에 섹스 파트너를 하자고 할 때부터 어긋나 버렸다.

"울지 마."

그녀의 흐르는 눈을 닦아 주며 그가 말했다. 그리고 그녀의 손에 뭔가를 끼워 주고 있었다.

"뭐예요?"

"결혼반지."

"……."

"나와…… 결혼해 주겠어?"

그가 프러포즈를 하는데 하나도 기쁘지 않았다. 약속을 어긴 건 그녀였다. 그녀는 그를 너무나 사랑하게 되었다. 감정이 배제된 육체적인 관계는 힘들었다.

그녀가 좋아하는 반짝이는 다이아몬드 반지를 손가락에서 뺄 정연이었다.

"난 이 결혼 못해요."

"……."

그의 얼굴이 굳어졌다.

"내가 약속을 지키지 못했어요. 받아요."

그녀가 반지를 내밀었다.

"왜 그렇게 생각하는 거야?"

"감정은 배제하고 섹스 파트너만 하자고 해 놓고 내가……."

정연의 눈에서 눈물이 마구 쏟아졌다.

"내, 내가 먼저 당신을 사랑하게 되었어요. 그러니까…… 미안한데 이제 그만해요."

"약속을 어긴 셈이군."

"미안해요. 그리고 지금은 혼자 있고 싶어요."

"……날 사랑하나?"

"……."

"왜 답이 없지?"

"그래요. 왜, 들으니까 속이 시원해요? 그렇게 날 이기고 싶었어요?"

그녀가 자신의 방을 나가려고 했다.

"당신은 안 나갈 테니까, 내가 나갈게요."

"아니, 그럴 필요 없어."

"네?"

"어차피 나도 약속을 어겼으니까."

그는 이해할 수 없는 말을 하고는 그녀의 얼굴을 감싸더니 입술에 살며시 베이비 키스를 했다.

"내가 먼저 사랑했으니까."

"……누구를요?"

순간 다른 여자를 사랑하는 게 아니냐는 생각이 들었다.

"내가 사랑하는 건 정연이뿐이야."

"……."

"그 누구도 정연이 만큼 사랑한 적 없어. 같이 있으면 안고 싶어서 죽을 것 같은 여자는 정연이가 처음이야."

귀를 의심할 지경이었다.

"잘못…… 들은 것 같아요."

"아니, 사실이야."

"그럴 리가요."

"그러니까 반지는 다시 끼워 줘. 그리고 결혼해 달라는 것보다 먼저 말했어야 했는데……."

그가 다시 그녀의 손에 반지를 끼워 주었다.

"사랑해."

가슴이 벅찼다. 그가 그녀를 사랑한다고 했다.

"할아버지 때문에…… 날 미워하는 줄 알았어요."

"주호영 회장은 다른 문제야."

"그래도 날 미워하는 줄 알고 너무 슬펐어요. 가슴이 아파서 잠을 잘 수도 없었고 당신이 다른 여자를 만날까 봐 너무 두려웠어요. 그래서 말도 안 되는 제안을 한 거죠."

"섹스 파트너?"

"……맞아요."

승욱의 손이 정연의 양 볼을 감쌌다.

"처음부터 사랑했다고는 말 못하겠지만, 여덟 살 꼬맹이를 만나고 난 후에, 그 애와 또다시 만날 것 같은 이상한 예감이 들었어. 그리고 다시 만난 후부터는 내 시선은 항상 정연을 향해 있었지."

그가 다시 입을 맞췄다. 이렇게 부드러운 키스를 하는 사람이란 걸 처음으로 알았다.

"날 사랑한다고 느낀 적이 없었어요."

"왜?"

"실장으로서나 남자로서 언제나 친절하니까. 잘 몰랐어요."

"남자로서의 난 친절하진 않았어. 너를 안을 때마다 내가 짐승이 된 게 아닐까, 라는 생각이 들 정도로 자제력을 잃었어."

그녀가 눈을 깜빡이며 그를 보자 그가 웃었다.

"마녀야."

"마녀가 어떤 건지 보여 줄게요."

그녀가 그의 목을 끌어안았다. 그리고 그의 입술에 진한 키스를 했다. 키스를 하는 중에 정연은 그의 페니스에 자신의 여성을 대고 문질렀다.

"헉!"

그가 갑자기 호흡을 멈추었다.

"이건 반칙이야."

"그런가요? 반지는 언제 샀어요?"

"예전에 사긴 했는데…… 줄 시기가 아니었어."

"언제 샀는데요?"

"……1년 전."

"네?"

"제주도의 친구들이 정연을 '그 여자'라고 했던 거 기억해?"

"네, 그래서 물었더니 유명한 얼굴이라서 그런다면서요."

"사실 그 친구들이 정연이를 기억하는 건 재벌이라서가 아니야."

"그럼요?"

"내가 정연이의 사진을 거실에 걸어 두었기 때문이야."

그가 그녀의 사진을 거실에 두다니 조금 의아했다.

"왜요?"

"잡지에 나온 사진이었는데 너무 예뻐서 가지고 있었지. 그런데 친구가 묻더군. 누구냐고?"

"그래서요?"

"내 이상형이라고 했어. 그다음부터 다들 그렇게 부르더군."

정연은 천천히 그의 셔츠 단추를 풀고 있었다. 단추가 하나, 둘 풀리자 그의 맨가슴이 드러나고 있었다.

"당신 근육이 아주 마음에 든다는 말 했던가요?"

"……"

그녀는 손으로 그의 가슴을 쓸었다. 그리고 천천히 그의 앞에 무릎을 꿇고 앉았다. 그의 버클을 풀려는 순간 그가 그녀의 손을 잡았다. 그리고 정연을 안아 들었다.

발이 바닥에서 떨어 찌고 그가 너무나 가볍게 든 나머지 마치 깃털이 된 것 같은 느낌이있다.

참을 수 있는 한계선을 정연은 아무렇지 않게 넘고 있었다. 그의 버클에 작고 가는 손가락이 닿는 순간, 승욱은 자제력을 잃었다. 그녀를 안아 들고는 욕실로 들어가서 입고 있는 옷을 모두 벗겨 버렸다.

욕실 바닥에 옷들이 어지럽게 흐트러져 있었지만 지금 그의 정신만큼 흐트러지진 않았다.

촤아!

샤워기의 따뜻한 물줄기가 기분 좋게 그들의 몸을 감싸고 있었다. 그녀의 온몸으로 흘러내리는 물줄기에게도 질투를 느끼는 승욱이었다.

"흡!"

그녀의 입술을 삼키고 벌린 틈새로 자신의 혀를 빠르게 밀어 넣은 승욱은 그녀의 입안을 거침없이 핥았다. 그의 힘에 밀려 정연은 욕실 벽까지 밀려나 있었지만, 그가 정연의 몸에 자신의 몸을 한 치의 오차도 없이 붙였다.

거친 호흡들이 그대로 느껴지고 있었다. 그의 혀는 여전히 그녀의 혀를 놓아 주지 않고 있었고 그의 탐욕스러운 손은 그녀의 가슴을 감싸 쥐었다.

"으으음."

그녀의 기분 좋은 신음이 그의 귀를 즐겁게 했다. 물줄기 아래에 정연이 선녀 같다는 생각을 했다. 그의 손이 정연의 몸 구석구석을 돌아다니고 있었다. 허벅지 위를 맴돌던 손은 검은 숲에 닿았다.

그는 정연을 살짝 떼어 놓고는 손에 부드러운 비누를 쥐었다. 그리고 비누를 정연의 몸 위에 가져다 놓았다. 차가운 비누가 그대로 닿자 정연이 몸을 부르르 떨며 유두가 단단해졌다.

"이상해요."

그녀의 말에도 그는 비누를 미끄러뜨리며 그녀의 몸 곳곳을 돌아다녔다. 검은 숲에 도착하자 그는 비누를 치우고 손으로 그녀의 여성을 어루만지기 시작했다.

"아흐……."

"너무 좋아."

그녀의 부드러운 여성을 만질 때 그는 쾌감을 느꼈다. 그녀의 여성 안에 클리토리스를 만질 땐 더 미칠 것 같았다. 그가 작은 콩알을 찾아내 어루만지기 시작했다. 다리에 힘이 풀렸는지 정연이 그의 팔을 잡았다.

"우리 침대로 가요."

"왜?"

"미칠 것 같아요. 빨리 넣어 줘요."

그녀의 말에 그들은 빠르게 샤워를 하고 대충 물을 닦은 후에 침대로 뛰어들었다. 오늘은 그녀를 배려할 틈이 없었다.

"정연아, 넣고 싶어 죽을 것 같아."

"……어서요."

승욱이 그녀의 다리를 넓게 벌렸다. 그의 눈에 정연의 아름다운 여성이 적나라하게 드러났다. 그는 손가락 하나를 그녀의 젖은 질 사이로 밀어 넣었다.

"아아앙."

손가락을 움직이자 그녀가 몸을 틀며 반응했다. 그가 손가락을 빼고 자신의 페니스를 잡더니 그녀의 여성에 대고 문질렀다.

"승욱 씨, 제발……."

그녀의 애원에 승욱은 자신의 페니스를 질 입구에 가져다 댔다. 그리고 엉덩이에 힘을 주어 단번에 그녀 안에 밀어 넣었다.

"악!"

승욱은 쾌감의 고통으로 일그러진 정연의 얼굴을 보았다.

"깊이 넣어 줄까?"

"으으응."

정연이 신음과 함께 고개를 끄덕였다. 그가 허리에 힘을 주어

피스톤 운동을 시작했다.

"너무 좁아."

그녀의 질은 너무나 **빡빡**해서 그의 페니스를 쭉 **빨아** 당기는 기분이었다. 한마디로 남자를 홀리는 질이었다.

퍽퍽퍽!

야릇한 소리가 방 안을 울렸다. 그는 오늘따라 그녀의 질에서 나오고 싶지 않았다.

"아아악!"

"으윽!"

하지만 이제는 더는 참을 수가 없었다. 그의 이마에서 땀이 흐르는 느낌이 났다. 아래를 내려다보자 정연의 얼굴도 붉게 상기되어 있었다.

"이제 더는 버티기 힘들어."

그는 이렇게 말을 하고는 마지막을 향해 뜨겁게 움직이기 시작했다.

"으윽!"

"아아아!"

그의 분신이 그녀의 안에 쏟아져 들어왔다. 승욱은 그녀의 몸 위로 무너져 내렸다. 이제 그녀는 그의 것이었다.

"헉헉헉."

"너무 좋았어요."

쪽!

그가 그녀의 이마에 입을 맞추었다.

"제주도에 내 어떤 사진이 있는 거예요?"

"인터뷰 사진."

"아, 뭔지 알겠다. 좀 자연스러운 의상이었죠. 그리고 하나는 클로즈업된 것도 있고."

"맞아."

"그런 스타일이 좋아요?"

"아니, 다 좋아."

그녀가 웃었다. 이렇게 밝게 웃는 정연의 미소가 너무나 좋은 승욱이었다.

"내가 잘할게."

"저도요."

"그런데 걱정이다. 집안의 어른들이 반대하실 텐데······."

"상관없어요. 언제는 그 사람들이 제 편이었나요?"

안쓰러운 시선으로 그녀를 바라보는 승욱이었다.

"부탁이 있어요."

"뭔데?"

"엄마 쪽 형제들에 대해 알고 싶어요······. 좀 찾아 줄 수 있어요?”

“그럼.”

“할아버지의 금고 안에 유일하게 없는 게 엄마의 가족들이에요. 할아버지가 써 놓은 것 중에 철저하게 무시하라는 말이 너무 마음이 아파요.”

정연의 눈에 이슬이 맺혔다.

“찾아 줄게.”

“……고마워요.”

정연이 그의 목에 팔을 감고 꼭 끌어안았다.

“날 놓지 말아요.”

“내가 하고 싶은 말이야.”

그들은 한동안 그렇게 서로를 안고 있었다. 그리고 그렇게 아침까지 깊은 잠을 잤다.

어떤 아침보다 일찍 일어난 정연은 서둘러 출근 준비를 했다. 오늘은 기자들을 피해서 조용히 들어가고 싶었다. 안락한 삶을 원했지만 그게 그렇게 쉬운 일이 아니었다. 승욱은 새벽에 구미로 출발했다.

아마 어제 가지 못했기 때문일 것이다.

아침을 대충 먹은 정연은 회사로 출발했다. 검은색 정장에 어느 때보다 수수한 화장을 한 그녀였다. 이렇게 하면 눈에 덜 띌까, 하는 생각에서였다. 하지만 그건 그녀의 착각이었다. 정연은 그 존재 자체만으로도 눈에 확 띄었다.

차에서 내린 그녀를 향해 대기하고 있던 기자들이 몰려들었다.

"축하드립니다. 날짜는 잡으셨나요?"

"……."

"두 분은 언제부터 사귀신 건가요?"

"……."

정연이 그들을 헤치며 나오다가 거의 넘어질 뻔했다. 다행히 보안요원 중에 한 명이 그녀를 잡아 주어 다치지 않았다.

"기자분들에게 배포한 내용이 답니다."

비서실에서 유 비서가 소식을 듣고 내려왔는지 기자들을 진정시키고 있었다. 정연은 유 비서를 남겨 두고 회장실로 향했다. 하지만 기자가 다는 아니었다. 사무실에는 숙모와 친척들이 와서 앉아 있었다.

"안녕하세요. 이렇게 이른 아침에 만나게 될 줄은 몰랐습니다."

"김승욱은 왜 출근을 안 한 거야?"

"출장 갔습니다."

"역시 고아라서 그런지 우리를 피하는 게 다르군."

숙모가 숙부에 대한 앙갚음으로 못되게 말하고 있었다.

"전 괜찮습니다. 제가 알아서 좋은 사람과 결혼할 테니까 상관하지 마세요."

"너희 아빠도 그러다가 그런 꼴을 당한 거 아니야."

"충분히 알아들었으니까 돌아가세요."

정연은 자신의 책상에 가서 앉았다. 소파는 이미 친지들이 다 차지하고 있었기 때문이었다.

"빨리 김승욱을 데려와."

"여기는 회삽니다. 제가 반말은 삼가라고 했을 텐데요."

"……."

모두들 조용해졌지만, 숙모는 예외였다.

"아니, 오늘 모였으니까 말하는 거지만 우리 신랑이 뭘 잘못한 거예요? 조카 하나 잘못 만나서 그런 거지."

"맞아, 어떻게 조카가 숙부를 감옥에 가둘 수 있어. 세상 말세야."

모두 작심을 하고 난리였다.

드르륵! 탕!

일부러 서랍을 큰 소리 나게 연 정연은 별장에서 가져온 서류를 꺼내 들었다.

"아니, 회장이면 다야? 이렇게 나이 먹은 어른들 앞에서 그게 뭐 하는 짓이지?"

"주기현, 45억."

숙모의 얼굴이 하얗게 질렸다.

"주창호, 10억."

작은 집 숙부도 입을 다물었다.

"주의혁, 4억……."

모두가 갑자기 조용해졌다.

"돈 다 갚고 말하세요. 이거 다 할아버지의 장부에 있었어요. 전부 거하게 횡령들을 하셨더라고요. 아주 꼼꼼하고 자세히 작성되어 있어요."

"……."

"자, 누구부터 할까요? 내가 친척이라고 굳이 참아야 할 이유가 있을까요? 다들 경찰에 넣어 버릴까요?"

"에헴!"

"원하시는 대로 얼마든지 상대해 드릴게요."

다들 눈길을 다른 곳으로 돌렸다.

"더는 제 결혼에 반대하지 말아 주세요. 난 조용히 살고 싶으니까."

그녀의 말에 더는 버티지 못하고 하나둘씩 밖으로 나갔다. 그들이 사라질 때까지 정연은 서류에서 눈을 떼지 않았다.

그들이 회사에서 가져간 돈은 무슨 일이 있어도 받을 생각이 었다. 그리고 승욱과의 결혼도 무슨 일이 있어도 할 생각이었 다.

11. 사랑에
반응하다

 늦은 저녁 승욱은 지방에서 올라오느라 정신이 없었다. 오전에
구미에 가서 일을 마친 후에 저녁에 바로 올라가니 여간 힘이 드
는 게 아니었다. 물론 정연을 볼 생각에 힘이 나긴 했지만 말이
다.

 "12시가 넘겠어."

 그는 서둘러 서울로 향하고 있었다. 정연이 부탁한 대로 내일
부터는 정연의 외가 쪽 식구들을 찾을 계획이었다. 심한 일을 당
한 후라 정연의 마음이 좋지 않을 것 같다는 생각이 들어서였다.

 이런저런 생각을 하다 보니 HY 본가에 도착한 승욱은 기쁜 마음으로 집으로 들어갔다. 집 안은 불이 하나도 켜져 있지 않았다. 모두가 잠이 든 모양이었다. 서둘러 왔지만, 이미 시간은 12시를 넘긴 시간이었다.

"후……."

정연을 안고 싶었지만 힘든 일을 겪고 난 정연을 쉬게 두는 게 나을 것 같다는 판단이 들었다.

"그럼 얼굴만 볼까?"

2층으로 올라간 그는 자신의 방에 들르지 않고 그대로 정연의 방으로 들어갔다. 불 꺼진 침실에 정연의 잠든 모습이 보였다. 승욱은 가방을 침대 옆에 놓고는 무릎을 꿇고 앉아 천사처럼 잠이 든 정연의 얼굴을 보았다.

"사랑해."

저도 모르게 툭 터져 나온 말이었다. 어제 정연에게 무슨 일이 있을까 봐 그는 너무나 노심초사했었다. 그는 신을 믿지 않았지만, 그때 처음으로 신께 기도했다. 제발 무사하게만 해 달라고 말이다.

그가 잠든 정연의 얼굴을 손으로 쓸었다. 이렇게 그의 마음을 졸이게 한 사람은 없었다. 그녀와 함께 있으면 언제나 애송이가 된 느낌이었다. 좀 더 완벽한 남자이고 싶은데 그게 되지 않았다.

너무나 사랑해서 가슴이 저릴 정도였다. 이렇게 감성적인 사람이 아니었는데 아무래도 정연이 그에게 마법을 건 것 같았다.

"마녀……."

확실히 그녀는 그의 영혼에 사랑의 주문을 걸어 놓은 것 같았다. 냉철함을 강요받으며 돈의 노예로 사육받은 그에게 이런 마음이 생길 리가 없었다. 아니 생길 수가 없었다. 승욱은 그녀의 이마에 입을 맞추었다.

그리고 조용히 자리에서 일어났다.

"가지 마요……."

그녀가 그의 손을 잡았다.

"나 때문에 깬 거야?"

"아뇨, 잠이 안 와서…… 그냥 눈만 감고 있었어요."

"어제 일 때문이야?"

"그것도 그렇고……."

순간 화가 치밀어 오른 승욱이었다.

"내가 성진수 이 자식을 당장에 죽여 버리겠어."

정연이 그의 손을 잡았다.

"혼자는 무서워요. 가지 말아요. 승욱 씨가 곁에서 이야기하는 소리를 듣고 있는 게 좋아요."

"어디서부터 들은 거야?"

"사랑한다는 말부터요."

그녀는 담담하게 말했다. 승욱은 괜히 자신의 비밀을 들킨 것처럼 부끄러웠다.

"……잘못 들었어."

"그래요?"

"맞아."

그가 정연의 얼굴을 보기가 부끄러워 고개를 돌렸다. 이런 일에 얼굴이 화끈거리는 건 그의 스타일이 아니었다.

"이제 말할 수 있게 해 줘요."

"뭘?"

"내가 당신을 얼마나 사랑하는지 말이에요."

"……."

잘못 들은 줄 알았다.

"처음 봤을 때부터라는 말은 못하겠어요. 하지만 내가 당신을 제주도에서 봤을 때부터 난 당신에게 반했고 사랑에 빠진 것 같아요."

어두워서 그녀의 표정을 정확하게는 보지 못했지만, 그는 정연이 진심을 말한다는 걸 알고 있었다.

"피곤해요?"

여전히 그의 손을 잡은 정연이 그에게 물었다.

"……."

"오늘은 고백만 하는 날인가요?"

열 살이나 어린 여자에게 리드를 당하는 기분이 들었다. 그녀가 침대에서 일어나서 그의 앞에 섰다. 그리고 그의 목에 팔을 감을 때까지 그는 아무것도 모르는 풋내기처럼 멍하게 서 있었다. 침대에서 나온 정연은 아무것도 입지 않고 있었다. 나신의 그녀가 그의 몸에 그대로 기대고 있었다.

그의 손이 자연스럽게 그녀의 허리를 잡았다.

"키스해 줄래요?"

"읍!"

말은 그렇게 했지만. 키스를 먼저 한 건 그녀였다. 그녀의 혀가 그의 입술을 따라 흐르고 있었다. 정신을 차릴 수가 없었다. 그녀의 고백만으로도 심장이 터질 것 같은데 지금 그녀의 육탄 공격에 그는 항복의 백기를 들어 올릴 수밖에 없었다.

츄읍츄읍!

그녀가 게걸스럽게 그의 혀를 빨아 당기고 있었다. 이렇게 적극적인 정연의 모습은 처음이었다. 그의 넥타이를 잡아당긴 정연이 그의 입술에 대고 말했다.

"당신은 벌을 받아야 해요."

"벌?"

"날 사랑에 빠뜨린 죄를 물어야겠어요."

"얼마든지."

그의 넥타이를 푼 그녀가 그를 침대로 밀었다. 그리고 침대 헤드에 넥타이를 이용해서 그의 손을 묶었다. 그녀의 나신이 달빛의 역광을 받아 매혹적으로 드러났다.

"날 죽일 셈이군."

"맞아요."

그녀가 그의 위에 걸터앉아 그의 와이셔츠의 단추를 풀기 시작했다.

"환상적인 근육을 가진 죄도 물어야겠어요."

그녀의 손이 위험스럽게 그의 가슴을 쓸어내렸다. 그녀의 부드러운 손이 그의 가슴을 쓸어내리자 승욱은 신음을 토해 냈다.

점점 더 아래로 손을 내린 정연의 손이 위험스럽게 그의 버클에 걸쳐 있었다.

"정연아."

그가 거친 숨을 몰아쉬며 말했다. 그는 오늘 그녀를 만질 수 없었다. 미칠 것 같았다. 이건 고문이었다. 버클이 풀리고 그의 바지가 무릎까지 내려졌다. 그의 남성이 미친 듯이 그녀를 원하고 있었다.

"정연아. 이건……."

"쉿!"

그녀는 이렇게 말하고는 손으로는 그의 페니스를 잡고 입으로는 그의 배에 입을 맞추었다.

"어떻게 해 줄까요?"

"……빨아 줘."

"지금 벌받는 거라고 말했어요."

"……"

"당신은 나에게 요구할 수 없어요. 나만 당신에게 명령할 수 있죠. 알았어요?"

"그래……."

점차 호흡이 거칠어지고 있었다. 이러다가 심장마비로 죽을 것만 같았다.

"정연아, 제발 넣어 줘."

"날 사랑하나요?"

"너무나 사랑해."

"그런데 왜 말하지 않았죠? 너무 늦었어요."

그의 페니스 끝에 입술을 대고는 정연이 말했다.

"사랑해, 제발……."

이제는 아예 사정하고 있었다. 지금 그가 얼마나 흥분해 있는지 하늘만이 아실 것 같았다.

"윽!"

그녀가 그의 페니스를 입안에 넣었다. 그리고 사탕을 빠는 듯이 혀로 그의 페니스를 녹일 듯이 핥고 있었다.

"정연아."

그는 묶인 채로 고문을 당하고 있었다. 그녀가 그의 배 위로 올라와 수면 안대를 그의 머리 위에 씌웠다.

"상상해 봐요. 얼마나 좋을지?"

"이건 또 어디서 배운 거야……."

"영화."

"그 영화를 당장에 상영 금지시켜 버리겠어."

"마음대로. 하지만 다음에 또 이렇게 해 달라고 할걸요. 이렇게 하면 더 자극적이라고 했어요."

"어떤 놈이?"

"찰리?"

외국 이름이었다. 승욱은 정말 욱해서 몸을 일으키려고 했다.

"이런 상담을 할 외국 놈도 있는 거야?"

"찰리는 영화배우예요. 아주 여자주인공에게 푹 빠진 남자죠."

"당신도 나에게 빠졌나? 윽!"

그녀는 대답 대신에 그의 페니스를 힘껏 빨았다. 정연은 그에겐 사악하고 섹시한 마녀였다.

"제발……."

하지만 정연은 계속해서 그의 몸을 애무하며 그를 정신 못 차리게 만들고 있었다.

"어때요?"

그녀의 혀가 그의 페니스 끝에 닿아 있었다. 축축한 그녀의 혀가 그를 고문하고 있었다.

"죽을 것 같아……."

그는 이미 정연에게 항복했다. 아무것도 보이지 않자 온몸의 세포가 민감하게 그녀를 느끼는 것에만 집중하는 것 같았다.

"윽!"

그녀가 드디어 그의 위로 올라왔다.

"느껴져요?"

그녀가 여성을 그의 페니스에 대고 문지르기 시작했다.

"너무……."

그가 이를 물었다.

"이제 더 느껴 봐요."

"으윽!"

"아아악!"

그녀의 젖은 질에 그의 페니스를 넣었다. 눈을 뜨고 그녀를 볼 때보다 안대로 가려지자 극도의 쾌감이 느껴지고 있었다. 이러다 정말로 심장마비가 걸릴 것 같았다. 살려 달라고 말하고 싶을 정도였다.

퍽퍽퍽.

그녀가 방아 찧듯이 그의 몸 위에서 아래위로 움직이고 있었
다.

"으으윽, 이런 건 또 어디서 배운 거야?"

"나야 배울 데가 한 곳뿐이죠. 그 선생님이 워낙 훌륭하시니
까."

그를 말한다는 걸 알기에 그의 입가에 미소가 떠올랐다.

"맞아."

"호호호."

그녀가 웃었다. 하지만 그는 웃음이 나오지 않았다. 그녀가 허
리를 움직이기 시작했기 때문이었다. 그녀의 질이 그의 페니스를
조이고 있었다. 그리고 정연의 현란한 움직임 또한 그를 극한의
쾌락으로 몰고 갔다.

"정연아!"

그가 그녀의 이름을 불렀다. 그리고 말했다.

"풀어 줘, 갈 것 같아."

"오늘은 내 밑에서 가요."

그녀는 여전히 허리를 움직이며 그를 미치게 만들고 있었다.

"뭐?"

"다시 한 번 말해야 하나요?"

"정연아."

"몸 안에다 해요……. 당신 아이를 가지고 싶어요."

그녀는 그의 아이를 원한다고 말했다. 그녀의 말에 승욱은 놀라서 답을 하지 못했다.

"설마, 싫은 건 아니죠?"

"아니."

그가 재빠르게 아니라고 말했다. 보이진 않았지만, 정연은 세상 그 누구보다도 섹시한 모습을 하고 그의 위에서 섹시한 몸부림을 치고 있을 것이다. 더는 참을 수가 없는 그가 그녀의 몸 안에 그의 분신들을 뿌렸다.

"으윽!"

"아아앙!"

거친 숨을 몰아쉬며 정연이 그의 몸 위로 쓰러졌다. 그리고 잠시 뒤에 숨을 돌린 정연이 그를 풀어 주었다.

"어땠어요?"

"아주 좋았어."

"다행이다."

이제 다시 그가 사랑하는 여인으로 돌아온 것 같았다.

"피곤해서 움직이지 못하겠어."

"옷만 벗고 그냥 자요."

"······."

그녀의 말이 들렸지만, 그의 눈은 떠지지 않았다. 그렇게 승욱은 행복한 꿈나라로 떠났다.

결혼 준비가 본격화되고 있었다. 정연도 결혼을 빨리해서 안정적으로 경영에 참여하고 싶었다. 그러면 승욱이 비서라기보다는 부회장이나 사장 정도는 되어야 하는데 끝까지 비서를 고집하고 있는 그였다.

"왜 그렇게 인상을 쓰고 계십니까?"

이 집사가 커피를 들고 와 그녀의 앞에 놓으며 말했다.

"아니에요."

"왜요? 얼굴에는 맞는다고 쓰여 있는데요. 유모 불러 드릴까요?"

"네."

요즘 회사 일을 하고 밤에는 승욱과 시간을 보내느라 유모와 대화를 나눌 겨를이 없었다. 유모는 이 집사와 살림을 합쳐서 지금은 본가의 별채에서 생활하고 있었다.

"아가씨!"

"유모, 몸은 괜찮은 거야?"

"그럼요."

"그런데 얼굴이 왜 그래?"

"아니에요."

"왜, 이 집사님이 잘 안 해 줘?"

"그게 아니라 이 사람 요즘 새벽에 기도하러 다녀요."

이 집사가 유모의 커피를 내오며 말했다.

"왜 그런 말을 해요."

유모가 이 집사를 보며 눈을 흘겼다.

"맞잖아? 아가씨 결혼을 위해 기도하잖아."

유모가 그녀를 위해 새벽 기도를 다니고 있었다.

"새벽에 위험하니까 혼자 다니지 마."

"혼자 안 다녀요."

유모가 이 집사를 곁눈질로 보았다. 둘이 같이 다니는 모양이었다.

"승욱 씨랑 결혼 엎어질까 봐?"

"아니요, 두 분 잘 사시라고 그러는 거죠."

"고마워."

유모는 그녀의 엄마 같은 사람이었다.

"왜 찾으셨어요?"

"그냥, 보고 싶어서."

"우리 아가씨가 절 다 보고 싶어 하시고. 내일은 해가 서쪽에서 뜨겠어요."

"그런가?"

그녀는 유모의 얼굴을 다정하게 보고 있었다. 결혼해서 아이를 낳고 남들처럼 사는 게 그녀의 목표였다.

"결혼식을 안 하신다고요."

"응, 초대하고 싶은 사람도 없고 해서 우리끼리 간소하게 하고 싶어."

"그래도 예쁜 웨딩드레스 입고 좋은 곳에서 많은 사람의 축복을 받으면서 하는 게 좋지 않을까요?"

"아니, 난 유모와 이 집사님이 우리들의 결혼 증인이 되어 주길 바라."

"아가씨……"

"왜, 안 될까?"

"그게 아니라, 저희가 어떻게……"

"승욱 씨에게도 말했어. 그리고 우리는 그냥 혼인신고만 하고 간단하게 하려고."

이렇게 말을 하고 나니 마음이 편안해졌다. 숙부를 고소한 마당에 친척들이 올 리도 없었고 집안이 어수선한데 결혼식을 성대하게 하는 것도 마음에 걸렸다. 그래서 그냥 간단하게 웨딩 촬영

만하고 혼인신고만 하기로 했다.

"날짜는요."

"이번 주 일요일."

"네?"

"제주도 별장에서 간단하게 할 거야."

"아가씨."

유모는 놀라고 있었지만, 그녀는 마음이 편안해졌다. 이렇게 아내로서의 첫 단추를 끼우게 되는 것이었다.

일요일, 제주도의 날씨는 그가 아는 한 가장 청명한 날씨였다. 파란 하늘 아래 제주도 별장 에 세상에서 가장 아름다운 신부가 승욱을 기다리고 있었다. 짧은 미니 드레스는 정연의 아름다운 각선미를 잘 드러내 주었다. 바닷가 모래사장에서 하는 결혼이라 긴 드레스보다는 미니드레스를 선택했는데 아주 탁월했다.

날씬하면서도 볼륨 있는 정연의 몸에 딱 맞았다. 정연은 베일을 쓰지 않고 대신에 작은 부케만 들어 자연스러운 신부의 모습이었다.

"예뻐."

"고마워요."

"내 온 마음을 다해서 사랑해."

"······저도요."

이런 심플한 웨딩은 정연의 결정이었다. 결혼식은 최소로 하고 싶다고 말이다. 주례를 보시는 분과 그의 형들과 동생, 그리고 이 집사와 유모가 전부인 결혼식이었다.

그냥 가족 모임에 주례만 온 것이었다. 동네에서 주례를 전문적으로 맡아 하시는 분이라는데 그들을 보고는 입을 다물지 못했다.

"아니, 그러니까······."

그가 주례를 맡은 사람 중에 가장 유명한 사람이라는 말이었다. 사진은 승혁이 찍었다. 승혁은 취미로 사진을 찍었는데 아마추어 사진 작가급이었다. 그리고 창식이 음식을 준비했다. 집에 요리사가 있었지만, 창식은 그에게 선물하고 싶다고 했고 창식의 음식은 정말 맛있었다.

결혼식은 그의 별장 앞의 바다에서 이루어졌다. 파도 소리와 지나는 사람들의 휘파람 소리가 어우러진 결혼식은 나름의 낭만이 있었다.

"신랑은 신부에게 키스해도 좋습니다."

그가 식전에 주례에게 부탁한 말이었다. 모두의 박수와 함성이 키스하는 그들에겐 들리지 않았다.

"사랑해."

입술을 떼어 내면서 그가 말했다.

"사랑해요."

파도 소리가 그들을 축복해 주는 것 같았다.

"너무 행복해 보여요. 축하합니다."

철우가 그들에게 다가와서 말했다.

"저녁은 우리 창식이가 준비했어요."

"고마워요. 도련님."

도련님이란 말에 창식의 얼굴이 붉어졌다. 정연은 열한 명의 사람들에게 각자에 맞게 보상을 했다. 그렇게까지 신경을 써 주리라고는 생각지도 못했었다. 창식도 그들의 경호원으로 받아 주었다.

마음까지 예쁜 정연이었다.

"밥 먹으러 갈까요?"

"그래, 그런데 말이야."

"네."

"내가 정연을 위한 선물을 준비했어."

"선물이요?"

뜻밖의 말에 정연은 어리둥절한 표정을 지었다. 그의 손이 반대편을 가리켰다.

"저기."

“뭐요?”

한 무리의 사람들이 그들을 향해 걸어오고 있었다.

“누구예요? 서퍼?”

“아니.”

“정연이가 만나고 싶어 했던 사람들.”

승욱은 정연의 이모와 삼촌을 찾는데 성공했고 그들을 결혼식에 초대했다.

“우리 결혼식을 저기서 보고 계셨어.”

“어머…….”

정연의 눈에서 눈물이 흘렀다. 그리고 그들을 얼싸안으며 통곡을 했다.

“고마워요. 내가 이모와 삼촌이 있다니…… 이제 외롭지 않을 것 같아요.”

그녀가 그를 끌어안았다.

이렇게 행복해하는 그녀를 보니 승욱은 너무나 기뻤다.

“사랑해.”

친척들 틈에서 나올 생각이 없는 정연을 보며 그가 혼잣말했다. 이렇게 달콤한 시간이 아니라도 그는 평생을 정연과 함께할 것이었다.

그는 그녀를 위해 길러진 사람이니까 말이다. 사랑이라고는 모르고 살아 갈 줄 알았는데 이렇게 한 여자를 깊이 사랑하게 될 줄은 몰랐다.

주호영 회장이 미웠지만 정연을 자신에게 보낸 그에게는 감사했다. 이렇게 그들의 행복한 결혼은 시작이 되었다.

에필로그

엄숙한 회의 시간이었다. 회장의 성격이 너무나 까다로운 나머지 임원들은 숨소리를 내는 것조차 힘들어했다.

"응애에……."

"잠깐만요."

정연이 아이를 안고 회의실 옆에 수유실로 향해 모유를 먹였다. 그들의 첫아이이자 대한민국 최초로 임원 회의에 참석하고 있는 슈퍼베이비 주안이었다. 태어난 지 100일이 된 주안은 사람들의 관심을 한 몸에 받고 있었다.

"괜찮겠어?"

수유실에 들어온 승욱이 걱정스런 눈으로 물었다.

"괜찮아요. 다 먹였으니까 당신이 트림 좀 시켜요."

"그래."

승욱이 주안을 받아 들었다.

"주안아, 아빠야."

주안이 모유를 먹고 있기 때문에 회사에 같이 출근을 하게 되었다. 덕분에 HY그룹은 여성 복지의 최고 기업으로 단숨에 등극했다.

오너가 아이를 가지고도 출근을 하니 회사의 기혼 여성들도 결혼을 해서 퇴직하는 것이 아니라 모두 열심히 일하는 환경이 되었다. 거기에 본사 내에 수유실과 어린이집이 있어서 사원들의 반응이 좋았다.

"자, 회의 시작하죠."

"네."

처음에 얼떨떨해하던 임원들도 지금은 그녀가 수유하러 자리를 잠깐 비워도 신경 쓰는 사람들이 없었다.

"이번에 전자가 사상 최대의 실적을 냈습니다."

"그래요?"

"네, 이번 신형 자동차도 선주문이 3만 대라서 아주 좋은 출발을 보이고 있습니다."

"다행이네요."

"그리고……."

조 이사가 뜸을 들이는 걸 보니 안 좋은 소식이 있는 것 같았다.

"뭐죠?"

"주기현 사장님의 횡령 사건을 누군가 제보한 것 같습니다."

누군가 숙부의 횡령에 대해 언론사에 제보했고 그녀 때문에 복역 중인 주 사장은 또다시 죄가 추가될 상황이었다.

"회사에 자꾸 문의가……."

"신경 쓰지 마세요. 우리는 가업으로 하는 회사가 아닙니다. 회사를 개인적인 소유물이라고 생각하는 오너는 이제 필요 없는 시대입니다. 모두들 일하시는 만큼 자신의 자리가 보장되는 겁니다. 거기에 저도 포함이 되는 거죠."

"네."

정연은 직원과 주주들의 아낌없는 지지를 받고 있었다. 회의가 끝나자 그녀는 주안이를 안아 들었다.

"젖을 떼야 유모랑 집에 있지."

주안이 덕분에 유모도 회사로 매일같이 출근이었다.

"전 괜찮아요."

유모가 주안이를 받아 들면서 말했다.

"모유는 짜 뒀으니까. 오늘은 주안이 데리고 일찍 들어가. 열이 있는 것 같아."

"알겠습니다."

365

유모를 보내고 그녀는 사무실에 앉아서 서류를 검토했다. 일이 끝이 없었다.

똑똑!

승욱이 커피를 가지고 그녀에게 다가왔다.

"점심은?"

"나중에요."

"그러다가 속 버려."

"괜찮아요. 승욱 씨나 먹고 와요."

"그래서 내가 준비했지."

그가 다시 밖으로 나가더니 도시락 통을 가지고 들어왔다.

"이게 뭐예요?"

"주방장에게 부탁해서 싸 왔어. 당분간은 싸 달라고 부탁했지."

"고마워요."

그가 소파에 도시락을 펼쳤다.

"시간 없는데……."

그녀가 소파에 앉으며 말했다.

"시간이 없는 게 아니라 마음만 바쁜 거야. 천천히 해."

그가 그녀의 입에 갈비를 넣어 주었다.

"점심에 갈비는 과해요."

"그래?"

"네."

그녀의 손이 저도 모르게 그의 허벅지를 더듬었다. 그러자 그가 화들짝 놀라 옆으로 피했다.

"왜요?"

"이러지 마."

"왜 그러는 건데요?"

"자꾸 이러면 참기 힘들어."

주안이를 낳고 그들은 아직 섹스다운 섹스를 하지 못했다. 그녀의 몸이 좋지 않아 의사가 부부관계를 자제하라고 했기 때문이었다.

"훗!"

"웃지 마. 심각하니까."

"그래요?"

그녀의 손이 다시 그의 허벅지를 쓸었다.

"주정연! 여긴 회사고……. 읍!"

그녀가 그의 입술을 삼켜 버렸다.

"왜 이래?"

그가 절규했다.

"의사가 괜찮데요."

"……정말이야?"

"네, 문은 잠갔어요?"

"아니, 여긴 나 말고는 아무도 못 들어와."

그가 그녀의 입술을 빠르게 삼켰다. 마치 봉인이 풀린 듯이 그는 처절하게 키스를 했다. 그의 손이 그녀의 팬티를 단숨에 찢었다.

"승욱 씨!"

"더는 힘들어……."

그가 바지를 벗고는 단숨에 그녀를 차지했다. 그들의 뜨거운 시간은 한동안 계속되었다. 승욱은 날이 갈수록 그녀를 더 원하는 것 같았다. 어느 날 승욱이 그녀에게 말했었다.

그녀에게만 반응하는 것 같아 걱정이라고 말이다. 하지만 그의 말에 정연은 행복했다. 왜냐면 그녀도 그에게만 반응하기 때문이었다.

이렇게 또 하루가 가지만 정연의 행복은 하루하루 누적이 되어 갔다. 사랑하는 이들과 함께 그녀는 행복한 삶을 살기 위해 오늘도 노력할 것이다.

『너에게 반응하다』 완결